권비영

2005년 첫 창작집『그 겨울의 우화』를 발표했다. 2009년 발표한 첫 장편소설 『덕혜옹주』는 밀리언셀러가 되었고, 2016년 상영된 동명의 영화 <덕혜옹주> 의 원작으로 지금까지 꾸준한 사랑을 이어오고 있다. 2014년엔 다문화가족을 중심으로 한 한 가족이 겪는 상처와 그 치유를 그린 장편소설『은주』를 세상에 내놓았다. 2016년에는 일제강점기인 1940년대를 살아간 세 여자 이야기를 그 린 장편소설『몽화』와 중•단편집『달의 행로』를 펴냈다.『엄니』는『몽화』이 후 3년 만에 발표하는 장편소설로, 가족 구성원의 역할과 의미에 대한 소통의 장을 마련한다. 그는 현재 <한국소설가협회>와 <소설21세기>에 몸담고 있으 면서, 아직 머릿속에서 익지 않은 몇 편의 장편을 쓸 수 있는 시간이 허락되기를 꿈꾸고 있다. 그의 소설은 지금까지 러시아 일본 베트남 태국 인도네시아 등 여 러 나라에서 번역 출간되어 해외독자들과도 소통해오고 있다.

엄니 Mother

- 여성들의 존재 양식에 대한 서사

권비영 장편소설

gasse·가쎄

차례

프롤로그 /9

복잡한 가족사 /13

미역국 /29

할머니의 소원 /43

소설 쓰는 시간 /51

해혼(解婚) /64

너만 그러고 싶냐? /79

명월각시 /83

일곱 살 겨울 /96

생의 스펙트럼 /101

시어머니가 셋 /125

사랑하느 나으 어무이 /141

미란이 고모 /169

절반의 눈 /185

어머니의 편지를 읽는 동안 /194

덧니 /202

Y에 대하여 /229

딸 /242

회전목마 /272

우아한 여자 /276

틀니 /300

장진주사나 읊어라 /326

세상의 딸들 /348

프롤로그

존재하는 모든 것이 그러하듯이, 나는 어머니의 자궁을 빌려 태어났다. 그건 오래도록 갚아야 할 빚이며 동시에 축복으로 여겨도 좋을 일이었다. 어머니는 나를 낳고 미역국을 먹었고 출산 휴가를 내어 석 달 동안 쉬었다. 내가 아들로 태어나지 못한 것에 대해 가장 슬퍼한 사람은 할머니였고 둘째 딸이 태어난 것을 가장 기뻐한 사람은 아버지였다.

내가 태어날 때 Y도 같이 태어났다. 꽤나 오랫동안, 눈을 뜨고 있어도 보이지 않았지만, 느낄 수 없었지만, 어느 날부터 Y의 존재가 느껴지기 시작했다.

눈부시게 흰옷을 입은 초록의 정령. 아버지는 내가 태어나자 호수같이 깊고 푸른빛이 도는 동글동글한 눈이 마음에 들었다 했다. 반은 축복을 받은 셈이고 반은 고독한 혼을 얻은 셈이다. 깊고 푸른 것은 현실과 상충한다.

- 이왕 나오는 거, 고추 하나 달고 나오면 오죽 좋아?

할머니는 오래도록 서운해했다. 어머니가 몸을 추스르고 다시 학교로 출근할 때까지도 틈틈이 서운한 마음을 드러냈다. 하지만 어머니는 할머니의 말을 신경 써서 듣는 것 같지 않았다. 그런 저변에는 할머니의 출산에 대한 어머니 나름의 자신감이 있어서였다.

- 겨우 딸 둘 낳은 걸 가지고 뭘….

어머니가 할머니에게 하고 싶은 말이 그런 말이었을 것이나 드러내놓고 말하지는 않았다. 하지만 어머니 맘속의 말이 그런 것일 거라는 건 알 만한 사람은 다 알았다.

할머니는 딸을 다섯이나 낳았다. 마지막에 아버지를 낳지 않았다면 할머니는 어쩜 목숨을 끊었을지도 모른다. 조상의 얼굴을 어찌 보냐는 것이 그 이유가 되었을 것이다. 그러나 할머니는 금쪽같은 아들을 낳음으로써 그동안의 서러운 세월을 말끔히

씻었다. 집안의 대를 이은, 당당한 적자를 낳은 그날부터.

할머니와 어머니의 관계가 썩 좋다고는 할 수 없었지만, 그래도 그만하면 무난한 편이라 할 수 있다. 동생을 낳을 때까지는 그런대로 사이좋은 고부간처럼 보였다. 아버지가 막내라고 선언한 여동생만 아니라면 할머니는 아직도 어머니에게 보약을 달여 먹이는 정성을 거두지 않았을 것이다.

아버지는 말했다.

- 어머니, 저한테는 아들 씨가 없나 봐요. 그만 기다리세요.

그러면 할머니는 벌컥 화를 내며 말했다.

- 아들 씨가 없긴. 너도 황 씨 집안에 아홉 번째로 태어났어.

- 또 그 소리! 어머니, 그럼 저더러 아홉까지 낳으란 말씀이세요? 저는 그리 못 삽니다. 딸 셋도 많아요. 어찌 키웁니까?

- 내가 도와주마, 아들만 낳아라. 내가 키워주마.

할머니의 소원은 간절하고 간절했다.

- 어머니! 배다른 아이라도 낳으란 말입니까?

아버지의 표정은 전에 없이 단호했다.

- 그게 안 될 것도 없지 않으냐, 옛날에는 아들 못 낳는 것도 칠거지악….

할머니의 말이 끝나기도 전에 아버지가 말을 잘랐다.

- 지금은 그런 시대 아닙니다. 어머니도 그 때문에 고생하셨

으면서 어찌 그런 말씀을 하세요?

- 그건 잠시다. 나중에 죽어서 조상님 얼굴을 어찌 보려고….

- 조상님께 벌을 받아도 제가 받습니다. 어머니는 걱정하지 마세요.

아버지의 단호한 결정이 어머니의 속살거림 때문이라는 생각에 할머니는 늘 가자미눈을 하고 어머니를 흘겨보았다. 하지만 어머니도 그런 시어머니에게 무조건 복종하고 휘둘리는 사람은 아니었다. 어머니는 조용하고 순종적인 것처럼 보이지만 강단 있는 사람이었다.

그것은 윤미 때문에 받은 충격이 상당했을 것임에도 불구하고, 그 상황에서 아버지와의 결별을 단행한 것만 봐도 알 수 있는 일이었다.

복잡한 가족사

눈을 떴을 때 내 곁엔 아무도 없었다. 어젯밤 늦게까지 내 귀를 간질이던 수많은 소음들이 씻은 듯 사라졌다. 통통 튀는 유나의 재잘거림도, 투덜거리는 언니의 목소리도, 윤미의 폭탄선언에 놀라 잔뜩 찌푸린 엄마의 얼굴도 보이지 않았다. 커튼 사이로 들어오는 강한 빛이 눈부셔 잠시 눈을 감았다 다시 떴다. 커튼을 젖히자 아까보다 조금 강하게 느껴지는 햇살에 눈이 절로 찌푸려 들었다. 두 손으로 눈을 감싸고 한참 있다가 다시 눈을 떴다. 한결 편해졌다. 눈이 많이 나빠진 듯하다.

- 일어났니?

어머니의 목소리가 방문 앞에서 들린다.

- 네.

아홉 시.

이제 또 나의 하루가 시작되는 것이다. 언제나 다른 사람보다 아침을 늦게 맞는 나는, 오늘 같은 날의 아침 시간이 버겁다. 어제부터 이어진 분주한 시간들이 오늘 하루도 나를 옭아맬 것이 뻔하기 때문이다. 그럼에도 불구하고 나는 펼쳐질 시간들에 대한 아무런 대책이 없다.

나는 서둘러 일어나 이불을 걷는다. 물 묻은 손으로 들어서는 어머니에게서 찬 기운이 느껴졌다.

- 윤미, 이 기집애는 그 난리를 치고는 어디로 나간 게냐?

나와는 다르게 새벽형인 윤미는 내가 잠들 때 일어나고 내가 일어날 즈음엔 흔적도 없이 사라졌다. 윤미의 흔적은 매미 껍질처럼 벗어 내던진 잠옷 정도였다.

서운한 기색이 역력한 어머니의 낯빛은 전에 없이 창백하다. 나는 어머니의 낯빛을 쳐다보다 슬그머니 고개를 돌렸다. 어머니는 어쩜 나에게서 위로의 말을 바라고 있는지도 모르겠다. 하지만 나는 어머니를 위로할 어떠한 말도 찾을 수 없다.

어제의 사건은 분명 큰 사건이다. 어머니는 물론, 아버지까지 놀라서 아무 말씀도 하지 못하고 멍한 눈으로 윤미를 바라보는 할머니를 바라보았으니까. 할머니도 당신이 잘못 들은 것이라 생각하는 건지 손가락으로 자꾸만 귓속을 후비셨다.

내 동생 윤미가 좀 별종이기는 하지만, 생각지도 않은 일로 집안을 발칵 뒤집을 정도로 용기가 있는 아이인지는 모르고 있었다.

스물아홉의 간호사. 상냥하고 친절하며 독신을 주장하고 사는 아이다. 근무하는 병원이 멀다는 핑계로 진즉 독립한 터라 자주 만나기도 어려운 상황이지만, 그래도 기특한 것이 있다면 할머니의 건강을 책임진다는 의무감으로 일주일에 한 번은 꼭 집에 들른다는 거였다. 영양제는 물론 몸에 좋다는 앰풀은 다 구해 와서 할머니에게 효도를 했다. 그런 그녀가, 이번엔 차라리 안 나타났으면 낫지 않을까 싶었다. 식구들이 다 모이는 자리에 폭탄을 던진 꼴이니 그런 생각이 들만도 했다.

집에 오면 윤미는 말이 많았다. 병원에서 있었던 일을 미주알 고주알 떠들어대는 것은 기본이고 사귀는 남자 이야기도 종종 했다. 잠자리를 함께한 이야기도 서슴지 않고 했다. 오히려 민망해하는 건 나였다.

- 젊은 남녀가 육체를 섞지 않는다는 게 오히려 웃기는 거 아냐? 청교도도 아니고.

　윤미가 그런 이야기를 할 때마다 나는 방문을 꼭꼭 닫았다. 혹시 어른들이 들을까 봐 조심하는 건 나였다. 가슴이 작은 나에 비해 윤미는 육감적인 젖가슴을 가지고 있었고, 탄탄한 엉덩이도 뇌쇄적이었다. 허벅지가 다 드러나게 입은 짧은 치마나 유방이 다 드러나게 겨우 걸친 상의 쪼가리도 거침없었다. 나는 그런 면에서 윤미에게 열등감을 느끼고 있는 건지도 몰랐다. 할머니도 윤미의 옷차림에는 눈살을 찌푸렸으나 워낙 할머니께 잘하니 너그럽게 보시는 것 같았다.

　- 요새 젊은 애들이 다들 그러고 다니긴 하더라만….

　그렇게 어정쩡하게 말씀하시는 걸로 윤미를 이해하려는 듯했다. 자유분방한 윤미도 할머니 앞에서는 유난히 얌전하게 굴었다.

　할머니는 결혼을 못 한 손녀가 둘이나 있다는 것이, 손자가 없는 것만큼이나 큰 걱정거리였다. 남들만큼 공부를 못 했냐, 인물이 빠지냐, 뭐가 부족해서 남들 다 하는 결혼을 못 하냐는 것이었다.

　할머니는 윤미와 내가 결혼을 안 한 것이 아니라 못 한 거라고 생각하신다. 그럴 때마다 답이 없는 나에 비해 윤미는 아주 적극적으로 독신을 선포하곤 했다. 그러던 애가, 할머니의 팔순 생신을 앞두고 폭탄선언을 한 것이었다. 그것도 가족들 다 있는 앞에서.

윤미의 말을 듣고 제일 어처구니없어한 것은 어머니였다.

- 뭐, 뭐라고?

어머니는 말을 더듬거리며 할머니를 쳐다봤다. 할머니도 놀라기는 마찬가지인 것 같았다.

- 뭣이라? 임신을 했다고?

할머니가 확인하듯 또박또박 말을 하자 어머니는 할머니의 눈치를 보며 한숨을 내쉬었다.

- 네, 임신했어요.

윤미는 뻔뻔스러울 정도로 당당했다.

할머니가 너그러운 미소를 지으며 오히려 환하게 웃었다.

- 그래, 요새는 결혼 전에 임신하는 수도 많다더라. 그게 요즘은 혼수라는 말도 들었다. 그럴 수도 있지. 그래, 상대는 뭐 하는 사람이고 결혼은 언제 할 거누?

할머니는 자애로운 눈으로 윤미를 바라봤다.

- 결혼요? 결혼은 안 해요.

윤미의 대답은 군더더기 없이 간결했다.

- 뭐라고?

어머니의 표정이 험악해졌다.

- 결혼은 안 한다구요. 아이만 하나 낳아 기를 거예요.

어이없기는 나도 마찬가지였다. 나는 동생의 당당한 얼굴을 신기한 듯이 바라보았다. 어머니가 벌떡 일어나 윤미의 머리채를 휘어잡았다.

- 이것이 할머니 앞에서 못 하는 소리가 없네. 어떤 놈인지 대라. 배 속에 있는 아이 애비가 누구야?

- 알면? 알면 어쩌게? 난 결혼 안 해요. 결혼에 대한 환상이 없어요. 지겨워요, 결혼!

윤미가 어머니의 손아귀에 쥐어져 있던 머리칼을 빼내며 당당하게 어머니를 바라보았다. 힘이 빠진 어머니가 풀썩 주저앉아 한숨을 쉬었다. 그럴 만도 하다. 어려서부터 할머니와 어머니로 이어지는 고단한 삶을 보아온 처지에서 결혼을 하지 않겠다는 생각은 자연스러운 것일 수도 있었다.

- 언니는 시집가서 잘만 사는데 너희들은 왜 그러냐.

한두 번 들은 소리가 아니어서 그저 그러려니 할 뿐이었던 말이 오늘따라 듣기 싫었다. 나까지 이상하게 싸잡아 욕을 먹는 형국이었다.

- 잘 살기는. 노다지 징징거리며 우는소리 하는데?

윤미가 언성을 높였다.

- 그렇기로서니, 그것이 니가 결혼 안 할 이유라도 된다는 거냐?

어머니의 목소리도 만만치 않았다. 할머니를 의식해, 일부러 목소리를 높이는 것 같은 생각도 들었다.

- 처녀가 애를 배도 할 말이 있다더니, 참 기가 막혀서! 어머니, 죄송합니다. 제가 자식 교육을 잘못한 모양입니다.

아들 못 낳는다고 구박하는 할머니께도 당당하던 어머니가 미혼의 딸이 임신한 사실은 얼굴 들고 있기 민망한 일인 모양이었다. 어머니는 할머니 앞에서 고개를 들지 못했다.

- 그래, 어미가 교육자라는 것이 자식 교육은 엉망으로 했구나.

할머니가 어머니에게 하는 말에는 언제나 가시가 돋아 있었다.

윤미의 임신 사실은 집안을 발칵 뒤집었다. 동네에도, 발이 달린 듯 소문이 번져 나갈 것은 뻔했다. 윤미 때문에 벌어진 일이 온 집안을 뒤숭숭하게 했다. 그런데도 윤미는 아무렇지도 않은 듯 여전히 명랑하고 뻔뻔하리만치 당당했다. 불과 며칠 전에 일어난 일이었다.

일은 점점 감당할 수 없을 만큼 커졌다. 잠자리를 함께한 남자에 대한 이야기는 한마디도 하지 않은 채 윤미는 직장까지 그만두겠다고 엄포를 놓았다. 애를 키우기 위한 준비를 해야 한다는 것이었다.

나는 그녀 주변의 남자들을 떠올려 보았다. 닥터 한? 아니다, 그는 애인이 있다. 물리치료사 문 선생? 구부정한 어깨에 우울한 표정의 그는 윤미 스타일이 아니다. 그도 아님 병원 앞 약국의 강 약사? 그 또한 친절하기는 하지만 윤미를 여자로 쳐다보지는 않았다. 내가 떠올린 남자는 그 정도였다.

어머니는 펄펄 뛰며 윤미를 닦달했지만, 윤미는 하고 싶었던 말을 속 시원하게 해서인지 오히려 신이 난 듯이 보였다. 조금 볼록해진 듯 보이는 배를 쓰다듬으며 혼자 웃기도 하고 혼잣말을 중얼거리기도 했다. 할머니는 난생처음 보는 외계인을 구경하듯이 윤미를 바라봤다. 아버지는 한숨만 쉬고 있을 뿐이었다.

- 집구석 잘 돌아간다. 하나는 혼전 임신을 안 하나, 하나는 서른이 넘도록 혼자 있지를 않나. 넘치고 처진다.

아버지는 못 볼 것을 보신 듯이 윤미를 바로 바라보지 않았다.

사실 이런 경우, 나도 난감하다. 나이가 두 살 많다는 이유로 내가 언니인데, 동생은 결혼도 하지 않은 채 배가 불러오고 나는 사귀는 남자도 없다는 사실이.

윤미가 말했다.

- 언니, 왜 꼭 결혼을 해야 아이를 낳을 수 있다는 거야? 모든 사랑은 보호받아야 마땅해. 나는 내 사랑을 상처 나지 않게 지킬 거야.

뭔 소린지. 나는 윤미에 대해 아무 말도 할 수가 없다.

　윤미는 이미 병원에 사직서를 내고 온 듯했다. 표정이 아주 편안해 보였다. 윤미를 바라보는 어머니의 표정은 참 복잡했다. 할머니 앞에서의 처신도 불편하고 아버지를 바라보는 눈빛에도 불편함이 가득했다. 차라리 눈앞에 보이지나 않으면 속이라도 덜 상할 텐데, 윤미는 보란 듯이 당당하게 집으로 들어왔다. 나와 방을 같이 써야 한다는 따위는 걱정거리도 아니었다. 그보다 어머니의 걱정은 다른 데 있었다. 곧 다가올 할머니의 생신 때 모두 모일 식구들에게 뭐라고 변명을 해야 하나 하는 거였다. 뻔뻔하게, 부끄러움도 없이 당당한 딸아이를 내쫓을 수도 없고, 집안에 두자니 난망한 거였다.
　며칠 사이, 어머니는 신경질이 늘었다. 나는 나대로 내 리듬이 깨져서 일이 손에 잡히지 않았다.
　Y를 만나 본 것이 언제인지. 윤미가 들어오고 나서부터 나는 Y를 본 적이 없다. 밤에는 도둑고양이처럼 마당을 뱅뱅 돌면서 한숨만 쉬다 쓰러지기 일쑤고, 낮에는 비몽사몽, 몽유병 환자처럼 흔들거렸다.

　- 전화벨도 요란하던데. 중요한 전화 올 데가 있다고 하더니

전화가 와도 안 받는 건 뭐냐?

어머니 목소리가 조금 누그러지면서 내 전화기를 살폈다. 나는 얼른 머리맡에 놓인 핸드폰을 집어 들었다.

- 아, 미안미안. 어제 마쳐야 할 원고가 있어서.

- 그놈의 원고 타령은. 지겹지도 않냐?

어머니는 짜증스런 표정으로 나를 바라보며 머리를 절레절레 흔들었다. 어머니 말이 맞다. 내가 하는 일이 나도 지겹다. 핸드폰 문자가 아물아물하다. 나는 마구 헝클어진 머리칼을 쓸어 올리며 안경부터 찾아 쓴다.

<또 떨어졌음>

나는 그 문자를 보고 한숨을 내쉰다. 그래, 또 떨어지리라 여겼지. 그게 그리 쉬울 거면 고시라는 말이 안 나오지. 나는 당연하다는 듯이 고개를 주억거리며 핸드폰을 저만치로 내던진다.

- 뭐? 일억? 일억 같은 소리 하고 있네. 일억이 옆집 강아지 이름이냐?

콧방귀를 뀌던 정원이 나와 같이 미쳐가기 시작한 것이 벌써 3년째다. 전화기가 방정맞게 까똑까똑거린다. 문자 신호다.

<너도 떨어졌어. ㅎ>

고소해 죽겠다는 듯한 느낌이 전해져온다. 이미 당선자가 발표되었으리라. 아무렴. 예상한 일이지만 기분 좋은 일은 아니다.

꼬박 일 년을, 정원이와 경쟁하듯 그 일에 매달렸다. 경쟁상대가 있으면 자극이 될 것 같아 정원이를 부추긴 감도 없지 않다. 고등학교 미술 선생으로 잘 살고(?) 있는 친구를 문학이 어쩌고 저쩌고하면서 헛바람을 넣었으니 말이다.

사실 나는 이즈음 몹시 불안하다. 서른을 넘기면서 생긴 증세다. 니 나이가 몇인 줄 아니? 어른들은 나만 보면 나이 타령을 했다. 그게 곧 결혼과 맞닿아 있는 이야기라는 걸 모르는 것도 아니다. 한때는 가장 확실한 응원군이었던 어머니조차 이제는 마음을 거둔 듯하다. 거기에 윤미의 일까지!

- 작가라는 거, 그거 명 줄이는 일이다. 하지 마라.

하지만 어머니가 그럴수록 나의 결심은 굳건하다. 마치 작가가 되지 않으면 삶의 목표가 없는 듯이. 아님 반항기 소녀처럼, 부모가 반대하니까 무조건 뒤틀어지고 보는 심정일까? 그도 아님 그거 말고는 할 일이 딱히 떠오르지 않아서일까?

나는 가끔 우울하고 매사 회의적이며 또 가끔은 죽고 싶을 때도 있다. Y가 없었다면 나는 그랬을지도 모른다. Y가 없었다면, 죽는 방법에 대해서 심각하게 고민했을 수도 있다.

나는 방안에 틀어박혀 두 무릎 사이에 얼굴을 묻고 살았다. 대책 없이 희망적이며 긍정적인 윤미에 비해 나는 시니컬하고 회의적이고 매사 시들했다. 나의 그런 태도를 보고 할머니는 말했다.

- 큰 그릇은 늦게 차능겨.

번번이 낙방의 고배를 마시는 나를 보고 할머니는 그렇게 말했다. 할머니는 나에 대해서는 대책 없이 희망적이다. 할머니의 태도가 왜 그렇게 바뀌었는지 그 이유를 정확히 알지 못했다.

- 대기만성이라고요?

자신감 없는 내 말에, 할머니는 고개를 끄덕였다.

대기만성. 내가 말해놓고도 웃음이 나온다. Y도 들었다면 웃을 것이다. 아닌 줄 알면서도, 나는 나를 딱하게 바라보는 어머니를 볼 때마다 그 말을 지껄인다. 내가 그 말을 하면 어머니는 어이가 없다는 듯이 혀를 차지만 어머니가 그 정도에서 더 이상 뭐라고 하지 않는 것은 할머니 덕분이다.

하다 보면 되는 날도 있겠지. 할머니의 지론이다. 할머니의 지론이 아니더라도 나는 실망하지 않는다. Y를 믿기 때문이다. 어쩜 영원히 좋은 작품을 쓰지 못할 수도 있다. 그래도 별반 손해는 없다. 밥 벌어먹을 수 있는 일거리가 있으니 굶을 일은 없고, 내 집은 아니지만 편히 잠잘 곳이 있으니 얼어 죽을 일도 없다. 등단이라는 과정을 거치기는 했지만 나는 아직 문청이나 다름없다. 늙은 문청. Y에게 부끄럽다. 자조 섞인 웃음이 샌다. 하지만 괜찮아, 아직 젊으니까. 스스로 위로를 하듯 중얼거린다.

사실 이러저러한 방법으로 작가가 된 친구들도 있고, 그걸 화관처럼 얹고 고상한 척하는 시인 친구도 몇 있다. 최소한 내 소망이 화관은 아니다. 소설이 무엇인가에 대한 정의를 한 마디로 내릴 순 없지만 지적 허영심을 위해서 작가가 되고 싶은 생각은 추호도 없다. 나는 대한민국의 문학계에서, 아니 그렇게까지는 아니더라도 독자들로부터 인정받는 작가가 되고 싶은 것이다. 누군들. 정원이 코웃음을 쳤다. Y도 그럴 것이다. 다행인 것은, 그녀나 나나 희망적이지는 않지만 절망적이지도 않다는 것이며, 둘 다 꽤 순수하고 진지한 열망을 품고 있다는 사실이다. 사실 순수하다거나 진지하다는 게 행복한 삶에 큰 역할을 하는 건 아니다. 작가가 되지 못하는 것은 절실한 그 무엇이 없어서 그런 걸까? 절박한 그 무엇이 없어서? Y에게 물어볼까? Y인들 시원한 답을 줄까?

똑 떨어진 대답이 안 나온다. Y도 그에 대해 답을 주지 않는다. 그래도 쓰는 순간만큼은 행복해서 글을 쓴다. 그것만으로도 충분하다. Y와 관계없이!

- 얼른 나와! 장 보러 가자.

어머니의 말에 나는 얼른 고개를 끄덕인다. 이틀 뒤로 다가온 할머니 생신을 위해 장을 보아야 하는 것이다. 명절보다도 더 큰 장을 보아야 한다. 황 씨 집안을 이끌어가는 실질적인 중심인 할머니의 생일은 이 집안에서 가장 큰 행사다.

- 쌍둥이 할머니는 오셨어요?

- 그래, 집안 청소하신다.

나는 초라하고 기댈 데 없는 쌍둥이 할머니를 떠올리며 어머니를 따라나선다. 오늘부터 이틀간은 전투를 치러야 한다. 엄마나 나나. 우리 식구들 모두! 벌써부터 머리에 쥐가 난다.

하나님이 사람을 창조하실 때 하나님의 모양대로 지으시되 남자와 여자를 창조하셨고 그들이 창조되던 날에 하나님이 그들에게 복을 주시고 그들의 이름을 사람이라 일컬으셨더라. 아담은 백삼십 세에 자기의 형상과 같은 아들을 낳아 이름을 셋이라 하였고, 아담은 셋을 낳은 후 팔백 년을 지내며 자녀를 낳았으며 …셋은 에노스를 낳고, 에노스는 게난을 낳고, 게난은 마하랄렐을 낳고…라멕은 노아를 낳고, 노아는 낳고, 낳고, 낳고….

창세기에 나오는 아담의 계보처럼, 황구남의 계보도 끊임없이 이어져야 한다는 생각은 할머니 생각이다.

할머니가 가끔 교회에 나가는 것은 구약의 창세기 때문이다. 그 부분을 암송하는 걸 무척 좋아하신다. 그것은 누가 누구를 낳고, 낳고, 하는 부분 때문이다. 황구남 때문이다. 순전히!

사실 우리 집은 좀 복잡한 집안이다. 좀 복잡한 정도가 아니라 많이 복잡하다. 나는 고모가 일곱이나 된다. 첫째 고모 황명자 여사와 둘째인 숙자 고모는 할머니가 낳은 자식이 아니다.

할머니는 후처였다. 할머니보다 열 살 적은 큰고모는 깍듯이 할머니를 섬긴다. 어린 나이에 시집이라고 와보니 전처가 낳은 딸이 둘이나 있더라 했다. 전처는 아들을 낳다가 아들도 건지지 못한 채 죽었다 했다.

열일곱에 시집온 할머니는 줄줄이 다섯이나 딸을 낳았다. 그뿐이랴, 아들 못 낳은 죄인이라며, 할머니가 스스로 데려와 할아버지와 짝 지운 작은할머니가 낳은 딸이 하나 더 있다. 아들 볼 욕심으로 가슴이 까만 재가 되었을 할머니가 작은댁을 들였는데, 시앗을 보면 시샘으로 자식이 들 수도 있다더니 할머니가 딱 그랬단다. 그것도 둘이 동시에 배가 불러왔다 했다. 서로의 눈치를 보며 지냈을 그 얼음판 같은 시간들. 그때 작은할머니가 낳은 고모는 아버지 황구남과 나이가 똑같다.

똑같이 배가 불러오는 두 여자를 보고 할아버지는 먼 산만 바라보셨다던가. 아버지는 딸이 일곱이나 나온 후 귀하게 얻은 자손이건만, 이름은 너무나도 평범하게 구남이다. 아니 특별한 이름이다. 아홉 번째 낳은 아들, 황구남. 그럼에도 불구하고 황 씨 집안을 구한 남자, 황구남. 할머니에게는 세상을 다 준대도 바꿀 수 없는, 가장 소중한 존재다.

아버지의 아버지 황철갑의 장손이자 황 씨 집안의 기둥, 황구남.

그래도 다행인 것이 할머니가 아들을 낳았다는 것이다. 고추를 보는 순간, 이제야 며느리 노릇을 했다는 생각에 죽어도 좋을 것 같다는 생각이 들더란다. 누워서 미역국을 맘껏 먹어본 것도 그때가 처음이라 하셨지.

미역국

커다란 가마솥에 미역국이 한 솥 설설 끓는다. 오늘은 할머니 생신이다. 할머니가 가장 좋아하는 미역국은 생일이 되면 반드시 끓여 동네잔치를 한다. 한 서린 미역국 잔치인 셈이다.

할아버지가 돌아가시고 난 후 집안의 가장 큰 어르신인 할머니 생일에는 그 많은 식구들이 다 온다. 전국에서 다 모인다. 제주 사는 경자 고모는 옥돔을 그득하게 사 와서 할머니를 흡족하게 하고, 대전에 사는 좀 살만한 인자 고모는 두둑한 봉투를 내밀어 할머니 마음을 즐겁게 한다. 인천에서 과일가게를 하는 정자 고모는 갖가지 과일을 상자째로 가져온다.

- 요새 누가 집에서 잔치를 해요? 컨벤션 같은 데 빌려서 하지.

그런 말을 할 수 있는 것은 명수 고모뿐이다. 그런데도 아직 그대로 집안 잔치를 한다. 아들 낳으라고 남자 이름으로 지었다는 명수 고모는 자신의 이름 덕에 아들을 낳았다고 언제나 기세등등하다.

우리 집은 명절보다 할머니 생신이 가장 큰 집안일이다. 그렇게 된 데는 그만한 이유가 있다.

- 어머니가 원하시니 어쩌겠어요?

고모 말에 얼른 대꾸를 하는 것은 언제나 어머니다. 어머니의 속내가 읽히는 부분이지만, 그래도 손은 부지런히 전을 부치고 나물을 무치고 고기를 굽는다.

막내 고모 황미란은 어디서 그런 미인이 났나 싶게 인물도 곱고 성격도 나긋나긋하고 늘 밝게 웃는 모습이 어여쁘지만, 내 눈엔 항상 축축한 눈매가 밟혀서 안쓰러운 생각이 들 때가 많다.

- 문자는 또 안 오는 거야?

명수 고모가 한마디 하자 모두 표정이 굳어진다. 누구 하나 대꾸하는 사람도 없다. 명수 고모의 아들 정재가 눈치를 보며 핸드폰에 눈을 박고 있을 뿐이다. 정자 고모의 두 아들도 게임에 빠져 있는 건 똑같다. 녀석들은 할머니의 생신 따위엔 관심이 없다. 생일 축하 케이크 자르고 밥 먹고 나면 할머니가 나누어 주는 봉투에 관심이 있을 뿐이다. 할머니는 외손자들에게 용돈 봉투를 나누어 주면서도 입맛을 다신다.

- 에고, 남의 집에는 저래 흔한 고추가 우리 집엔 어예 이리 귀하노?

할머니의 그 말이 나오면 고모들은 샐쭉한다. 남의 집 귀한 아들을 너무 막 대하는 것 같아 서운한 게다.

정자 고모와 쌍둥이인 문자 고모는 사는 것이 정자 고모와 판이하게 달라서 모든 가족의 눈총을 받는다. 그래서 가족 행사 때마다 나타나지 않는다. 할머니는 그 고모 이야기만 나오면 풀이 죽는다. 이번에도 다르지 않았다. 미란이 고모만 무슨 말을 할 듯 말 듯 주변 눈치를 보다가 입을 닫았다. 가족들로부터 달갑지 않은 존재가 된 문자 고모는 점심이 지나서 전화나 할 것이다. 늘 그랬으니까.

- 문자 누님도 한번 찾아가 봬야 하는데….

할머니의 눈치를 보며 아버지가 말한다. 다행히 할머니는 못 들은 척하신다.

- 그래, 우리가 너무 심한 건지도 몰라.

제주 고모 역시 할머니 눈치를 살피며 조심스럽게 말한다.

- 다 지 팔자다. 저 좋아서 섶 지고 불구덩이로 들어간 년.

할머니는 더 이상 듣기 싫다는 듯이 제주 고모의 말을 잘랐다. 문자 고모 하나 오지 않는 것쯤이야, 서운해하지도 않으신다. 그런 저변에는 문자 고모가 유독 할머니 말을 안 듣고 제멋대로 행동했다는 괘씸함이 녹아있다.

 - 그래도 어머니, 그러시면 안 됩니다. 시간 내서 제가 한 번 가보겠습니다.

이즈음 들어 아버지가 할머니 말씀에 반기를 자주 든다. 명수 고모가 볼멘소리를 해도 전혀 기죽지 않는 할머니지만 아버지 말에는 비교적 조용해지신다.

 - 자, 자. 얼른 서둘러서 상 차리자.

제주 고모가 어색한 분위기를 지우려는 듯 서둘러 일어나 부산스럽게 움직이기 시작한다.

 - 내가 젊었을 적에는 이 정도는 일도 아니었다.

굼뜨게 일어서는 정자 고모와 일하기 싫어하는 명수 고모를 바라보며 할머니가 서운한 듯 한마디 하신다. 할머니의 그 말이 떨어지면 누구도 입을 떼지 못한다. 더구나 오늘은 할머니의 팔순 잔치! 마당에는, 기분 좋은 할머니처럼 생강나무 꽃이 덩실덩실 피었다.

 - 죽어서 꽃가마 타면 뭐 하노? 살아있을 때 잘 해라.

자식들에게 당당하게 효도를 강요하는 할머니는 생일만큼은 어느 누구 부럽지 않은 호사를 누렸다. 음식이 넘쳐나고 술도 넘쳐난다. 온 동네 사람들을 다 부를 거고 경로당 친구들도 오실 거다. 어머니는 팽이 돌아가듯 바쁘고 고모들은 상을 차리느라 바쁘다. 쌍둥이 할머니는 뒷설거지를 하느라 부엌에서 뱅뱅 돈다. 일하는 것이 힘에 부쳐서 거친 숨을 내쉴 때 보면 딱하기 그지없다. 하루 5만 원의 일당, 그게 그 할머니에게는 화수분 같은 돈이었다. 쌍둥이 손녀들을 돌보는 사이사이, 파출부, 식당 일, 가리지 않고 일을 하는 쌍둥이 할머니는 그럼에도 불구하고 늘 웃는 상이다. 그 할머니를 보살이라고 부르는 사람들도 많았다. 하지만 일솜씨는 야물지 않았다. 그래도 할머니는 집안일이 있을 때마다 일하기를 청하는 쌍둥이 할머니의 부탁을 번번이 들어주었다.

윤경이 언니는 뭐가 불만인지 불퉁한 표정으로 미운털 박힐 작정을 했는지 유나만 끌어안고 있다. 아들 하나 낳고 몇 해 방심한 사이, 덜컥 들어선 게 유나라 했다. 그래서 더욱 애지중지한다. '쫄쫄 빤다'는 표현을 한 제주 고모의 말처럼 윤경 언니의 모든 신경은 유나에게 가 있다.

윤미는 어디가 있는지 보이지 않는다. 어머니의 얼굴에 불안하나마 다행이라는 표정이 언뜻언뜻 스친다.

나는 황구남의 둘째 딸 황윤서이다. 언니 황윤경은 아들 하나 딸 하나 낳아 잘살고 있지만 늘 불만이 많다. 남들은 친정엄마가 아기를 봐주는데 그렇지 못한 형편에 대해서 늘 툴툴거린다. 꿈 많던 막둥이 황윤미는 집안사람 기겁하게 폭탄을 투하해 놓고선 어딜 갔는지 보이지 않는다. 혼전임신보다는 그래도 결혼을 해서 사네 못 사네 하는 것이 부모님 눈에는 나은 모습일까, 임신이 혼수라나 뭐라나 하는 일도 사치스런 행동으로 보일 만큼, 윤미의 행동은 파격적이다.

딸만 셋인 사정으로 아버지는 한때 바람을 살짝 피우기도 했다. 윤미에게 사내 옷을 입히기 시작하는 할머니와 어머니가 대판 언쟁을 벌인 후로 슬그머니 바람을 피우기 시작한 아버지! 명분은 아들을 하나 얻고 싶다는 거였다. 하지만 그 일은 잠시 부는 바람처럼 그러다 말았다. 은근히 부추기던 할머니도 서늘한 어머니의 눈을 보고는 그 일을 입에 담지 않았다.

- 내가 시앗 미역국 끓여 먹일 일이 생기면 거기다 코 박고 죽겠소.

어머니의 서늘한 한 마디는 아버지의 바람조차 수그러들게 했다.

아버지 황구남은 할머니 곁에서 가만히 앉아 있다. 아버지는 그게 가장 큰 효도다. 할머니 옆에만 앉아 있으면 아버지의 임무는 끝나는 것이다. 상이 차려지는 동안 모두 궁금해하는 일이 있었다. 오늘 할머니가 중대발표를 한다고 했기 때문이었다.

- 무슨 말씀을 하시려고 그러지?

고모들은 구석구석 모여 쑥덕댔다.

- 재산을 분배하시려나?

명수 고모였다.

- 그러실 때도 됐지?

전을 담던 제주 고모가 말했다.

- 아니야, 엄마는 아직도 팔팔해.

정자 고모가 고개를 저으며 말했다.

나는 곁에서 묵묵히 식구 수대로 미역국을 펐다. 구수한 미역국 냄새가 나는 가끔 역겹다. 비린 냄새가 아기 냄새 같아서다.

- 시집도 안 간 년이….

내가 코를 싸쥐고 미역국을 푸면 명수 고모는 그렇게 통망을 준다.

- 넌 할머니가 뭐 말씀하실 것 같으냐?

명수 고모가 나를 툭 치며 물었다.

- 몰라요.

사실 나는 아는 게 아무것도 없다. 인생에 대해서나 집안 돌아가는 사정에 대해서나. 그러면서, 마음속으로는 최소한 명수 고모의 말은 틀린 거라는 생각이 들었다.

- 하긴 너한테라고 무슨 말을 하실 어머니가 아니지.

포기하듯, 한숨을 내쉬던 명수 고모가 잡채를 한 움큼 집어 입속으로 밀어 넣었다.

- 너는 일도 안 한 게 먹는 건 밝히네. 덜어서 먹어.

정자 고모가 핀잔을 주듯 톡 쏘았지만 명수 고모는 들은 체도 하지 않았다. 할머니를 가장 많이 닮은 건 명수 고모다. 괄괄한 데다 거침없는 성격이 그대로다.

할머니의 중대발표는 짐작도 못 한 채 밥상이 차려졌다. 교자상을 다섯 개나 붙인 큰 상차림이었다. 마루에 상이 세 개 차려지고, 문을 활짝 연 안방에 두 상이 차려졌다. 당연히 할머니 옆에 아버지가 앉고, 큰고모와 둘째 고모가 앉고 나머지 식구들은 적당히 자리를 잡고 앉았다. 드문드문, 이 빠진 잇속처럼 고모부 세 분이 끼어 앉았다. 처삼촌 벌초하듯 무심한 얼굴들이 남의 집 잔치에 온 듯이 뻐정하다. 어머니는 맨 끝에 앉았다.

- 이 사람은 왜 안 보이누?

할머니가 누군가를 찾고 있다. 찾는 이가 누군지 다들 안다. 그러나 아무도 말이 없다.

아마 모두는 오늘 밥을 먹는 일보다 할머니의 중대발표에 온 신경이 가 있을 것이다. 가장 관심을 보이는 것은 명수 고모고, 그다음으로는 정자 고모다. 큰고모와 둘째 고모는 별말 없이 미역국만 바라보고 있다. 할아버지의 전처소생인 두 분은 할아버지가 돌아가시고 난 후부터는 서먹서먹하게 굴었지만 그래도 어머니에 대한 예의는 깍듯했다.

- 아이구, 형님. 늦어서 죄송해요.

뒤늦게 헐레벌떡 뛰어오는 이를 보고 할머니의 표정이 사나워진다.

- 아예 내년에 오지 그랬나?

아, 복잡한 가족사! 작은할머니다. 숨을 몰아쉬며 마루로 올라서는 작은할머니 옆에 미란이 고모도 서 있다. 작은할머니는 그 와중에도 큰고모와 둘째 고모에게 눈인사를 보낸다. 유난히 두 분 고모에게 살갑다. 어느 사인가 미란이 고모가 작은할머니 옆에 바짝 붙어 있다. 약간 수척해 보이는 갸름한 얼굴이 더 고와 보인다.

오늘 할머니의 중대발표에 대해 어쩜 작은할머니도 욕심을 내고 있을지 모른다. 할아버지가 돌아가실 때 작은할머니 앞으로 집을 한 채 사 주었지만, 작은할머니 입장에서는 서운한 처사라 여기고 있을 것이다. 그러니 오늘 할머니의 중대발표에 대한 기대가 그 누구보다 클 수도 있다.

다른 이들의 궁금한 마음은 모르는 채 할머니는 미역국을 두 그릇이나 비웠다. 미역국은 할머니에게 아들을 낳은 유세와 같았다. 천천히 미역국을 드시는 할머니는 개선장군 같다. 상을 물린 후 할머니는 천천히 식구들을 둘러보았다. 마치 눈 속에 각인하려는 듯, 한 사람 한 사람 오래 바라보았다.

- 엄마, 뭔 뜸을 그렇게 들여?

성질 급한 명수 고모가 제일 먼저 궁금증을 드러냈다. 할머니가 천천히 입을 뗐다.

- 내가 세상에 나와 팔십 년을 살았다. 너희를 낳고 키우느라 그 세월의 반은 보낸 거 같다. 잘 커준 너희들이 고맙고 기특하나 나는 요즘 무척 서운하다.

할머니의 말에 모두가 동그랗게 눈을 떴다. 뭐가 서운하신 거지? 하는 눈빛이었다.

- 그거는 내 인생에 내가 없었다는 말이다.

할머니의 표정은 진지하고 엄숙하기까지 했다.

- 엄마, 무슨 소리야?

정자 고모가 발끈했다. 중간에 끼어 공부를 제대로 못 한 것이 늘 불만이던 고모였다.

- 그래서 내가 너희들에게 지나친 억지를 부린 느낌도 있다. 생일 챙겨라, 어미 말에 토 달지 말아라, 어른들 앞에서는 무조건 공손해라.

할머니의 말에 고모들이 서로 얼굴을 쳐다보며 고개를 갸웃

했다. 서두가 긴 것으로 보아 하시고자 하는 말씀의 진위를 얼른 알아차릴 수 없다는 생각들인 것 같았다.

- 나도 이제 살 만큼 살았다. 언제 죽을지도 모르는 일이고….

그 말에 큰고모가 조용히 대꾸했다.

- 어머니는 아직 건강하세요. 백수 하실 거여요.

하긴 죽음이란 온 순서대로가 아니다. 칠십 고개에 들어선 큰고모가 앞설지도 모르는 일이다. 작년에 유방암 진단을 받은 후 시들 새들 사그라져가는 게 느껴지는 고모였다.

- 맞아, 엄마는 아직 팔팔하잖아. 우리보다 더 기운도 세고.

정자 고모가 큰고모의 말을 거들었다.

- 하기 좋은 말이라고 그리하는 게 아니다. 사람 사는 일이 장담할 게 없다만 그래도 내 건강도 안 좋아지고 이젠 기력이 영 전 같지 않아.

어린양을 하듯 할머니의 목소리에 기운이 없다.

- 그거야 연세가 있으시니…. 그나저나 하실 말씀이 뭐예요? 중대발표라는 게 뭐냐고요. 본론부터 말해 보세요, 답답해 죽겠어!

명수 고모가 톡 끼어들어 하고 싶은 말을 해대자 할머니가 노한 얼굴로 명수 고모를 바라보았다.

- 안 그래도 할 참이었다.

할머니 말에 모두가 입을 다물고 할머니를 바라보았다.

- 내가 말이다. 오늘 생일잔치를 끝으로 생일잔치는 그만할란다.

- 왜?

거의 동시에 고모들이 똑같이 말했다. 어머니는 묵묵히, 과일을 깎고 있었다.

- 너희들도 고생이고, 번거롭기도 하고. 그만하면 너희들도 할 만큼 했고….

- 히야, 그럼 내년부터는 생일잔치 안 와도 돼요?

제주 고모가 환한 얼굴로 할머니의 말을 냉큼 받았다. 식당을 하는 제주 고모는 시간을 비워 친정에 오는 것이 곧 매출과 관계가 되기 때문에 친정 오는 것을 달가워하지 않는 편이다. 그 시간에 장사를 하면 얼마를 버는데, 하며 혼잣말처럼 중얼거리는 것을 여러 번 들었다.

- 그냥 조촐하게 식당 같은 데 빌려서 하자는 말이다.

할머니의 그 말에 모두가 김빠진 얼굴로 한숨을 슬쩍 내쉬었다.

- 그럼 하실 중대발표는 뭐예요?

정자 고모의 목울대로 침 넘어가는 게 보였다.

- 그게 중대발표다.

- 네에? 그게 중대발표?

모두들 어이없는 표정으로 서로를 힐긋거렸다.

- 엄마, 이게 뭐예요? 중대발표라 해서 재산 분배해 주시려나 했더니….

명수 고모가 자리에서 벌떡 일어나 참았던 말을 뱉으며 할머니를 노려봤다.

- 너는 이 에미가 돈으로밖에 안 보이냐? 살 만큼 사는 년이 웬 욕심이 그리 많아?

할머니의 노기 띤 음성이 집안에 쩌렁쩌렁 울렸다. 명수 고모는 할머니를 한참 노려보다 할머니 목소리만큼 큰 목소리로 소리쳤다.

- 내가 살 만큼 사는 데 엄마가 보태준 것 있어요? 엄마는 맨날 뭐가 그리 당당한데? 다른 엄마들은 자식 안 키웠대요? 혼자만 억울한 인생이라 생각하지 마요. 나도 고생할 만큼 했다고요. 사업하는 건 뭐 그냥 하는 줄 알아요? 요즘 들어서는 직원들 월급 주기도 벅차다고요, 한겨울에 살얼음판 딛고 있는 거나 다를 바 없다고요! 공부를 제대로 시켜 줬나, 뭐 하나 도와준 것도 없으면서!

하고 싶은 말을 참아오기라도 한 것처럼, 명수 고모는 고래고래 소리를 지르고는 핸드백을 챙겨 들고 휑 하니 나가버렸다.

모든 자식들은 뻔뻔하다. 어색한 분위기에 모두 시선 둘 데를 찾지 못했다. 정자 고모가 한숨을 쉬다 슬그머니 명수 고모를 따라 나가고, 이어 유나 손을 잡고 윤경이 언니도 나가버렸다. 작은할머니와 미란이 고모도 안개처럼 스르르 사라졌다. 끝내 남은 건 아버지와 어머니, 그리고 나뿐이었다. 쌍둥이 할머니는 부엌에서 설거지를 다 마칠 때까지 있었지만 돌아갈 때는 할머니에게 건성 인사를 하고 허둥지둥 집을 빠져나갔다. 올 때 헐렁하던 비닐 백이 살찐 돼지처럼 부풀어 있었다.

윤미는 끝내 얼굴을 보이지 않았다.

모두가 기대했던 할머니의 중대발표는 그렇게 끝이 나고 집 안엔 아버지의 헛기침만 오래도록 남았다. 다들 떠난 집안 마당에, 아직도 그득한 미역국이 설설 끓고 있었다. 오후엔 경로당에서 잔치를 벌일 것이다. 속이 편하지 않을 게 분명한 어머니는 그래도 뭔가를 매만지고 다독이며 종종걸음을 치고 있었다.

할머니의 소원

- 윤서야, 할미 좀 보자.

이상하고 어수선하게 치른 할머니의 생일이 지난 후 집안은 조용하기 그지없었다. 어머니는 눈만 뜨면 밖으로 내달았다. 희망퇴직을 한 후에는 봉사활동을 하러 간다는 명분이 어머니가 밖으로 도는 이유였다. 실제로 어머니는 가난한 아이들을 돌보아주는 사회단체에 재능기부를 하고 있었다. 영어 선생이었던 이력을 살려 벌써부터 봉사하고 있기는 하지만 그 일을 신나서 하는 것 같지는 않았다. 햇수를 세어보니 희망퇴직을 한 삼 년 전부터였다.

윤미의 일은 어느새 어머니 관심 밖의 일이 돼버린 것 같았다. 머리통이 커진 딸을 통제할 힘이 없다고 생각하신 듯했다.

아버지도 집을 비우기는 마찬가지였다. 평생 공무원으로 사신 아버지는 몇 년 전 어머니와 함께 약속이나 한 듯이 조기퇴직을 하셨다. 원해서 하신 일이기는 했으나 퇴직 이후 아버지는 몹시 우울해 보였다. 고개를 떨어트리고 한숨을 쉴 때가 많았고 때로는 지나치게 술을 마시고 올 때도 있었다.

집을 지키는 건 언제나처럼 '집지킴이'라는 별명이 붙은 나와 할머니뿐이었다. 윤미는 여행을 다녀오겠다는 문자만 덜렁 남겨놓고 일주일이 넘게 소식이 없다.

하루도 빤한 날이 없는 집안이지만 그래도 겉으로는 더없이 평온하다.

할머니와 나는 한 집에 있어도 마주치는 일이 별로 없다. 내가 하는 일이라는 게 컴퓨터를 끼고 앉아 자판을 두드리거나 Y를 만나는 것이 대부분이다 보니 바깥출입이 거의 없다. 할머니는 할머니 나름대로 집을 찾는 손님이나 친구들을 만나느라 나에 대해 별 관심이 없다. 하지만 요즘은 상황이 좀 달라졌다.

할머니는 열 시쯤 경로당에 가지만 이내 돌아왔다. 수준이 안 맞는다는 것이었다. 그도 그럴 것이, 모여 앉아 수다나 떠는 할머니들이 못마땅한 터였다. 뒤늦게 한글을 배우기 시작한 할머니는, 그렇다고 한글을 배우는 것을 드러내고 자랑할 처지도 아니어서 슬그머니 돌아와 혼자 글씨 연습을 하곤 했다. 그런데 그 모습이 썩 행복해 보이지는 않았다. 측은해 보이기도 하고 애처로워 보이기도 했다.

- 내 꿈이 뭔지 아느냐?

어느 한가한 시간에 해바라기를 하고 있는 나를 보고 할머니가 슬그머니 다가와 말을 붙인 적이 있었다.

- 할머니 꿈이요? 뭔데요?

나는 태양을 등지고 선 할머니를 눈을 찌푸려 바라보며 물었다.

- 내 꿈은 한글을 익혀서 책을 읽는 것이란다.

- 책이요? 무슨 책이요?

- 느이 할아버지가 가끔 나한테 책을 읽어준 적이 있어.

처음 듣는 소리였다. 할머니의 눈에 그리움 같은 것이 일렁였다.

- 그런 적이 있었어요?

- 응, 그랬어. 책에 쓰인 이야기가 재미있기도 했고, 그래서 느이 할아버지 돌아가신 뒤에 뒤늦게 한글 배울 생각을 했지.

- 고모들한테 읽어 달라 하시지 왜?

- 자식들한테 어미가 까막눈이라는 걸 말하기가 부끄러웠다. 이런 얘기는 아무한테도 안 했다. 너한테 처음이야.

할머니가 그런 얘기를 나에게 하시는 것은 내가 글을 쓰는 사람이라는 걸 알기 때문인 것 같았다. 나는 할머니가 기분 좋을 때 하는 말을 슬그머니 꺼냈다.

- 문자 고모….

할머니의 눈썹이 올라붙었다. 나를 쳐다보는 할머니의 얼굴에 조금 언짢은 기운이 느껴졌다. 기분이 최고조는 아니라는 얘기다.

- 그년 얘기는 하지 마라.

- 예.

언제나 고만큼의 경계를 두고 할머니는 문자 고모 이야기를 하지 않으려 했다. 나는 곧 입을 다물 수밖에 없었다.

- 너, 이번에도 문학고신가 뭔가에 떨어졌다며?

할머니가 전혀 엉뚱한 쪽으로 화재를 몰고 갔다. 나는 조금 부끄러웠다.

- 정원이가 다녀갔어요?

- 응, 아침에 일찍. 어딜 다녀온다면서 인사드리고 가려고 잠시 들렀대. 너는 자고 있다니까 그냥 간다더라.

정원이는 내 친구지만 나보다 할머니와 더 친하다. 종알종알 떠들었을 게 뻔하다. 나는 무참한 얼굴이 되어 고개를 숙인다.

－괜찮다. 그렇게 쉬우면 고시라 하겠느냐. 그래서 말인데 내가 이참에 너 살 집을 하나 마련해 주랴?

－예예?

생각지도 못한 일이라서 어리둥절하다.

－무식한 할미도 듣는 귀는 있다. 글 쓰는 사람은 조용한 공간에서 일을 해야 한다던데 너는 맨날 시끌시끌한 집에서 일을 하니 집중이 잘 되었겠느냐? 떨어진 게 그런 탓도 있을 것 같아서 말이다. 더구나 윤미까지 와 있으니.

나는 잠시 당황한다. 할머니의 진심을 알 수 없어서다. 돈 쓰는 일에는 아주 인색한 할머니다. 그런데 부탁도 하지 않은 일을 먼저 제의하시다니!

－괜, 괜찮아요. 할머니.

나는 여전히 당황한 채로 일단 사양한다.

－나도 곰곰 생각해서 하는 말이다.

할머니는 내 말을 들은 체도 않는다.

－뭘요?

－집을 마련해 주는 게 그냥이 아니란 말이지. 나중에 문학고시 되거든 갚아라.

－그걸 어떻게 약속해요?

나는 약속하는 일을 싫어한다. 약속이란 족쇄다.

- 안 되면 또 다른 조건이 있다. 그러니 일단은 조용한 공간을 만들어주마. 뭐, 집에서 그리 멀지 않은 오피스텔 같은 거 하나 얻자.

할머니의 약속은 거의 일방적인 거지만 할머니 입에서 나온 말은 거의 실현 가능한 일들이다. 하지만 그 일이 나에게 줄 부담은 보나 마나 뻔한 것이다.

나는 할머니의 표정을 살핀다. 내 의사는 관계없이 일을 진행하실 것 같다. 나쁘지는 않다. 나만의 공간, 글을 쓸 수 있는 공간. 꿈꾸어 오던 일이기도 했다. 그러면 Y가 더 자주 와줄까? 잠시 그런 생각에 빠졌다가 다시 현실로 돌아온다.

할머니의 호의를 거절할 이유가 없다. 그러나 할머니 선심 뒤에 감춰진 게 무얼까 싶어 조금 걱정이 되는 건 사실이다. 분명 핑계를 만들어 자주 드나드실 게 뻔하다. 하지만 그조차도 크게 불편하지는 않을 것이다. 부지런한 할머니는 한자리에 오래 앉아계시는 분이 아니니까. 또 분명 Y의 존재는 모르실 테니까.

일사천리로, 나의 집필실은 마련되었다. 열 평 정도 되는 오피스텔이었다. 집에서 그리 멀지 않은 곳이라 다행일 수도 있고 불편할 수도 있지만, 할머니가 하시는 일에 불만은 없었다.

오히려 고맙다고 인사를 해야 하지만 그 말을 하기는 쑥스러웠다. 나보다 더 신이 난 할머니는 신방을 꾸미는 색시처럼 집안을 꾸몄다. 풍수에 맞게 자리를 잡아야 한다며 책상도 이리저리 방향을 바꿔보고 벽지 색깔도 신경 썼다. 책장도 하나 사 넣고 침대도 하나 사 넣어주었다. 오히려 내가 남의 일을 보는 것처럼 어색하게 굴었다. 나는 할머니가 말하는 방향대로 책상을 옮기고 책을 꾸역꾸역 옮겼을 뿐이다. Y가 그리웠다.

－아이고, 이렇게나 많은 책을 봐야 작가가 될 수 있는 모양이구나.

할머니는 마치 자신의 서재를 꾸미는 것처럼 신이 나 있었다. 서재에서 서성이는 Y가 얼핏 보이는 듯했다.

－정확히 말해서 얘는 아직 유명 작가가 아니에요. 책을 아직 덜 읽어서 큰 작가가 못된 거예요. 크크.

좋은 할머니 덕분에 집필실 가졌다고 샘을 내던 정원이가 와서 할머니 말에 쐐기를 박았다. 언중유골이라고, 틀린 말은 아니었다. 사고의 깊이, 사유의 깊이가 턱없이 모자라서 그런 건지도 모른다. 현상만 보고 내면을 읽을 줄 모르니까. 눈을 뜨고 있으되 눈을 감고 있는 거나 다름없는. 나는 그 말을 하고 갈갈대고 웃는 정원이를 쏘아보았다. 마치 알몸을 보인 것 같은 부끄러움이 나를 휩쌌다.

- 너는 그럼 왜 안 되는 거냐?

할머니도 농으로 받아들이고 정원에게 물었다.

- 저는 화가잖아요. 그래서 작가가 시시하게 느껴져서요. 호호호호. 아이들 가르치는 선생이 최고예요.

엄지를 척 올려 들고 눈을 찡긋해 보이는 정원을 바라보던 할머니가 어이없다는 듯이 정원의 볼을 꼬집었다. 무뚝뚝한 나보다는 싹싹하고 귀여운 정원을 좋아하시는 할머니다. 나는 그냥 웃었다. 이럴 땐 Y도 그냥 웃을 것이다. 어색하게. 정원의 말이 맞기도 하고 틀리기도 하지만, 그에 반응할 마음도 없다. 그 애 속 깊이 감추어져 있는 비밀을 나는 알고 있다. 그래서 그녀의 가면이 측은하게 느껴지는 것이다. 나는 Y만 있으면 되었다.

조촐하게 마련한 집들이에 오신 어머니와 아버지도 놀란 기색을 감추지 못했다.

- 할머니가 너한테는 지극정성이시네. 참 이상한 일이다. 고모들한테는 그리 인색하게 구시더니.

나는 어머니의 그 말을 들으며 조금 찔끔했다. 그렇다고 할머니가 조건으로 내세운, 나조차도 확실하게 짚어낼 수 없는 이유를 말할 수는 없었다. 이제는 한글을 더듬더듬 읽을 수 있어 책을 읽는 데 지장이 없는 할머니가, 왜 나에게 오피스텔을 얻어 주시는지 사실 나도 의아했다. Y는 그 이유를 알까?

소설 쓰는 시간

소설 쓰는 시간을 정원과 공유하려는 생각을 가진 적도 있었
다. 방이 두 개 있는 집필실 하나 얻어서 그녀와 나, 다른 소설
을 쓰는 시간을 갖자고. 하지만 그 일은 잘 진행되지 않았다. 서
로 하는 일이 다르고, 소설에 대한 욕심도 사실은 달랐다.

그녀는 그리 절실하지 않았다. 그녀가 보기에 나도 그리 절실
해 보이지 않는다고 했다. 소설을 제대로 쓰려면 일을 그만두어
야 한다. 장편소설은 더더욱! 자질 운운하기 전에 직장을 그만
두어야 한다는 것이 그녀와 내가 공감한 첫 번째 조건이었다.

나야 직장이라고 할 것도 없이 출판사 일이나 가져다 용돈벌이 하는 정도지만, 정원은 그조차도 마음에서 떨어내야 한다는 것이었다.

- 애, 명월각시 얘기를 쓰는 건 어때?

언젠가 정원이 불쑥 그런 말을 했다. 나는 고개를 저었다. 불쑥 궁상이 떠올라 기분까지 나빠졌다. 명월각시는 궁상이가 없으면 하늘의 달이 될까?

- 제목은 천사의 서(書). 어때?

- 그건 네 몫이지. 너의 화두는 뭔데?

- 나? 여성. 여성이 내 화두야. 여성이 뭔가 하는 게 늘 궁금하지.

그런 맥락에서 보면 명월각시는 분명 그녀가 천착할 만한 주제이긴 하다. 하지만 그건 우리 집 이야기일 뿐이다. 나는 내 집 안의 잡다한 이야기가 소설로 그려지는 게 싫다. 그런데 그녀는 집요할 만큼 우리 집 일에 관심이 많다. 혼자 커 온 탓일 수도 있다. 엄마와 단둘이 살았다지. 경제적으로는 어렵지 않았지만, 늘 혼자 버려진 듯이 살았다 했어. 그런 환경이 언제나 시끌시끌한 대가족에 대한 향수가 되었을지도 몰라.

- 나는 요즘 신화에 대한 관심이 무척 많아졌어. 신화의 시원은 여성일까, 남성일까?

정원은 나를 빤히 바라보며 물었다.

- 글쎄, 확신은 없지만, 나는 신화의 시원이 여성이라고 봐.

- 그래, 나도 그렇게 생각해. 그림을 그리는 나의 목표도 여성적 신화야. 소설도 그쪽으로 천착해보려고 해.

- 욕심이 너무 많다. 두 마리 토끼를 다 잡겠다는 거야?

- 욕심이 많지? 그러다 한 마리도 못 잡지. 호호호.

정원은 그런 자신이 한심하다는 듯이 목소리를 높여 웃었다. 웃음소리로 욕심을 털어버리려는 듯이.

각자, 각자의 몫이 있다. 운명도, 사랑도, 하는 일도!

자정.

커피를 한 잔 마신다. 아주 오래된 습관이다. 집필실을 갖기 전부터 이어온 습관. 뜨거운 커피가 목젖을 타고 흐르면 그제야 정신이 맑아진다. 이제부터 시작이다, 그런 생각이 든다. 세상사, 늘 그렇게 새롭게 시작할 수 있다면 사람들에게 후회라는 감정은 없을까?

나는 컴퓨터 앞에 앉아 화면을 노려본다. 그동안 써온 원고를 다시 다듬는 일은 새로 쓰는 일보다 더 번거롭고 복잡하다. 그 소설 하나로 나는 3년째 1억짜리 공모에 도전하고 있다. 몇 번이나 떨어진 1억짜리 소설 공모에 올해도 도전할 것이다. 고치고 다듬고 다시 한 번 매만져서.

모든 초고는 쓰레기라고 했다. 아일랜드 출신의 소설가이며 극작가였던 버나드 쇼의 일화가 일침이 된다. 그에게 얽힌 일화 한 토막. 밤새 집필을 마치고 새벽녘에 잠이 들려는 버나드 쇼에게 아내가 한 한마디는 충격적이다.

- 당신의 글은 쓰레기 감이에요.

그 말에 반응하는 버나드 쇼의 말이 걸작이다.

- 맞아, 하지만 일곱 번 교정한 다음에는 완전히 달라져 있을 거야.

그 글을 처음 읽었을 때 큰 충격을 받았다. 하지만 시간이 지날수록 그 말은 진실이었다. 나는 다시 한 번 컴퓨터 화면을 노려본다. 세 번째 교정 작업이다. 겨우. 아직 절망할 시기는 아닌 것이다.

Y가 느껴지기 시작한다. 나는 기필코 이번엔 소원을 이루리라 생각한다. Y가 도와준다면. Y 생각이 나면 나는 커피를 마신다. 커피는 나를 깨어나게 하고 오롯하게 맑은 정신을 불러준다. 내가 작업할 때 그 무엇보다도 필요한 것이다. 날밤을 새울수 있는 것은 순전히 커피 덕이다. 분명 '탓'이 아니라 '덕'이다. 깨어나 있기 위해 반드시 필요한!

커피를 한 모금 마시고 책상 앞으로 바짝 다가앉는다. 언제나 그렇지만 이번엔 나를 믿어준 할머니의 사랑에 보답을 하기 위해서라도 꼭 소망을 이루어야 한다. 꼭 1억짜리는 아니더라도 당당하게 공모로 당선되기를 희망한다. 등단이라는 과정을 거친 것은 10년이 넘었으나 내가 소설가라는 걸 몇 사람 빼곤 아는 사람이 별로 없다. 장편소설 응모에 몇 번 떨어지자 오기가 생겼다. 내 이름 석 자, 기억하게 하리라. 이제는 글만 쓸 수 있는 공간도 생겼으니 죽을 셈 치고 전력을 다해 보리라 다짐했다.

서너 군데 공모하는 데가 있다. 꼼꼼하게 모집 요강을 살펴서 이번엔 반드시, 기필코! Y가 웃는다. 공모하는 데가 몇 군데냐가 중요한 게 아니지. 작품이 좋으냐 나쁘냐가 더 크고 중요한 문제지. 아, 거기에 중요한 요소는 운도 상당히 작용한다는 것! 그러나 운을 믿고 일을 할 수는 없다.

밤새 소설을 쓰고, 다듬고, 고치고, 그러다 여명이 밝아오면 나는 물먹은 신문지처럼 구겨져 침대에 널브러진다. Y의 존재는 그런 나를 물끄러미 바라만 볼 뿐이다. 아침이 밝아오면 Y는 슬그머니 사라지고 내 육신은 잠을 이겨내지 못한다. 내 육신의 껍데기를 내던져 놓고 Y는 어둠 속으로 몸을 숨긴다. 그러면 나는 흐느적거리는 연체동물처럼 허물어진다. 꿈속에선 Y가 나타날지도 모른다.

고치고, 또 고친 파지로 엉망이 된 방안은 내가 눈을 뜰 때쯤

이면 말끔해져 있다. 그새 할머니가 다녀가시기 때문이다. 그리운 Y는 없고. 할머니는 고양이걸음으로 방에 들어와 소리 없이 살금살금 방을 치우신다. 내 잠이 깰까 봐 고양이걸음으로. 가끔은 내가 깰 때까지 내 얼굴을 들여다보고 있을 때도 있는데 그럴 때 할머니와 눈이 마주치면 나는 Y를 보는 것 같은 착각에 빠진다. 세상 어느 누가 나를 그리 사랑스럽게 바라봐 줄까. 세상 어느 누가 나를 그리 깊이 인정해 주겠는가. 딸 낳았다고 가장 서운해하던 사람은 할머니가 아니었던가? 할머니는 내가 버린 파지조차 세상 그 어떤 물건보다 소중하게 차곡차곡 모아 놓으신다.

- 어이구, 우리 작가 선생. 일어났어?

할머니는 오피스텔을 얻은 그날부터 나를 <작가 선생>이라고 불렀다.

- 할머니, 그렇게 부르지 마세요. 사람들이 웃어요.

- 알아, 하지만 세상 모든 것들은 소리 내어 불러주면 그 기운이 커진단다. 아이들 이름도 그래서 사랑스러운 마음으로 불러주면 바르고 곱게 자란단다. 그러니 너를 작가 양반이라고 불러주면 더 빨리 좋은 작가가 될 게야.

Y가 생각난다. 그가 내게 말을 걸면 그런 말을 할까?

나는 할머니가 눈물 날 만큼 고마웠다. 나는 할머니를 깊이 껴안고 할머니 냄새를 킁킁 맡았다. 기분이 좋아졌다. Y가 없어도. 할머니는 청소도 해 놓고 가끔 맛있는 음식도 해주었다. 그러나 내가 일어날 때가 되면 또 소리 없이 사라지셨다. Y처럼.

– 작가 선생, 좋은 글 쓰시게.

가끔 서툰 글씨로 그런 메모도 남겼다. 이즈음 들어 할머니는 내 방에 드나드는 게 큰 낙이신 것 같았다. 그리고 밥상을 놓고 가끔 뭔가를 쓰다 가시기도 했다. 내가 보기라도 할양이면 부끄러운 듯 공책을 슬그머니 접어 가방에 넣었다.

그러던 어느 날이었다. 할머니가 나가신 후에 보니 밥상에 공책 한 권이 놓여 있었다. 잊고 가신 것 같았다. 궁금한 마음으로 공책을 펼쳤다. 삐뚤빼뚤한 글씨가 공책 한바닥 쓰여 있다.

나, 장길주,

내 이름은 장길주다. 성은 장 씨인데 나는 내가 장 씨라는 생각보다는 장바닥을 먼저 떠올린다. 어머니가 한 말이 내 머릿속에 콱 박혀 있기 때문이다. 어머니는 지지리도 가난한 집으로 시집을 갔다. 가난한 집 딸이었으니 당연한 거였겠지만 그래도 어머니는 시집을 간 게 아니라 그 집 일꾼으로 팔려 간 거 같다. 그래서 논일, 밭일 가릴 것 없이 하루 종일 일을 했다고 했다. 가난도 대물림되는 거라 나도 가난한 집에 태어나서 집에서 잘

자라지 못했다. 입 하나 더는 게 효도라는 어머니 말에 아무 말 못하고 집을 떠났고, 이리저리 떠돌다 열일곱에 시집을 갔다. 나는 힘이 들 때마다 어머니가 한 말을 떠올렸다.

너는 길에서 주운 애다. 장 보러 갔다가 오는 길에 길바닥에서 나았어. 도움을 받을 데도 없고 길바닥에서 너를 낳았으니, 혼자 탯줄 끊고 치마 벗어 너를 싸가지고 왔다. 그래서 이름을 길주라고 지었다. 길에서 주운 아이. 나는 거기다 더 부친다. 장보러 갔다가 길에서 주운 아이. 나는 그 이름이 싫다. 천박하고 불쌍하고 하잘것없는 이름, 꼭 내 꼬락서니와 같기 때문이다. 그래서 나는 이를 악물었다. 하지만 이를 악문다고 운명이 바뀌는 것은 아니었다.

나는 얼른 공책을 덮었다. 삐뚤빼뚤 어지럽게 쓴 글씨들이 마치 할머니의 쭈글쭈글한 늙은 몸을 봐버린 듯이 민망하고 서글퍼서. 아니, 너무너무 불쌍하고 측은해서. 눈물이 쏟아질 것 같아서 하늘을 올려다봤다. 할머니의 주름 가득한 얼굴이 한가득 밀려왔다. Y의 모습도 아련하게 보였다.

모든 존재는 고귀하고 존중받아야 하느니. 모든 여인은 아름답고 사랑받아야 할 존재이거늘.

나도 모르게 볼을 타고 흐른 눈물. 그 눈물에 한스러운 할머니의 통곡이 스며들 것만 같았다.

나는 나나니벌을 생각했다. 나나니벌과 할머니의 얼굴이 겹쳤다. 나나니벌은 먹이를 끌고 와 밖에 놓아두고, 집안 청소를 마친 후 먹이를 가지러 밖으로 나오지만 먹이는 없다. 나나니벌은 실험자에 의해 사라진 먹이를 찾는다. 그걸 찾으면 다시 집으로 들어가 청소를 하고, 그런 과정을 40번이나 되풀이한다는 나나니벌. 벌은 자신이 청소를 그렇게 많이 했다는 생각을 하지 않는다고 한다. 언제나 초기 단계로 되돌아간다. 할머니의 인생이 어쩜 그런 과정은 아니었을까 생각하면 마음이 쓰리고 아리다.

할머니의 공책을 원래 있던 대로 놔두었다. 할머니가 찾았을 때 못 본 척하기로 했다. 그 대신 그다음 날 오신 할머니한테 엉뚱한 제의를 했다.

- 할머니, 나랑 같이 글 쓸래요?

- 뭐? 내가 뭔 글을 써?

이미 할머니의 글을 봤는데 할머니는 무안해서인지 시치미를 뗐다.

- 이 방도 할머니가 얻어 줬고 여기는 글 쓰는 방이잖아. 그러니 할머니도 여기 오면 글 쓰세요. 이젠 한글도 다 알잖아요.

- 그, 글쎄…. 누가 보면 어떡해?

할머니는 아주 어색한 표정으로 내 의중을 살피고 있었다.

- 누가 보긴요.

그렇게 말하면서 나는 Y를 떠올린다. Y가 보죠, 분명히. 하지만 나는 그런 말을 하지 않는다. Y는 보이는 사람에게만 보인다. 할머니는 Y의 존재를 알 턱이 없다.

- 내가 겨우 한글을 뗐는데 무슨….

언제나 당당한 할머니에게 저렇게 수줍은 모습도 있구나. 나는 할머니의 자신감을 북돋울 마음으로 일부러 큰 목소리로 말했다.

- 할머니 인생을 글로 쓰는 거야. 그게 자서전이란 말이지. 그걸 내가 작가적인 안목으로 다시 재구성해서 문학고시에 낸단 말이지. 그럼 대박이 터질 것 같은데?

Y가 고개를 저으며 비웃듯 웃는다.

- 자, 자서전?

- 응, 할머니 얘기할 게 많다고 했잖아.

- 그, 그렇긴 하지.

할머니의 눈빛이 초롱초롱해졌다. 정말로! Y가 보았다면, '저런 눈빛이어야 해' 할 것 같았다.

- 주민교육센터에서 하는 자서전 쓰기 프로그램이 있던데 한번 가보세요.

- 그, 그런 게 있어?

말은 더듬으면서도, 눈빛은 반짝이는 저 나나니벌!

- 근데 사람들이란 말이야, 자기 얘기를 하기는 좋아해도 들어주는 거는 별로거든. 그런데 이야기 듣는 거는 아주 좋아해요. 할머니 이야기를 남의 얘기처럼 쓰는 거야.

Y가 고개를 끄덕였다.

- 그, 그럴 수 있나?

할머니는 의심쩍은 눈으로 나를 다시 살폈다.

- 하다가 힘들면 그만둬도 돼요.

Y가 강하게 고개를 저었다.

- 하지만 일기 쓰듯이 아주 조금씩 쓰다 보면 할머니의 응어리도 풀어질 수 있어요. 글을 쓰는 건 자신을 위한 치유의 방법이 될 수도 있어요.

- 치유? 글을 쓴다고? 내가?

할머니는 자꾸만 확인을 하고 싶어 했다.

- 그럼요, 고통을 냉정하게 바라보고 객관화시키면 치유가 되죠. 할머니랑 나랑 같은 마음으로 쓰는 거지. 여기는 집필실이니까. 그리고 이거는 할머니와 나만의 비밀로 하고.

할머니의 얼굴에 비로소 확신이 차올랐다. 억눌렸던 할머니 안의 이야기가 꿈틀꿈틀 요동쳤다. Y가 슬쩍 할머니에게 기대었다. 딴 여자가 낳은 아이 키우면서도, 시부모 봉양하고, 다섯이나 되는 딸아이를 낳으면서 문드러졌을 마음, 그도 모자라 작은시숙모까지 모셔야 했던 가슴 속 응어리는 얼마나 많았겠는가.

- 할 수 있을까?

Y의 응원이 느껴진다.

- 할머니는 입담도 좋잖아. 괜히 이 사람 저 사람한테 할머니 이야기하면 싫어하는 사람도 있을 수 있거든. 근데 소설책 읽는 거는 읽고 싶은 사람만 읽잖아. 그러니 얼마나 좋아.

- 그래, 좋다! 너랑 나랑 비밀로 하고 해 보자.

할머니의 얼굴에 화색이 돌았다. 봄꽃이 만든 봉긋한 봉우리 같았다. Y도 알아요, 다만 모른 척하고 있을 뿐이죠. 나는 Y의 존재를 말하고 싶어 입이 근질근질했다.

- 소설은 인간을 이해하고 사랑하는 데서 출발하는 거예요.

나는 할머니 앞에서 아는 척을 하며 약간 거들먹거렸다.

- 하모하모, 인자 내는 니 하라는 대로 다 해 볼끼다.

할머니는 숨겨두었던 사투리를 맘껏 내뱉으며 하늘을 오를 듯한 표정으로 밝아졌다. Y는 어디에 있을까?

할머니는 그날 이후 표정이 달라졌다. 무언가 하고 싶은 일이 생긴 할머니는 전보다 더 부지런해지셨다. 커피를 챙겨 주고 간식을 챙겨 주는 것은 물론, 나를 대하는 태도도 조심스러워졌다.

- 작업실 오실 때 고양이걸음으로 안 다니셔도 돼요, 할머니.

내가 그렇게 말하자 할머니 표정이 굳어졌다.

- 작업이라니? 너는 작가니까 집필한다고 해야지.

Y보다 낫다. 내 마음을 부드럽게 다독여주는 것은. 할머니 덕에 나는 진짜 작가 대접을 받았다. 내가 잠든 사이, 혹은 잠시 집을 비운 사이, 할머니는 고양이발걸음으로 청소도 하고 먹을 것을 가져다 놓기도 했다. 딸 낳았다고 구박하던 때의 기억은 흐려졌다.

가끔씩은 글 쓰는 공책을 슬쩍 놔두고 가기도 했다. 나는 여전히 모른 척했지만 할머니의 원고는 조금씩 늘어가고 있었다. 하지만 아직 Y를 보지는 못한 것 같다.

해혼(解婚)

그를 만나기로 한 건 제법 규모가 큰 레스토랑이었다. 한 번도 가 본 적 없는 낯선 동네에 있는 멋진 레스토랑. 하필이면 왜 거기까지 가서 아이들을 만나야 하는지는 몰랐지만, 연숙의 마음은 어디서 만나든 상관없다 생각했다.

그는 출입구를 등진 채 창밖을 바라보고 있었다. 검정 코트에 붉은 머플러가 그를 오히려 나이 들어 보이게 했다.

- 뭔 생각을 그리 골똘히 해요?

연숙은 가능한 부드러운 목소리로 말하며 그의 맞은편에

앉았다. 창밖으로 무성하게 자란 나무의 푸른 잎이 잔잔하게 흔들렸다.

- 응, 왔어? 앉아.

새삼스럽게 부드러운 그의 음성이 낯설게 느껴졌다. 그가 연숙을 보고 쓸쓸하게 웃었다. 그 어색한 웃음에 그가 고뇌한 시간의 흔적들이 비듬처럼 우수수 떨어졌다. 서로의 결정에 대해 서로가 어색해하고 있었다.

- 바람이 불어?

굳이 안 해도 될 말을 하면서 그는 창밖을 내다봤다.

- 예.

연숙도 짧게 대답했다.

잠시 침묵이 흘렀다. 그도, 연숙도 별로 할 말이 없었다. 그동안 나눈 이야기만으로도 그들은 충분히 서로의 맘을 확인한 터였다. 코끝에 닿는 커피 향을 음미하다가, 또 그 어둡고 깊은 색깔을 물끄러미 바라보다가, 생각난 듯이 한 모금 마시다가, 그렇게 시간이 흘러갔다.

- 애들이 왜 안 오지요?

연숙이 먼저 입을 열었다.

- 그러게. 분명 올 시간이 지났는데….

그가 약간 불안한 눈길로 시계를 들여다봤다. 처음 만난 사람들처럼 조금은 어색하고 조금은 불안한 시간이 한참이나 흐른 후에 그가 뜬금없이 말했다.

- 어디 가 있든 서로 연락은 하고 삽시다. 편지는 주고받자는 말이오.

몹시 하기 힘든 말을 참았다 하는 것처럼 황구남은 빠르게, 그러나 또박또박 힘주어 말했다.

- 편지요? 요즘 세상에 무슨 편지?

연숙이 눈을 동그랗게 뜨며 환하게 웃었다. 짐을 벗어놓는다는 게 더없이 좋은 기분을 갖게 하는 것 같았다.

- 카톡이 편지고 메일이 편지지. 메일도 번거로우면 카톡으로 합시다.

황구남의 말에 연숙이 고개를 끄덕였다.

- 그래, 카톡도 편지지….

무슨 큰 의미라도 발견한 듯이 연숙은 핸드폰을 꺼내 카톡을 확인하며 연신 고개를 끄덕였다.

- 집에서 볼일이지, 왜 밖에서 만나요?

바람을 안고 먼저 들어선 건 윤경이었다. 유나의 손을 잡고 들어서는 폼이 몹시 힘들어 보였다. 눈길은 아이에게 머문 채로 인사도 건성 고개만 까딱했다.

- 정서방은?

황구남이 메마른 음성으로 물었다.

- 어제 출장 갔어요. 한 사흘 있다 온대요. 제주로 갔는데 언니 만나보고 온댔어요.

눈은 여전히 아이에게서 떼지 못한 채로 입만 달싹거렸다. 겨우 아들 하나, 딸 하나 키우는데 어찌 그리 힘들어하는지. 그런 모습을 보니 애처롭기도 했다. 자식은 삼십 년을 넘게 뒷바라지해 왔지만, 아직도 할 일이 남은 듯한 애처로운 존재들이었다. 윤서도, 윤미도 아픈 손가락이었다. 아직도 그 애들은 황구남에게 '아이'였다. 방울 같은 유나가 쪼르르 달려와 연숙의 무릎에 앉았다.

- 날씨가 조금 더워졌어요.

손부채를 하며 들어선 윤서가 자리에 앉으며 무심하게 말했다. 연숙은 윤서의 마른 몸을 안쓰럽게 바라보았다. 매사에 관심이 없는 듯한 눈길로 조용한 아이. 마음속에 무엇이 들어있는지 알 수 없는 아이, 가장 측은하면서도 가장 미더운, 그럼에도 불구하고 물가에 내어놓은 것 같은 아이….

- 윤미는 왜 안 오나?

황구남이 조바심을 하며 출입구 쪽을 바라보았다.

- 참, 좀 전에 전화 왔어요. 못 오겠다고.

윤서가 변명하듯 말했다.

- 어디 있다니?

연숙이 물었다.

- 문자 고모네 가 있대요.

윤서의 말에 황구남이 흠, 흠 헛기침을 했다. 못마땅한 마음을 애써 감추는 것 같았다.

- 근데 저희에게 하실 말씀이 있으시다면서요?

윤경이 나서서 궁금한 듯이 말했다.

- 그게 말이다. 너희들에게 할 말이 있는데….

이연숙은 쉽게 말을 꺼내지 못했다. 결심은 섰으되, 말을 뱉은 후의 상황에 대해 연숙은 불안감을 떨치지 못했다. 황구남이 이연숙을 바라보다 먼저 입을 열었다.

- 너희 엄마와 헤어져 살기로 했다.

청천벽력이라 여겨서일까, 윤경의 눈이 휘둥그레졌다.

- 뭐라고요? 헤어져요? 왜요?

윤경은 바짝 다가앉으며 속사포처럼 질문을 퍼부었다. 윤서는 조금 놀란 눈으로 말없이 두 사람을 건너다보았다.

- 이혼한다는 말씀이세요? 왜요? 잘 사시다가 왜? 할머니는 아세요?

윤경은 곧바로 대답을 들어야겠다는 듯이 질문을 퍼부었다.

- 이혼이 아니고….

이연숙이 황구남의 말을 가로챘다.

- 헤어진다면서요? 그게 이혼한다는 말이잖아요.

헤어진다는 말은 윤경에게 '이혼'이라는 말과 동의어였다. 황구남이 마른침을 삼키며 또박또박 다시 말했다.

- 이혼이 아니고…. 말하자면 해, 혼이다.

- 해, 호, 혼?

윤경이 사레들린 것처럼 캑캑거리며 한 음절 한 음절 어렵게 발음했다.

- 요즘 젊은 애들이 '비혼'이라는 말을 자주 쓰던데 부모님은 해, 혼이라고요? 그게 뭔 뜻이죠?

윤경이 이해할 수 없다는 듯이 물었다.

- 말하자면… 요새 일본 사람들이 자주 쓰는 '졸혼'의 개념과 같은 거지. 혼인을 풀어버린다, 뭐 그런….

- 해혼이라고요? 아이구, 졸도하겠네. 엄마. 아빠 망령 들었어요? 왜 그래요?

윤경의 음성이 더욱 높아졌다.

- 시끄럽다. 우리 둘은 이미 합의를 본 일이다. 우리에게도 우리의 인생이 있다. 이제부터는 그걸 좀 즐기면서 살려고 하는 것뿐이다.

- 그럼 우리를 키운 게 고통스러운 일이었다는 얘기잖아요.

우리가 그런 존재예요?

큰딸 윤경이 서운한 표정으로 연숙을 바라봤다. 연숙이 고개를 저으며 머뭇거렸다.

- 그, 그게 아니고….

자신도 모르게 말이 떨려 나왔다. 마치 죄를 지은 듯이 당당하지 못했다. 그런 느낌에 화가 났다. 아이들을 먹이고 입히고 키우느라 바쳐온 세월이 주마등처럼 스쳤다. 아, 삶이 한갓 꿈일지니. 이연숙은 여전히 꿈을 꾸는 듯한 눈길로 아이들을 바라보고 있었다. 황구남은 그런 연숙을 바라보다 난생처음 큰소리를 냈다.

- 너희들 의견을 구하려고 모이라 한 게 아니고 결정사항을 알리려 한 것뿐이다. 밥을 먹고 이야기를 하려던 것이 그만 순서가 바뀌었구나.

황구남의 말을 귀 기울여 듣던 큰딸 윤경은 자리를 박차고 벌떡 일어났다.

- 지금 밥이 문제예요? 미쳤어요, 미쳤어. 엄마 아빠 연세가 몇인 줄 아세요? 이제 이혼해서 어쩌시려구요? 재산 분할은 했어요?

- 윤경아, 너는 이 마당에 재산분할 그런 얘기가 왜 나오냐?

황구남이 버럭 화를 냈다.

- 있지도 않은 아들 기다리느라 재산 안 나눠주시는 거잖아요!

윤경은 그동안 쌓인 게 많은 모양이었다. 대학공부 시키고 결혼시켰으면 됐지, 뭘 더 바라는지. 발끈해서 바르르 떠는 윤경을 보며 연숙은 가슴을 쓸어내렸다. 자식 키우는 일은 산 넘어 산이었다.

- 거기에 아들 이야기는 왜 나오니?

이번엔 연숙이 화를 냈다. 아들 타령에 머리에 쥐가 날 지경이다. 연숙의 말에 윤경이 유나의 손을 움켜잡고 일어섰다. 그러더니 눈길도 주지 않고 자리를 떴다. 발끈하는 윤경의 투정은 이미 예상한 바였다.

재산 분할… 황구남은 그 말에 힘이 빠졌다. 부모가 왜 갈라져 살려는 지에 대한 관심은 없고 그저 재산분할에만 관심이 있다니.

이연숙 또한 이마를 짚으며 한숨을 쏟았다. 정신없이 달려온 세월에, 모래언덕이 허물어지는 것처럼 믿음이 흐트러졌다.

- 자식이 뭔지….

황구남이 혼잣말처럼 중얼거렸다.

윤서만 민망한 얼굴로 아무런 말 없이 앉아 있었다.

- 뭐? 뭐라고 했느냐?

어머니의 떨리는 목소리가 방안에 가득했다.

- 그만 서로를 놓아주기로 했습니다. 저 사람과 나.

황구남이 굳은 표정으로 어머니와 이연숙을 번갈아 바라봤다. 연숙은 고개를 숙이고 앉아 있었지만 마주 잡은 두 손의 의지는 결연해 보였다.

- 뭐? 서로를 놓아줘? 이혼을 하겠다는 말이냐?

- 이혼이 아니고 혼인을 풀어버리려 합니다. 혼인으로 묶였던 우리 사이의 관계를.

그의 목소리는 생각보다 단단하고 흔들림이 없었다.

황구남. 황 씨 집안을 구할 남자, 황구남은 지금 아내와의 관계를 청산하려 한다고 어머니 앞에서 흔들림 없이 이야기하고 있는 중이다.

황구남의 말에 장길주의 눈빛이 잠시 흔들렸다. 그 짧은 사이.

- 결국 헤어지겠다는 소리냐?

장길주의 목소리가 갈라졌다.

- 이혼은 아닙니다. 가끔 만나기도 하고 아이들 문제로 의논도 할 거고.

- 무슨 소리인지 도통 알아들을 수가 없구나. 에미한테 물어보자. 애비와 살기가 싫으냐?

- 그건 아닙니다. 서로에게 남은 삶을 자유롭게 누리도록 구속을

벗자는 뜻입니다.

연숙도 또박또박 자신의 뜻을 밝혔다. 하긴 이 자리까지 와 앉아 있는 걸 보면 그냥 허실한 마음은 아닐 테지.

- 간단하게 말하면 결국 집에서 나가겠다는 소리네?

- …예.

연숙은 잠시 망설이다 차분하게 말했다. 길고 하얀 손가락을 가지런히 맞잡고 있다.

- 허허, 아들도 하나 못 낳은 주제에 어찌 그리 당당하누? 집을 나가겠다고?

확인하고 다짐하듯 장길주의 목소리가 단단해졌다.

- 어머니! 어찌 그런 말씀을!

황구남은 연숙의 눈치를 보며 목소리를 높였다.

- 자네는 가만있게나.

황구남을 바라보는 장길주의 눈빛에 묘한 기대가 스쳤다. 자신도 딸을 다섯이나 낳은 후에 아들을 얻었다. 그러고 보면 장길주의 본심으로는 며느리의 단언이 오히려 반가울 수도 있는 터다. 생각지도 않은 기회가 올 수도 있다는 기대 때문에.

- 어머니, 저도 집을 떠납니다.

황구남의 결연한 목소리에 장길주의 얼굴은 오히려 밝아졌다.

- 어디 다른 지방에 일자리가 생기셨는가?

목소리에는 장한 아들에 대한 기대와 열망이 그대로 드러났다.

- 아니오. 이젠 일하러 가는 게 아니고 그냥 무작정 떠나 쉬는 시간을 가져 보려고요. 저 하고 싶은 일도 좀 하고, 가고 싶었던 곳도 가보고.

황구남의 표정이 살짝 흔들렸다. 평생 집안을 벗어나 보지 못한 어머니 앞에서 할 소리는 아니라는 생각이 든 때문이었다.

- 그래, 그동안 힘이 드셨겠지. 한동안 쉬러 가시는 게지.

어머니 장길주는 여전히 너그러웠다, 황구남에 대해서는 언제나 그랬다.

- 아니오, 당분간 집에 오지 않을 겁니다. 그러니 어머니도 너무 서운하게 생각하지 마십시오.

- 대단하오, 평생 여행이라고는 가 본 적 없는 어미 앞에서 그런 말을 서슴없이 하다니.

장길주의 서운한 눈빛에 황구남의 눈빛이 조금 흔들렸다.

- 죄송합니다. 제 생각이 짧았습니다.

황구남은 다시 자세를 고쳐 잡고 깊이 고개를 조아렸다.

- 내 평생 다 바쳐 키운 아들이 이제는 나를 떠나려 하네. 허허, 내 죽어 어찌 조상들을 뵈올까.

조상이라는 말에 황구남의 얼굴에 그늘이 졌다. 연숙은 불편한 자세로 앉아 눈을 내리깔고 있었다.

－제사는 모시러 옵니다. 다만 전국을 주유하며 보고 듣고 배우며 살려고 하는 것뿐입니다.

－장허시오, 내 아들. 그만큼 공부하고도 모자라 더 공부할 게 남았소?

장길주의 말은 빈정거림이었다. 그럼에도 불구하고 눈빛은 더없이 따뜻했다. 눈에 넣어도 안 아플 자식에 대한 사랑은 여전히 끈적하게 달라붙은 눈길이었다. 그러면서 연숙에게는 눈길도 주지 않았다. 어쩜 속으로는 이미 다른 그림을 그리고 있는지 모를 일이었다. 연숙은 장길주의 눈빛에서 그걸 읽었다.

서로를 놓아주자고 이야기를 꺼낸 것은 구남이 먼저였다. 정년을 앞두고 조기 퇴직을 하던 날, 그는 연숙을 불러 술 한잔하자고 했다. 전에 없이 쓸쓸한 표정이기는 한데 더없이 홀가분한 느낌이 드는 얼굴이기도 했다. 잔뜩 짊어지고 있던 짐을 내려놓은 듯한 편안함. 그날만큼 서로의 속내를 드러내고 편안했던 날이 없었다.

－내 꿈이 무엇이었는지 아시오?

황구남이 진지하게 물었다.

－시인이 되고 싶었다 하지 않았어요?

- 그랬지. 그랬는데 이루지 못했소, 현실의 감옥에 꽁꽁 묶여서.

황구남의 쓸쓸한 눈빛이 저 멀리에 가 머물렀다.

- 그래도 그만하면 만족한 인생 아닐까요?

- 아니지. 그건 내가 원한 인생이 아니오. 세상이 나에게 짐 지운 인생이고, 어머니가 내게 원한 인생이었소. 나는 남루를 입고라도 편안한 생을 즐기고 싶었소.

연숙은 구남의 고백을 들으며 그의 부러진 날개가 안쓰러웠다.

- 나도 그래요. 내려놓고 싶은 것들이 많아요. 벗어버리고 싶은 것들이 많아요. 내 인생은 뭔가 하는 회의를 벗어버릴 시간이 필요해요.

연숙도 모처럼 숨김없이 자신의 속내를 말했다.

- 충분히 이해하오. 그래서 내가 먼저 제의를 하는 것이오. 우리 서로 편해지자고. 그동안 우리가 짊어져 온 짐을 이제는 벗어버려도 좋겠다고. 얼마 남지 않은 인생, 자신들을 위해 살아보자고.

황구남의 결심은 그 어느 때보다 진실했고 진지했다. 어머니가 걸리지 않는 것은 아니나, 어머니 뜻도 그만큼 따랐으면 할 만큼 했다는 생각이 들었다.

- 후회하지 않겠어요?

연숙이 확인하듯 다짐했다.

- 후회는 무슨.

구남은 고개를 강하게 저었다.

- 혹 아들을 얻기 위해….

그 말을 할 때 연숙은 조금 서글퍼졌다. 자신도 모르게 그 부분에서는 편안할 수가 없었다. 남의 집에 시집왔으면 아들 하나는 낳아주어야 한다는 시어머니의 말이 이명처럼 웅웅거렸다.

- 여보. 그런 말은 하지 마시오.

- 어머님이 원체 강경하시니. 당신도 어쩜 원하고 있을지도. 그래서 헤어지자는 것인지도….

그렇게 말하는 연숙의 눈빛이 잠시 흔들렸다.

- 절대 그런 뜻은 없소.

황구남의 눈빛은 진지했다.

- 하기는 혼인을 풀어버리자는 마당에 당신이 무슨 일을 하든 신경 쓸 바가 아니지요. 서로 편하게, 서로 원하는 바대로….

연숙은 구남을 바라보며 마음을 평온하게 다잡았다. 이미 마음을 내려놓기로 한 터에 무슨…. 조금 울컥하는 마음이 들기도 했지만 서운하지는 않았다.

- 어디로 갈 것이오? 무엇을 할 것이오?

황구남은 연숙을 바라보며 전에 없이 따뜻한 목소리로 말했다.

- 아직은요. 며칠 쉬면서 정리를 해 봐야겠어요.

아직은 머릿속이 엉망진창이었다. 사회적 관계도 그렇고 가족 간의 관계도 어찌 정리하여야 할지 갈피를 잡을 수 없었다. 인간을 묶는 것이 제도인지, 습관인지, 혹은 마음인지.

- 나는 우선 남쪽으로 도보여행을 떠날까 하오. 배낭 하나 메고 운동화 신고. 자신에 대한 생각도 좀 하고, 삶에 대해서도 정리를 좀 하고. 그러다 기회가 닿으면 시를 공부할 생각이오.

- 나도 붙박이 인생을 좀 털어버릴까 해요. 내게 엉켜있는 관계의 끈들을 좀 끊어버리고 싶어요. 그런데 애들이 걱정이긴 해요. 우리 행동에 대해 뭐라고 할까요?

연숙의 얼굴에 슬쩍 걱정이 스며들었다.

- 그런 생각을 하기 시작하면 아무것도 할 수 없소. 우리는 그동안 열심히 살아왔소. 더 이상 속박당하지 않아도 좋소. 누구에게도 속박당할 이유가 없소. 당신은 당신 하고 싶은 대로 하고, 나도 나 하고 싶은 대로 살아 보자구요.

황구남은 시원한 듯이 어깨를 쭉 펴고 기지개를 켰다. 연숙도 모처럼 느끼는 해방감과 자유로움에 몸이 가벼워졌다.

아, 새로운 첫날. 자신을 짓누르던 집안의 무거운 공기를 벗어나는 순간, 연숙은 날아오를 것만 같았다.

너만 그러고 싶냐?

장길주는 방안의 모든 불을 껐다. 이미 밤은 깊어 조용한데 오늘따라 텅 빈 집이 무서웠다. 늘 소란한 집이었다. 누군가 드나들고, 무슨 일인가 늘 벌어지던 집이었다. 좋은 일은 좋은 대로, 궂은일은 궂은 대로, 집안에는 늘 활기와 불평과 소란스러움이 공존했다. 그 중심에 장길주가 있었고, 아들 황구남이 있었고, 반 맘에도 안 드는 며느리 이연숙이 있었고, 종달새 같은 손녀들이 셋이나 있었다. 하지만 지금은 아무도 없다. 덩그런 집에 장길주 혼자 남아 있을 뿐이다.

이불을 목까지 올려 덮고 눈을 감았다. 비를 머금은 찬바람이 마당을 휘도는 소리가 귀신 울음소리 같았다.

이 너른 집에 아무도 없다. 고약한 것들은 통고하듯 해혼 어쩌고저쩌고 떠들어대더니 기다리는 누군가가 있는 것처럼 집을 빠져나갔다. 참 어이없는 일이었다. 기가 찬 일이었다. 어찌 구남이가 그럴 수 있는지. 며느리는 몰라도 구남이는 그러면 안 되었다. 그런데 그놈이 먼저 말을 꺼냈다지 않았던가. 뭐? 해혼? 살다 살다 별 이상한 소리 다 듣는다 싶었지만, 한편으로 장길주는 오히려 다행한 일일지도 모른다는 생각을 했다. 딸만 내리 셋을 낳은 며느리는 아들 못 낳는 죄책감도 별로 없어 보였다. 당당한 것은 아니지만 결코 그 일 때문에 주눅 들지는 않았다. 말끝마다 따박따박 대꾸를 하는 걸 보면 손이 절로 올라갈 지경이었다. 영어 선생이 무슨 벼슬이라고, 말끝마다 학교 일로 바쁘네, 영어 연수를 가야 하네, 원어민 영어캠프를 인솔해 가야 하네, 하면서 집 안에 있는 날이 별로 없었다. 말만 며느리지, 며느리 노릇을 흡족하게 하는 게 하나도 없었다. 또 몸은 왜 그리 부실한지, 개미만 한 몸피는 늘 여기저기 시원찮았다. 감기를 달고 살았고 툭하면 누워버렸다. 명절이 지나면 명절 치레를 하듯이 병원을 전전했다. 그래도 장길주는 참았다. 내 몸 건강하고 아직 일할 만한데 까짓 집안일이야 일거리도 아니었다.

젊은 날의 고생을 생각하면 오히려 호사였다.

그러나, 그러나 뭐 대단하게 한 일이 있다고 힘들어서 이젠 자유롭게 살고 싶다고? 기가 찬다. 거기에 더 가관인 것은 금이야 옥이야 키운 내 새끼가 며느리 편을 들고 나선 일이었다. 어이쿠, 속이 터진다. 제 어미 고생한 건 안중에도 없다. 갑자기 코끝이 시큰했다. 갑자기 외로움이 사무쳤다. 내가 뭘 보고 살았나?

－너만 그러고 싶냐? 나도 그러고 싶다.

길주는 아무도 없는 방에서 소리를 질렀다. 속이 좀 후련해지는 듯싶었지만 울컥한 마음에 눈물이 비질거리고 흘렀다.

－너만 그러고 싶냐고?!

앞에 며느리가 있는 것처럼 목청껏 소리를 질렀다.

생각할수록, 며느리보다 더 괘씸한 게 구남이었다. 딸을 내리 다섯이나 낳고 하늘에 애원하듯 빌어 얻은 아들이었다. 집안에 대를 잇지 못하면 아무리 재산을 일구고 집안 대소사를 잘 챙겨도 더없는 죄인이었다. 구남이를 낳고 나서 길주는 처음으로 누워서 미역국을 먹을 수 있었다. 애지중지, 불면 나를까 조바심치며 키운 아들이었다. 그런 자식이, 그동안 어미 말이라면 죽은 듯 고분고분하던 그 아들이….

－아이고, 내 팔자. 박복하기도 하다.

서러움이 밀려들자 장길주는 벌떡 일어나 앉아 땅을 치고 통곡하기 시작했다. 빈집에 장길주의 울음소리가 겨울바람만큼 맵고 서늘했다. 문득 문자의 얼굴이 떠올랐다. 팔자도 더러운 년. 그년 얼굴을 보면 화가 났다. 그럼에도 불구하고 불쌍했다. 지지리 복도 없는 년. 아니 아니지, 제 발로 불구덩이로 뛰어든 년. 꾀도 욕심도 없는 멍청한 년. 아무리 좋게 생각하려고 해도 좋게 생각할 수 없었다. 그래서 가능한 그년은 생각지 않으려고 했다. 그런데 이럴 때, 더없이 한탄스럽고 가슴 아플 때는 왜 그년이 생각나는지 모르겠다.

명월각시

간밤 꿈에 어머니가 보였다. 약간은 화난 듯이 근엄한 표정으로 언제나 문자를 바라보는 시선은 곱지 않았다.

- 무슨 일이 있는 걸까?

꿈을 믿는 건 아니지만 개운치 않은 꿈을 꾸고 나면 마음이 불편했다. 친정 나들이를 한 번 해볼까 하는 생각도 했지만, 친정만 다녀오면 평온하던 일상이 뒤틀어져버려 가고 싶은 생각이 없었다. 어머니는 언제나 문자를 정자와 비교했다.

- 정자 봐라, 얼마나 야무지게 하고 사냐? 한날한시에 똑같이

세상에 나왔는데 왜 생각하는 거는 그렇게 다르냐.

　쌍둥이로 태어났는데 왜 팔자는 다르냐는 것이 어머니의 불만이었다. 어머니 말처럼, 한날한시에 세상에 나와서 똑같이 중학교까지 다녔고 결혼을 하기 전까지는 하는 짓도 똑같았다. 늘 한 몸처럼 붙어 다녔다. 정자와 문자의 인생이 달라지기 시작한 것은 미용학원에 다니기 시작하면서부터였다.

　- 아이구, 지겨워, 나는 사람들 머리나 만지며 살고 싶지는 않다.

　정자는 학원 다닌 지 한 달 만에 미용가위를 내던지며 포기했다. 문자는 곰처럼 꾸준히 미용사 일을 익혔다. 정자는 제주 언니 집에 가서 장사를 익혔다. 거기서 남자도 만났다. 서글서글한 성격에 장사 수완도 좋은 남자를 만난 건 그 애의 복일지도 몰랐다. 정자는 그 남자와 만난 지 석 달 만에 갑자기 뜨거워져서 바로 동거에 들어갔다. 배가 불룩해져서야 결혼식을 올렸는데 애를 낳자마자 시어머니에게 맡기고 시장통에서 장사를 시작했다. 처음엔 되는대로 리어카를 끌며 노점상을 했다. 어머니는 썩 내켜 하지는 않았지만 살려고 애쓰는 모습이 기특하다며 점점 서운한 마음을 누그려 트렸다. 정자는 그 남자가 하는 일이라면 무조건 오케이였다. 조금씩 장사가 몸에 익자 시장통에 가게를 하나 내었고 운이 닿았는지 나날이 가게가 번성했다. 그즈음, 정자의 남편이 한눈을 팔기 시작했다. 그로 인해 둘은 맨날 싸웠다. 지지고 볶는다는 말이 실감 날 정도로 정자는 늘 밤송이처럼 울퉁불퉁해서 친정을 찾았고 어머니께 하소연을 하며 질질 짜다 갔다. 그래도 어머니는 한결같이 '남자는 그럴 수도 있는 거다'라며 정자를 달래서 돌려보냈다.

문자는 남의 일처럼 벌어지는 정자의 지긋지긋한 결혼생활을 보며 차라리 결혼을 안 하고 사는 것도 괜찮겠다고 생각했다. 한 번은 그런 말을 어머니께 했다가 불호령이 떨어졌다.

- 기집애가 시집가서 애를 낳아야지, 뭔 헛소리야?

또 그런가 보다 싶어 어머니께 반항도 못 하고 고개를 숙였다. 학원을 마치고 견습 미용사가 되었다. 어머니도 안심하는 눈치였다.

- 딸 덕에 파마는 평생 공짜로 하겠네.

라는 말로, 어머니는 동네 사람들에게 은근히 딸 자랑을 했다. 문자도 '내 인생 이만하면 되었다'고 생각했다. 그러던 문자가 어머니에게 가장 나쁜 딸이 된 건 뒤늦게 만난 남자 때문이었다. 어머니는 악담하듯이 소리쳤다.

- 이 멍충이 같은 년아, 세상에 눈을 감고 골라도 너보다는 낫게 고를 거다. 남자 보는 눈이 그렇게도 없냐? 아님 뭐가 씌었냐? 자다가 생각해도 이건 아니다. 당장 갈라서!

모든 어머니의 눈에 당신의 자식은 최상이다. 어디 내놓아도 부끄러울 것이 없는 딸이 어디서 골라왔다는 게 그런 남자라니!

문자의 남자는 장애인이었다. 그뿐만이 아니라 인상도 험악했다. 얼핏 보아서는 호감을 가질 수 없는 인상이긴 했다. 고아로 자라 부모도 없었다. 오갈 데 없이 자란 형제만 셋이나 되었다. 그가 맏형이었으며 동생을 거두어야 하는 처지였다. 다리를 절고 인상이 험악하다는 이유로 그는 변변한 직장도 가지지 못했다. 학교도 제대로 다니지 못했으니 건설 현장을 떠돌며 잡역부 일을 하는 게 고작이었고, 그나마 현장에서 등짐을 지고 다니다 굴러떨어져 허리도 제대로 쓰지 못했다.

문자는 그가 사는 도시의 한 미용실에서 견습 미용사 노릇을 하고 있었다. 그는 곱슬머리를 자르기 위해 미용실에 왔고 문자가 그의 머리카락을 잘라 주었다. 그는 동생들도 데리고 미용실에 왔다. 마치 문자에게 소개하기 위해 데리고 온 건 아닌가 하는 생각도 들 만큼 자주 왔다.

문자는 자신의 이름을 건 미용실을 내고 싶어서 정말 열심히 일했다. 방 얻을 돈을 아끼기 위해 미용실에 붙어 있는 창고 방에서 잤다. 오직 한 가지 생각 때문이었다. 문자도 처음부터 그 남자를 마음에 두었던 것은 아니었다. 그런 남자를 이상형으로 꼽는 여자는 이 세상에 없을 것이다. 문자는 그가 하도 못 생겨서 <콰지모도>를 떠올렸다. 학교 다닐 때 읽었던 빅토르 위고가 쓴 <노트르담의 곱추>에 나오는 인물 <콰지모도>만큼 못생겼다는 생각이 들어서였다. 그런 그에게 문자가 다른 마음을 품게 된 것은 운명이랄 수밖에 없는 일이었다.

　하루 종일 일하고 저녁이 되면 파김치가 따로 없었다. 문자는 오로지 자신의 미용실을 하루라도 빨리 갖기 위해서 청소며 주방 일까지 도맡아 했다. 돈을 절약해야 했기에 먹는 것도 부실할 수밖에 없었다. 몸살 기운이 있어도 병원에 가거나 약을 사 먹기보다는 생강차 진하게 끓여 먹는 거로 때웠고 끼니도 라면으로 때울 때가 더 많았다. 문자는 점점 말라갔고 허약해져 갔다. 하지만 일의 강도는 점점 더 세졌다. 주인 여자는 창고를 터서 미용실을 확장했다. 문자는 당연히 그 창고를 쓸 수 없게 됐고 허름한 이층집 옥탑방 하나를 얻어 독립해야 했다. 방세가 아까웠지만 보다 큰 목적을 위해 그 정도는 감수해야 된다고 생각했다. 어느새 주인 여자는 문자에게 미용실을 맡겨 두고 사업을 확장하는 일로 바빠졌다.
　- 2호점, 3호점으로 늘어날 거야.
　자신만만해진 원장은 그동안 숨겨두었던 보물을 찾아낸 듯이 사업 확장에 열을 올렸다. 그런 그녀를 보며 문자도 꿍꿍이셈이 생겼다. 주인 여자의 2호점 점장은 내가 된다, 하는 것이 속마음이었다. 일은 마음먹은 대로 착착 진행되는 듯했다.

2호점을 오픈하기 전 마지막 주말, 단합대회를 겸한 산행대회가 있었다. 그 어느 때보다 가볍고 즐거운 마음으로 산행에 동참했다. 호사다마라는 말의 뜻을 그 당시까지만 해도 그리 절절하게 느낄 일이 없었다. 산 정상에서 밝은 미래를 위해 주인 여자와 문자는 자매 이상의 친밀감을 보이며 정상주도 함께 나누어 마셨다.

그것이 사달이었을까, 하산하는 길에 문자는 비탈진 언덕에서 굴렀다. 그날 이후 보름 동안을 꼼짝없이 누워 있어야 했다. 피붙이 하나 없는 객지에서 문자는 외톨이가 되었다. 2호점 개업 준비로 바빴던 주인 여자는 단 한 번 병문안을 왔을 뿐이었다.

- 어쩌냐, 너무 바빠서 돌봐줄 수가 없네. 누구 오라고 할 사람 없어?

주인 여자의 말을 들으며 어머니를 떠올렸지만 문자가 다쳤다는 사실을 알리는 것 자체가 큰 불효였다. 정자 생각도 했지만 저 살기 바빠 동동거리는 아이를 부를 수도 없었다. 천지간에 나 홀로. 외로웠고 또 서러웠다. 돈 쓰는 일이 두려웠던 탓에 응급치료만 받고 집으로 돌아왔다. 운신조차 제대로 할 수 없는 처지에 곁엔 아무도 없었다. 부모도, 형제자매도, 친구도 없었다. 그때 그가 문을 두드렸다. 그날 이후로 그는 문자 곁에서 간호를 자청했다.

보름이 지난날, 문자는 그와 같이 살고 있었다.

- 언니, 명월각시 이야기 알아요?

미란이가 말했다.

- 명월각시?

- 우리나라 신화 중에 하난데요, 옛날옛날 어떤 마을에 명월
이라는 여자애가 살았대요. 그 애는 마음씨가 아주 착하고 현
명하기까지 했대요…. 명월이의 배필인 궁상이는 만 가지 재주
를 가진 선계의 사람이었대요. 어질고 착한 궁상이가 이 세상
에서 살림을 시작하는데 아주 나쁜 친구의 꾐에 빠져 재산도
다 잃고 아내를 거는 도박에까지 빠지게 됐대요. 그런데 현명하
고 슬기로운 명월각시가 결국엔 남편을 구해내게 되지요.

한동안 문자가 데리고 있었던 미란이는 종종 그런 이야기를
했다. 문자야 신화가 뭔지도 잘 모르지만 책을 좋아하는 미란이
는 미용실 일이 끝나면 밤늦도록 책을 보았다. 그래서 아는 것도
많은 것 같았다. 문자는 오로지 미용 일밖에 몰랐다. 세상에 대
한 오기 같은 게 한 가지 일에 골몰할 수 있게 한 것 같았다.

문자는 쾌지모도와 살기 시작하면서 보란 듯이 그녀가 근무하
던 미용실 앞에다 <문자 미용실>을 냈다. 아플 때 거들떠보지도

않았던 주인 여자에 대한 양심이 있기도 했다. 또 힘들었던 시기에 곁을 지켜준 남자에 대해 어떤 식으로든 보답을 해야 한다고 생각했다. 그 보답은 같이 사는 것이었다. 콰지모도는 따뜻하고 깊은 눈으로 문자를 바라보았고, 사랑한다고 말했고, 따뜻함이 그리웠던 문자는 그를 받아들였다. 결코, 남들이 이야기하듯 동정심에서 한 행동만은 아니었다. 그런데 왜 몹쓸 사람과 사는 것처럼 이야기하는지…. 어쨌거나 그 일로 문자는 그 작은 도시에서 살아남기 위해 발버둥 치기 시작했다. 셋이나 되는 시동생을 보살펴야 했으며 절뚝거리는 콰지모도를 하늘처럼 섬기며 살았다. 결혼도 약속했다. 엄마에게 소개를 해야 한다는 생각에 큰마음을 먹고 엄마를 찾아갔지만 엄마는 콰지모도를 쳐다보지도 않았다. 뿐만 아니라 그 앞에서 문자를 두드려 패기까지 했다.

  - 어디 남자가 없어서….

사실 엄마 눈에 들리라는 생각은 애초부터 하지 않았다. 콰지모도는 그 누가 봐도 호감을 살 만한 구석이 한 군데도 없었다. 성질도 까칠했고 예민했다. 몸이 성치 않다는 이유로 게으르기도 했다. 문자가 미용실 일로 바쁜 동안 빈둥대며 노는 그를 보고 사람들은 입을 댔다.

  - 쯔쯔, 곱상하게 생긴 여자가 어쩌다 저런 놈과….

사람들은 문자를 동정했다. 콰지모도와 사는 문자를 가엾게 여기는 듯했다. 그러나 변함없이 밝은 얼굴로 사는 문자를 보고 문자의 미용실에 와서 머리를 했다. 소문은 삽시간에 퍼졌고 문자는 혼자 할 수 없을 만큼 바빠졌다. 그때 미란이가 나타났다. 일본 남자의 현지처 비슷한 짓을 한다는 소리를 들었지만 그런가 보다만 했지, 그 애가 그리 힘들어하는 줄은 몰랐다. 깡마른 채로 얼굴까지 해쓱해져 나타난 미란이는 미용기술을 배우고 싶다고 했다. 문자도 사람이 필요하던 차라 선선히 그러라고 했다. 방 세 개짜리 전세를 얻어 시동생 셋과 미란이까지 오글오글 살았다. 그게 다였다. 아플 때 마음을 다해 지켜준 사람을 내치지 못하고, 오갈 데 없는 배다른 동생을 거두었을 뿐이다. 미란이는 명월각시 이야기를 자주 했는데 문자는 사실 그 이야기를 잘 몰랐다.

- 그래서 명월각시는 나중에 어찌 됐는데?

- 명월각시는 나중에 하늘에 올라가서 달이 되었어, 세상의 어둠을 훤히 비추는.

- 잘됐네.

미란이는 문자가 명월각시 같다고 했다. 그건 어려울 때 자신을 돌보아 준 일에 대한 보답이라고 생각했다. 명월각시….

어느 해, 명절이 지나고 나서 구남이와 윤서가 다녀갔다. 물어물어 찾아온 동생을 내칠 수 없어 집으로 들였고 콰지모도와 인사를 나누게 하였다. 구남의 얼굴이 푸르르해지더니 하룻밤도 자지 않고 되돌아가 버렸다. 그것이 무엇을 이야기하는지 문자도 알았다. 인정스런 윤서만 이틀을 머물다 갔다.

　문자 고모를 '명월각시'라고 부르기 시작한 건 미란이 고모였다. 무능하고 대책 없는 고모부는 당연하게 '궁상이'였다. 그나마 위로가 되는 것은 궁상이가 선계에서는 부자였다는 사실, 허실한 그 얘기가 문자 고모를 이야기할 때는 위로가 된다는 사실. 착하고 인정스러운 문자 고모는 궁상이의 천생배필인지도 모른다.

　할머니가 문자 고모를 유난히 미워하는 데는 이유가 있었다. 쌍둥이로 태어난 정자 고모와 너무나도 다르게 사는 삶의 형태 때문이었다. 겨우 중학교를 졸업한 여자들이 택할 수 있는 직업은 많지 않았다. 할머니는 문자 고모가 정자 고모처럼 장사 기술을 배웠으면 했다. 그러면 제 한 몸 건사하고 사는 데는 지장이 없으리라 여겼기 때문이었다. 그런데 문자 고모는 그런 선택을 하지 않았다. 미용사, 문자 고모가 선택한 길도 나쁘지는 않다고 생각했다. 많이 가르치지는 못했지만 맑은 삶을 살 수 있기를 바랐다. 최소한 자신의 기술로 자신감 있게 살기를 바랐다.

일찍 동거를 해서 아이까지 있는 정자 고모를 보며 할머니는 적당한 남자 있으면 문자 고모도 짝지어주고 싶다는 생각을 했다고 했다. 정자의 남편처럼 바람기는 없어야겠고, 직장이나 반듯하면 더 욕심을 낼 생각도 없었다. 그런데 문자 고모는 다리가 불구인 남자를 데려왔다는 것이다. 배운 거 없고, 직장도 없고, 가진 것도 없는 데다, 거두어야 할 동생이 셋이나 되는 남자와 평생을 같이 하겠다는 말에 할머니는 문자 고모를 몽둥이로 두드려 팼다고 했다.

　- 어디 남자가 없어서 병신을 데려와? 내 눈에 흙 들어가기 전엔 어림없다. 안 된다.

　정자 고모가 데려온 남자는 인물도 훤하고 키도 크고 성격도 좋아 보였다. 그러니 더 비교가 되었으리라. 할머니는 문자 고모에게 그렇게 모질게 대하면 그 남자와 헤어질 것이라고 믿었다. 하지만 그건 할머니의 착각이었다고 했다. 몇 번을 애원하듯 결혼 허락을 받아내려던 문자 고모는 어느 날, 그 남자와 사라져 버렸다고 했다. 할머니 가슴에 대못 하나 박고 떠난 문자 고모는 몇 해 동안 나타나지 않다가, 제 아비 닮아 역시 불구인 아들을 하나 낳아 나타났다고 했다. 억장이 무너지는 할머니 앞에서 그래도 그 자식 어여쁘다고 화색이 가득한 얼굴로 축복해 달라고 했다지. 할머니는 다시는 내 앞에 나타나지 말라는 말로 문자 고모의 가슴에 못을 박았다. 서로가 서로의 가슴에 못을 박았으니 그 두 사람의 사이가 어찌 좋을 수 있었겠는가.

사실 할머니에게는 문자 고모가 가장 아픈 자식이었을 것이다. 자신의 힘겨운 팔자가 문자 고모에게 옮아간 것이라고 생각했을 수도 있다. 그래서 더 말렸을 것이리라. 불행할 것이 뻔한 결혼을 시키려는 부모가 어디 있겠는가. 그 누구보다 측은한 감정이 더 많이 실린 문자 고모였기에 할머니도 그렇게 필사적으로 말리셨을 것이다.

하지만 운명은 그 누구도 거스를 수 없다. 더구나 스스로 선택한 것임에랴!

문자 고모는 바다가 보이는 작은 마을에다 자신의 이름을 건 미용실을 열었지만 삶은 여전히 절박하고 빠듯했다. 태어날 때부터 불구인 아들은 혼자서는 움직일 수 없는 상태였고, 고모부는 올바른 직업 없이 하루하루 연명하는 허드렛일을 하고 있었다. 더구나 셋이나 되는 시동생들조차 올바른 직장 없이 빈둥거린다 했다. 사람들의 말에 의하면, 담배를 꼬나물고 부두 근처나 어슬렁거리면서 노는 날이 더 많을 거라고 했다. 그럼에도 불구하고 문자 고모는 밝은 얼굴로 미용실을 꾸려 갔는데 그 일도 예전 같지 않아서 손님이 많지 않았다. 처음에 미용실

개업을 했을 때는 미란이 고모가 와서 일을 도와주었다 했다. 그 일이 결국은 미란이 고모까지 미용사가 되게 된 계기가 됐지만, 두어 해 미란이 고모를 끼고 있었던 것도 문자 고모였다. 문자 고모는 미용실이 쉬는 날에도 식당일이며 부둣가의 잡일이며 닥치는 대로 일을 해서 가정을 꾸렸다. 그런 경우, 대부분의 사람들은 지치거나 헤어지거나 싸우거나 한다. 그래야 한다. 그렇지 않은 것은 지독하게 착하거나 아니면 지독하게 멍청해서 자신의 머릿속을 지배하는 어떤 질서의 틀에 갇혀 있는 경우다.

나는 가끔 생각한다. 인간의 운명이란 스스로가 개척할 수 없는 정해진 부분이 있는 걸까? 아니면 스스로가 익히고 지키고 싶은 생각에 갇혀 끌려가는 것일까 하는 생각.

아직 알 수 없다. 나이가 더 들면 알게 되는 때가 있을까? 그조차도 아직 알 수 없다. 운명에 대해서, 사랑에 대해서, 또 삶에 대해서도!

일곱 살 겨울

일곱 살 겨울이었다. 어머니가 자는 길주를 깨웠다. 단칸방에, 아랫목에는 오빠와 아버지가 자리를 잡고 길주는 어머니 옆 가장 추운 자리에 몸을 웅크리고 누워 있었다. 자리끼로 엎어둔 물이 꽁꽁 얼어 있었다.

- 왜요, 엄니?

아직 잠이 붙은 눈을 겨우 떴을 때 어머니가 말했다.

- 얼른 일어나 세수해라.

아직 해도 떠오르지 않은 시간이었다.

- 어디 가요?

- 그래, 얼른 일어나!

어디를 가는지, 왜 가는지, 누구랑 가는지, 아무것도 알려주지 않은 채 어머니는 길주의 등짝을 사정없이 내리치며 잠을 깨웠다. 찬물에 세수하고 옷을 차려입는 동안 오빠와 아버지는 여전히 자고 있었다. 찬바람이 몰아치는 밖으로 나와 조금 기다렸을 때, 어둠 속에서 시커먼 그림자가 나타났다.

- 아이구, 오라버니, 오시느라 고생하셨습니다. 이 앤데 밥이나 굶지 않게 잘 챙겨 주세요.

어머니는 길주를 그 사람 앞으로 밀어놓고, 한 번도 본 적이 없는 웃는 얼굴로 그 남자를 공손하게 쳐다봤다.

- 엄마, 나 어디 가?

어머니는 그 말에 대꾸도 하지 않고 남자가 내미는 누런 봉투 하나를 받아 얼른 뒤로 감추었다.

- 엄마, 나 무서워. 어디 가?

그제야 어머니는 길주의 등짝을 또 한 번 세게 후려치며 입을 열었다.

- 이년아, 이 아저씨 말 잘 듣고 일 열심히 해라. 너만 잘하면 밥은 굶기지 않으실 게야.

어머니가 후려친 등짝이 얼얼하도록 아팠다.

- 싫어, 나 여기서 오빠랑 엄마랑 살 거야. 딴 데 가기 싫어.

철이 없었던 걸까, 눈치가 없었던 걸까. 길주는 매몰차게 등을 떠미는 어머니 얼굴을 애타게 바라봤다. 그때 어머니 얼굴을 떠올릴 수 없다. 불빛을 등지고 어둠에 가려진 어머니 얼굴은 보이지 않았다. 공포가 몰려와 길주는 몸을 덜덜 떨었다.

- 밥이라도 제대로 얻어먹고 살아라.

어머니에게서 들은 마지막 말이었다. 그 말을 듣는 순간 길주는 모든 것을 체념했다. 어머니 말에서 물기가 조금 느껴졌다는 게 그나마 위안이 되었다.

장에서 오다 길에서 주운 아이. 장길주, 귀하지 않은 생명이었다. 거추장스런 생명이었다. 따뜻한 아랫목에서 잠자고 있는 장금주와는 비교할 수 없는 하찮은 존재였다. 길주는 이를 악물었다. 찬바람을 피해 방으로 들어가는 어머니의 차가운 뒷모습이 얼음조각처럼 부서졌다.

길주가 건네진 곳은 건어물 가게였다. 바다가 저만치 바라보이는 곳이었다.

아침부터 저녁까지 일을 했다. 비린내 나는 상자를 나르고 생선을 다듬고, 햇볕 좋은 날은 생선을 손질해 말렸다. 허리가 끊어질 듯 아파도 쉴 수 없었다. 말린 생선을 정리하고 손님을 상대하다가 끼니때가 되면 부엌으로 가서 아궁이 앞에서 불을 때서 밥을 했다. 밥을 먹을 때마다, 밥을 먹을 수 있는 게 어디냐고 눈물을 섞어 밥알을 꼭꼭 씹었다. 일은 몹시 힘들었지만 그나마 두 돌 지난 주인집 아들을 볼 때는 조금 편안했다. 아이는 무척 순했고 또 길주를 잘 따라서 주인 여자는 길주에게 자주 아이를 맡겼다. 어머니는 생각나지 않았다. 꿈에도 나타나지 않았다. 보고 싶은 생각도 없었다. 덕분에 밥을 굶지는 않았지만 다시는 어머니를 보지 않을 거라 맹세했다.

장에 갔다가 길에서 주운 장길주라는 이름보다 딸을 팔아먹은 어머니가 더 원망스러웠다. 얼마를 받고 딸을 팔아넘겼을까? 그 생각은 아주 오래도록 머릿속에서 지워지지 않았다. 까막눈에 식모살이. 그래도 주인은 매달 조금씩 용돈을 주었다. 그것이 길주에게는 더없는 재산이었다. 주인 아들이 무럭무럭 자라 학교에 들어갈 때가 되자 길주의 일은 더 고돼졌다. 아예 길주에게 장사를 맡기고 주인 남자는 투전판에 발을 들여놓기 시작했다. 잔소리하는 주인 여자를 패는 일은 예사고 이제 막 젖무덤이 봉긋해지는 길주를 쳐다보는 눈길도 음흉하기 짝이 없었다.

- 길주야, 너 제법 처녀티가 난다.

술을 잔뜩 처먹고 와서 그런 말을 하는 주인 남자의 눈길이 잦아지자 길주는 불안해지기 시작했다. 어디로든 도망가고 싶었다.

그러나 어디로 가야 하는지도 알 수 없었다. 불안감이 나날이 짙어지던 어느 날, 기어코 일이 터지고 말았다. 잠결에 무언가 느낌이 이상해 눈을 떠보니 주인 남자가 길주를 타고 앉아 길주의 가슴을 더듬고 있었다.

- 아악, 아저씨!

소리를 질렀지만 곧 그 짐승 같은 인간의 두툼한 손이 길주의 입을 틀어막았다.

- 쉿, 조용히 있어. 조금만 만질게.

침을 질질 흘리며 해롱대는 주인 남자는 몹시 취해 있었다. 길주는 남자의 가슴팍을 힘껏 밀고 벌떡 일어났다. 술 취한 남자는 힘없이 나동그라졌다. 그 남자의 낭심을 힘껏 찼다. 아구구구 하는 소리와 함께 남자가 사타구니를 부여잡고 절절맸다. 그 틈을 이용해 길주는 언제든 달아날 수 있도록 준비해 둔 보퉁이를 움켜쥐고 어두운 거리로 뛰쳐나왔다. 날씨가 쌀쌀했지만 겨울만큼 춥지는 않았다. 어디로 가야 하는지도 모르고 밤거리를 헤매던 때는 열여섯 되던 해 봄이었다.

생의 스펙트럼

　구남이에게 느끼는 서운함은 말로 이를 수가 없다. 노여움이 깊어서 밥도 제대로 먹을 수 없었다. 밤마다 사나운 꿈에 휘둘리다 눈을 뜨면 식은땀이 흥건했다.

　사나운 짐승에 쫓겨 도망을 가다가 낭떠러지 아래로 굴러떨어지는 꿈도 꾸었다. 데굴데굴 구르다 구석에 처박힌 몸뚱이가 통증으로 얼얼했다.

　- 아아악!

　비명이 절로 터지고 발목이 으스러진 듯이 아팠다. 발목을 부여잡고 신음하다가 눈을 떴는데 방안이 아니라 마당에 쓰러져 있었다. 꿈이 아니라 생생한 현실이었다. 이게 어찌 된 일인가? 왜 멀쩡하게 방 안에서 자다가 밖에 나둥그러져 있는가? 잠결에 밖으로 나온 것일까? 그런 생각을 하며 몸을 일으키다가 길주는 자신도 모르게 비명을 지르고 만다. 아구구구! 이를 악물며 눈을 부릅뜬다. 비몽사몽, 구남의 얼굴이 보인다.

　- 이 놈, 이 나쁜 놈!

　자신의 생을 몽땅 던져 오로지 귀하게 여기며 키워온 것이, 뒤늦게 어미의 뒤통수를 치다니! 그만큼 서럽고 야속한 게 없다. 몸뚱어리가 아픈 건 참을 수 있다. 그런데 뭐? 뭘 해? 해? 혼? 별 이상한 이별 방법도 있지. 자다가 생각해도 억장이 무너진다. 며느리 년은 말할 것도 없다. 늘 물 위에 기름처럼 떠돌던 년 아닌가. 성이 다른 것을 집안에 들여와 진심한 그 무엇을 바라겠는가. 그러자 일벌레처럼 살아온 자신의 생이 새삼스럽게 억울했다.

　- 누가 내 인생 좀 건져주소, 내 아들놈 돌려주소.

　어둠이 채 벗겨지지 않은 마당에 주저앉아 길주는 통곡을 쏟았다. 장길주는 이즈음 눈물이 많아지고 설움이 많아졌다. 설움에 겨워 꺼이꺼이 울다 보니 눈앞이 흐릿했다. 애써 눈을 부릅뜨고 소리를 지른다.

- 누가 나 좀 살려 주소. 내 아들놈 돌려 주소오~.

한 서린 눈물이 볼을 타고 흐른다. 눈을 감고 땅을 친다.

- 어이쿠, 아주머니요. 이게 뭔 일입니까?

걸걸한 남자의 목소리에 다시 눈을 뜬다. 김 씨다. 그가 여기엔 어인 일일까? 그런 생각도 잠시, 길주는 김 씨를 향해 손짓한다.

- 아, 아이쿠, 나 좀 일으켜 주소.

장길주는 거칠고 메마른 손으로 김 씨의 점퍼를 움켜잡았다. 그 자리에 누가 있었어도 움켜잡았을 것이다. 아득히 멀어지는 김 씨의 목소리와 어디선가 들려오는 바람 소리… 세상이 아득하게 젖어들었다.

김 씨의 말로는 마루에서 굴러떨어져 있는 것을 보고 병원으로 옮겼다 했다. 왜 하필 그 새벽에 김 씨가 길주의 집 앞을 지났는지는 모르겠으나, 그나마 그가 나타나 응급조치를 했으니 고맙기는 하다.

6인실 병동은 만원이다. 환자들 대부분은 팔에 깁스를 했거나, 다리를 쳐들고 있거나, 온몸을 붕대로 둥둥 싸고 있는 사람도 있다. 난생처음 와보는 병원이기도 하고 난생처음 보는 풍경이기도 하다. 길주는 한동안 주변을 둘러보다가 속으로 쾌재를 불렀다. 일부러 한 일은 아니지만 생각해 보니 구남이를 불러들이는 데는 이만큼 좋은 일이 없겠다 싶었다. 그런 생각이 들자 오히려 마음이 차분해졌다.

- 김 씨, 우리 아들한테 연락 좀 해 주오.

- 아, 예.

김 씨가 고개를 끄덕이자 호기심 어린 시선들이 길주에게로 모아졌다.

- 지금 여행 가 있는데 연락하면 당장 달려올 거요.

- 암요 암요, 효심이 얼마나 지극하신 분인데요.

김 씨는 마치 자신이 길주의 집사나 되는 듯이 서둘러 핸드폰을 꺼내 꾹꾹 눌러대기 시작했다.

- 아드님이 멀리 있수?

호기심 많은 듯한 노부인이 고개를 빠끔히 내밀며 물었다. 목에 건 진주 목걸이가 유난히 눈에 들어왔다. 길주는 다소 거만한 표정으로 말없이 고개만 끄덕였다.

- 연락이 안 되는데요.

걱정스런 김 씨의 목소리가 달라붙었지만 길주는 무시하듯 다시 말했다.

- 바쁜 일이 있는 게지. 곧 연락이 올 거요. 다른 애들도 궁금해할 터이니 연락 좀 해주시오. 어미가 보이지 않으면 애들이 영 불안해하니 원….

길주는 다리에 칭칭 감긴 붕대를 낯설게 바라보며 자신의 핸드폰을 김 씨에게 내밀었다. 사실 그 말을 할 때는 조금 민망한 마음도 없지 않았다. 하지만 어미가 이러고 있는데 안 올 자식들도 아니었다. 김 씨는 길주의 핸드폰을 소중하게 받아들고 밖으로 나갔다.

손주 녀석만큼 젊은 의사가 김 씨가 열어둔 문을 잡고 들어섰다.

- 할머니, 어쩌다 이렇게 다치셨어요?

- 나도 모르겠어요. 어쩌다 이렇게 다쳤는지. 본 이 말로는 마루에서 떨어진 것 같다는데….

인상을 찌푸리며 엄살을 떨어본다.

- 연세가 있으시니 뼈가 약해져서 그래요. 많이 다치셨어요. 연세가 있으시니 회복도 늦고 치료도 오래 해야 해요.

그누무 '연세가 있으시니' 소리는 안 했으면 좋으련만, 젊은 의사는 그 말을 꼭꼭 눌러 말했다.

- 얼마나 있어야 하우?

- 글쎄 지켜봐야겠어요. 연세가 있으시니….

길주는 고개를 홱 돌렸다. 불편한 심기를 참아내지 못한 탓이었다. 그러나 금세 표정을 바꾸어 말했다.

- 천천히 살펴 주시오. 멀쩡하게 나가게 해 주시오.

애원하다시피 매달리는 길주를 보고 의사는 측은한 표정으로 고개를 끄덕였다. 천천히, 그래 천천히 치료하는 게 중요하다. 길주는 붕대가 친친 감긴 다리를 일부러 움직이려 애썼다.

　- 움직이지 마세요. 큰일 납니다.

　젊은 의사가 길주의 다리를 저지하며 고개를 저었다. 젊은 의사는 길주에게 당부를 하고는 창가에 누워 있는 의식 없는 환자를 살폈다. 아직 마취가 깨지 않아 주검처럼 누워 있는 중년의 여인이었다.

　길주는 자신이 침상에서 움직이지 못한 신세가 된 것이 그리 속상하지는 않았다. 오히려 얼마간 누릴 호사를 즐길 심산도 있었다. 골절이니 죽을병도 아니고, 다리를 자를 일도 아니니, 엎어진 김에 쉬어가랬다고 병원에서 요양하는 셈 치리라 생각했다. 그러나 그것보다는 다른 욕심이 먼저 차올랐다. 길주는 빙긋이 혼자 웃었다. 우리 아들 구남이가 달려올 거야.

　- 사모님, 다들 전화를 안 받는데요.

　김 씨가 들어와 걱정스런 얼굴로 말했다. 이번엔 또 사모님이라? 그 또한 거슬리는 호칭은 아니었다.

　- 다들 바쁜 모양일세. 그럼 우리 작가 선생한테 연락해 보시오.

　길주는 조금 위엄 있는 목소리로 천천히 말했다.

- 자, 작가 선생요?

김 씨가 잠시 멍한 표정으로 길주를 바라봤다.

- 우리 윤서 말이오.

- 아, 예.

김 씨가 그제야 알겠다는 듯이 고개를 끄덕였다.

정형외과 901호.

그 앞에서 나는 걸음을 멈추었다. 김 씨의 전화를 받은 건 어제 오후였지만 출판을 앞둔 책의 교열을 마쳐 주어야 해서 밤새우고 나선 참이다. 할머니가 며칠 집필실에 들르지 않으신다 싶었더니 그새 사고가 난 모양이다. 밤을 새운 나는 몹시 피곤하고 졸리지만 할머니의 사고 소식을 알면서 안 와 볼 수는 없다. 더군다나 다들 연락이 되지 않아 마님이 노한 것 같다는 김 씨의 말을 듣고 망설일 수가 없었다. 윤경이 언니는 결혼기념일이라고 형부와 함께 제주도 여행을 갔다. 보나 마나 제주 고모의 지갑을 가볍게 하고 돌아올 것이다. 집에는 아무도 없다. 아마 거미가 집을 지을 것이다.

오후에 정원이를 만나기로 한 약속도 취소하고 병원으로 나선 참이었다. 당분간 할머니의 수발을 들어야 할 것 같다. 요즘 정원의 표정이 어둡다는 생각을 잠시 하다가 할머니 걱정에 마음이 바빠진 나는 병실 문 앞에서 잠시 심호흡을 한다.

- 아이구, 우리 작가 양반 오시네.

할머니가 나를 향해 한 첫마디. 모든 시선이 나에게로 쏠린다. 발목에 깁스를 해서 고정시켜 둔 탓에 움직일 수 없는 할머니는 상체만 살아있는 사람처럼 기이하다. 주름살 가득히 퍼지는 그 오만하고 당당한 웃음이라니!

나는 말없이 웃어 보이고 할머니가 좋아하는 천혜향 바구니를 탁자 위에 놓는다. 노랗고 달콤한 천혜향을 유난히 좋아하시는 할머니는 다른 것은 몰라도 과일만은 최상의 것을 드셨다. 할머니는 내가 바구니를 놓자마자 그것을 풀어 여기저기 한 알씩 나누어주신다.

- 이게 무척 비싸고 맛있는 과일이라오. 한 번 맛들 보시오.

그것은 시혜에 가까운 몸짓이었다. 나는 그런 할머니의 행동을 볼 때마다 할머니 마음 저 아래에 있는 시퍼런 원한을 읽어내고는 한다.

- 이게 그리 맛있어요?

가장 먼저 반응을 보인 이는 비썩 말라서 보기에도 불쌍해 보이는 40대 여자였다. 누군가의 간병인인 모양인데 먹기도 전에 군침을 삼키는 모습이 몹시 초라해 보였다.

- 뭐 별맛도 없다. 그거, 전번에 우리 아들이 사 왔을 때 먹어

봤잖아?

할머니의 만만찮은 적수가 이 병실에 있다. 고개를 약간 들어 올리고 눈길은 내리깔고 꼿꼿하게 앉아 있는 진주 목걸이를 한 노부인. 할머니 연세 정도는 되셨겠다.

- 같은 천혜향이라도 신선도가 달랐겠지요. 이거 보소, 반지르르한 윤기!

할머니는 천혜향 한 알을 까서 입안으로 밀어 넣었다. 노란 단물이 할머니 입가에 주르르 흘렀다. 나는 피식 웃음이 났다. 앞으로 할머니의 기세가 얼마만큼 먹혀들까 하고.

- 천혜향은 단맛이 많이 나고 껍질이 얇아요. 지난번 아드님이 사 오신 건 레드향이었어요. 그건 좀 신맛이 많이 나는 품종으로, 새콤달콤하고 껍질이 더 잘 벗겨지지요.

천혜향 한 알을 받아 주물럭거리던 창가 쪽 여인이 알은체를 하고 나섰다.

- 앗따, 우리 공 여사는 모르는 게 없지. 의사 할 걸 그랬어.

약간 비아냥거리는 진주 목걸이 할머니의 말투에도 여자는 개의치 않는다.

- 여기 오래 있다 보면 반풍수는 됩니다. 내가 요양보호사 자격증 따고 나서 이 병원에만 십 년이에요.

여자가 자랑하듯 당당하게 말했다. 여자는 주검처럼 누워 있는 여인의 간병인인 모양이다. 연신, 의식도 없이 입을 벌리고 누워 있는 50대 여자의 손을 쓰다듬으며 말했다. 여자는 약에 취한 듯 아무런 의식이 없다. 물기 없이 퍼석한 얼굴과는 달리 축 늘어진 목 언저리에 빛나는 굵은 금줄이 이질스러워 보였다.

- 간병인 십 년이면 전문의나 다름없다잖아요. 서당 개 삼 년이면 풍월 읊는다고, 그동안 주워들은 게 얼마나 많겠어요. 나도 간병인 생활 십 년째지만 공 여사는 유난히 아는 게 많아요.

진주 목걸이를 한 할머니의 간병인인 듯, 짧은 파마머리 여자가 알은체를 하며 끼어들었다. 눈빛이 순한 겁이 많아 보이는 여인이었다.

- 그 정도야 뭐….

공 여사가 약간 어깨를 으쓱하며 웃었다. 그러면서도 자신이 간병하는 여인에 대한 관심을 놓지 않고 있었다. 그때 주검처럼 누워 있던 여인이 고통스러운 표정에서 깨어나며 몸을 움직였다. 온통 붕대로 칭칭 매단 여인은 마치 붕대 인형처럼 보였다.

- 아이고, 이제 마취에서 깼네.

공 여사는 여자가 깨어난 것이 반가운 듯 여자의 손을 쓰다듬었다. 마취에서 깨어난 여인은 마치 죽었다 살아난 것처럼 주변을 두리번거렸다. 몹시 고통스러운지 얼굴이 죽을상이다.

- 고생하셨네요, 이제는 재활만 잘하면 돼요. 무통주사를 달았

으니 아픈 것도 견딜 만하실 테고.

서당 개 삼 년에 풍월 읊는다더니. 하지만 그런 말들이 정작 본인에게는 큰 위안이 되지 않는 듯했다. 너무 힘들어서 누워 있는 것도 고통스럽다고, 여자는 우는 것처럼 징징댔다. 굵은 금목걸이가 누런빛을 쏘아댔다.

똑딱똑딱, 시계 분침 같은 간호사가 다가와 할머니에게 주사를 놓고 갔다. 치료가 시작된 것이어서 수시로 주사를 놓을 것이라고 다른 간병인이 알은체를 했다.

- 뻔하지 뭐, 엑스레이 찍었을 거고, 통증 클리닉 할 거고, 스테로이드 주사 맞을 거고. 그거 스테로이드 주사 맞으면 혈당이 올라가서 인슐린도 맞아야 해요. 그러다 보면 종일 주사 맞다 끝나는 거지 뭐.

공 여사라 불리는 여인은 자신이 간병해야 할 여자에 대한 관심 외에 나에게도 관심이 많았다. 힐끗힐끗 쳐다보며 관심을 보이는 것이 불편했다.

- 아, 우리 작가 선생. 바쁠 텐데 오셨소.

할머니는 나를 보자마자 했던 말을 다시 한 번 되뇌었다. 모두의 시선이 다시 나에게로 모였다.

- 무슨 작가요?

공 여사가 궁금하다는 듯이 나를 바라보며 물었다. 어색하고 불편했다. 할머니가 끼어들었다.

- 소설을 쓰는 작가지. 소설가!

할머니는 어깨를 으쓱하며 큰 소리로 말했다.

- 무슨 소설을 썼는데요?

눈치 없는 40대 초로의 간병인이 맹물처럼 굴었다. 그녀의 말
에 할머니가 흠칫하며 헛기침을 했다. 나도 어색하고 불편하기
짝이 없었다. 할머니가 수습하듯 한마디 했다.

- 간병이나 하는 사람이 소설을 알겠나? 말해 줘도 모를걸.

- 맞아요, 저이는 좀 맹해서 별명이 맹물 여사랍니다.

주눅이 든 건 오히려 그 간병인이었다. 소설가에 대한 사람들
의 관심은 곧 사라졌다. 소설에 대한 관심도 없어졌다. 하긴 이
바쁜 세상에 누가 소설을 읽고 있겠는가. 포켓몬 잡는 게 더 재
미있고 확실한데.

- 공 여사는 아예 의사가 될 걸 그랬어. 아, 내 팔 좀 주물러 줘.

고통으로 일그러진 얼굴을 찡그리며 금목걸이가 끼어들었다.
몸은 움직이지도 못하면서 의식이 돌아오니 주문이 많았다.

- 내가 부모만 잘 만났으면 의사 못 할 거도 없었죠. 지지리도
복 없는 년이 부모 복도 없어 요 모양 요 꼴이지.

공 여사는 슬쩍 한숨을 내뱉으며 자신의 얼굴을 매만졌다.

- 그것도 아무나 하는 건 아니유, 공 여사도 공덕 쌓는 일 하는

거여. 좋은 일 하고 있다는 말이여.

맹물 여사의 그 말에 공 여사의 얼굴이 조금 밝아졌다.

- 하기사 이야기 들어보니 공 여사도 고생 참 많이 했더라. 남편도 없이 자식 셋 다 대학 보내느라 얼마나 힘들었겠어. 아, 나 좀 부축해서 앉혀줘요.

금목걸이는 꼼짝도 못 하고 있다는 사실이 갑갑해서인지 어떻게든 자꾸 몸을 움직이려 했다. 공 여사가 다가가 여자의 겨드랑이에 팔을 끼워 넣어 번쩍 들어 바로 앉혔다. 그러자 자지러지는 비명이 쏟아졌다.

- 아아악! 아이구, 사람 잡네. 기운만 쓰면 어떡해?

- 앗따, 엄살은. 그렇게라도 자꾸 움직여야 해요.

공 여사는 냉정한 얼굴로 금목걸이를 바라봤다.

- 자기가 의산 줄 아남? 지겨워. 나는 너무 아프단 말이야.

- 엄살 피우지 말아요. 무통주사 달았잖아요!

공 여사의 목소리에 쇳소리가 났다.

- 나만큼 아파 봤냐고!

금목걸이가 어리광을 담아 징징거렸다.

- 정말 아픈 게 뭔지 몰라서 그런 소리가 나오지.

진주 목걸이가 큰 눈을 뒤룩거리며 현자처럼 말했다.

- 나는 사대봉사하다 요 모양 요 꼴이 되었소. 장항아리를

옮기다 허리를 삐끗했는데 이 지경이요. 여자 팔자 뒤웅박 팔자라잖소. 서방 잘못 만나 평생 손에 물 마를 날 없는 데다 이렇게 아파 눕고 보니 팔자타령이 절로 납니다.

- 진짜 팔자 좋은 소리 하고 계시네. 그 정도로 뭘 그래요? 나는 다달이 제사에, 대소가 단속에, 허리가 휠 지경이요. 차라리 아파서 누워 봤으면 좋겠소. 엎어진 김에 쉬어 간다고, 병원에서 요양 좀 하게.

공 여사가 침대 모서리를 매만지며 한숨을 내쉬었다.

- 뭐니 뭐니 해도 가장 아픈 건 자기가 아픈 거야.

금목걸이가 신경질을 내며 말했다.

- 그렇지. 모두가 제 삶이 가장 아프고 가장 기막히고 가장 힘든 거지.

공 여사가 득도한 사람처럼 말했다.

- 그러고 보니 이 중에서 가장 나이롱환자는 장길주 씨네. 발목만 조금 다쳤을 뿐이지, 겉으로는 멀쩡하잖아.

진주 목걸이 노부인이 할머니의 명패를 힐끗거리며 말했다.

- 그래, 가장 멀쩡해 보이네.

맹물 여사가 건성으로 고개를 끄덕였다.

- 조금?

병실을 둘러보며 그 말을 하는 할머니의 미간이 올라붙었다.

나는 불안했다. 할머니의 입꼬리가 묘하게 일그러지며 웃음기가 사라졌다.

- 별로 고생하고 산 것 같지도 않고. 팔자가 좋은 모양이여.

공 여사가 할머니를 훑어보며 부러운 듯 말했다. 할머니가 피식 웃었다. 그러면서 묘한 눈빛으로 주위를 둘러보았다. 그 눈빛은 너희들, 내 인생 이야기를 듣고도 그런 소리가 나올까 하는 눈빛이었다. 나는 조금 불안했다. 할머니의 인생 이야기가 나오면 할머니는 조금 다른 사람이 되기 때문이다.

- 자신이 겪은 고통이 아니면 그것은 고통이 아닌 것이여.

할머니가 혼잣말처럼 조그맣게 말했다. 그러고는 입을 다물었다. 우선은 다행이라 생각했다.

정원이가 온 것은 그날 오후였다. 할머니가 나보다 더 어여삐 여기는 내 친구. 그녀는 싹싹하고 상냥하며 너그럽다. 좋은 대학을 나왔고 좋은 부모를 만나 구김 없이 큰 아이다. 나 역시 좋은 부모를 만나 별다른 고생은 안 했지만 겉으로 보이지 않는 감정의 그늘들을 일찍부터 읽어왔기에 그녀처럼 마냥 해맑을 수는 없다. 어여쁘고 귀엽고 사랑스러운 그녀는 그늘이 없어 보인다. 표면상으로는 그렇게 보인다.

- 할머니~. 어쩌다 다치셨어요?

정이 뚝뚝 묻어나는 정원의 콧소리에 할머니의 입이 헤벌쭉 해졌다.

- 아이고, 정원이 왔나? 바쁜 선상님이 우예 시간을 냈노?

- 힝, 할머니가 다치셨다는데 미국 가 있더라도 와야죠.

정원은 하얗고 고운 손으로 할머니의 주름 가득한 얼굴을 만지작거렸다.

- 고맙데이. 우예 이래 말도 이쁘게 하노?

근래에 와서 빠진 앞니가 허전한 채로 할머니는 허허 웃었다.

- 나는 할머니가 넘 좋아요.

정원은 눈웃음을 흘리며 할머니에게 윙크를 했다.

겉으로 보기에 모든 사람들의 일상은 대부분 평화로워 보인다. 그렇게 보이는 것일 뿐이다.

할머니는 여장부이고 불쌍한 사람들을 돌볼 줄도 알며 인정스러울 때도 있다. 그러나 할머니는 독선적이며 거만하고 편협하며 고집스럽다.

자신이 믿는 것에 대한 믿음은 그 누구도 고칠 수 없다. 할머니 가슴속에는 커다란 얼음산이 있다.

어머니는 할머니 그늘 밑에서 아주 힘겨워하셨다. 아들을 못 낳았다는 것이 어머니의 가장 큰 죄였다. 별로 대단하지도 않은 집안 내력이 왜 아들 타령에 와서는 대단한 가문으로 둔갑하는지 알 수 없었다. 물론 할머니가 빈한한 집안을 일으켜 세운 부분에 대해서는 모두 인정한다.

할머니는 열일곱에 시집을 갔다 했다. 그것도 건어물집 주인 아줌마의 주선으로. 남편을 피해 도망간 할머니를 찾아내 결혼을 주선했다지. 다행히도 건어물 주인집 여자가 인정스러워서 그나마 나쁜 곳으로 흘러들지 않은 것은 다행이라 여겼다지.

집안은 빈한해도 신랑감이 좋다, 없는 살림이야 시집가서 일구면 되고, 아들이 귀한 집이라니 아들이나 낳아서 큰소리치고 살라고 했다지.

건어물집 주인 여자가 해 준 이불 한 채가 혼수의 전부였고, 할머니의 손가락에 아직도 끼워져 있는 닳아버린 금반지가 혼인 예물의 전부라 했던가.

- 할머니, 제가 할머니 간병해드릴게요.

정원의 말에 나는 깜짝 놀란다. 쟤가 무슨 맘으로 저런 소리를 하는지. 놀라는 건 할머니도 마찬가지다.

- 뭐라? 니가 내 간병을 하겠다꼬?

- 네, 할머니.

- 니가? 학생들 갈치기도 바쁜 니가 뭔 소리꼬?

- 저랑 윤서랑 번갈아 오면 되죠.

정원이 내 팔을 슬쩍 꼬집으면서 눈을 찡긋했다. 나는 얼른 그녀의 속내를 알 수 없어 눈만 껌벅거리고 서 있었다. 할머니의 놀란 눈빛이 내게 와 머물렀다. 나는 얼른 고개를 숙여버렸다. 집필실이 눈앞에 어른거렸다. 간병은 내가 하겠다고 해야 하는 게 맞는 일이었다.

할머니는 그저 좋아서 웃음을 감추지 못했다. 한때 내가 태어났을 때, 나는 할머니에게 미운 오리 새끼였다. 아들을 기대하던 할머니의 소원을 또 뭉개버린 존재가 나였기 때문이다. 계집애를 또 낳아서 어쩌자는 것인고. 한숨을 섞어 미역국을 끓이던 할머니는 그날 화를 참지 못해 미역국 솥을 내동댕이쳐 버렸다고 했다. 어릴 때 나는 할머니 때문에 남자애 옷을 입고 지낸 적도 있었다. 물론 서너 해, 학교 가기 전까지지만. 어머니가 할머니에게 본격적으로 대든 건 나 때문이었다.

- 멀쩡한 여자애를 왜 남자 옷을 입히세요? 어머니도 딸을 다섯이나 낳았으면서!

독기를 품고 대드는 어머니를 할머니는 멍하니 바라보기만 했다지. 그 후 할머니와 어머니 사이에는 건널 수 없는 얼음 강이 가로놓였다.

내가 할머니의 사랑을 되찾은 건 학교 다니면서부터다. 우울했던 나는 책 보기를 즐겨 했고 도서관 가는 걸 즐겨 했다. 생기발랄한 언니와 다르게 진중했고 말을 아꼈고 행동은 언제나 반듯했다.

- 너, 왜 그래?

나는 정원을 밖으로 끌고 나와 따지듯 물었다. 그러자 정원이 헤헤거리면서 뜻밖의 말을 했다.

- 너, 이 병실에 인생의 모든 게 들어 있다. 소설의 모든 요소, 소설의 모든 구조가 다 들어있단 말이다. 나는 여기서 1억을 챙길 소스를 찾으려는 거야. 같이 해 볼래? 우리 둘이 간병을 교대로 하면서 말이야.

참 어이없는 말이었다. 어처구니없는 말이기도 했다.

- 그게 가능하다고 생각해?

내가 어이없어하자 정원은 내 손을 만지작거리며 샐샐 웃었다.

- 꿈도 못 꾸니? 꿈꾸는 건 자유야, 희망이고. 너는 꿈 안 꿔?

내가 망설이는 사이, 정원은 저 할 말만 하고 쪼르르 병실로 들어갔다. 나는 그냥 그 자리에 서서 그녀를 눈으로만 좇았다.

- 할머니~. 뭐 잡숫고 싶으세요? 많이 드시고 빨리 나으셔야 하잖아요.

간드러진 정원의 말에, 경계 없이 풀어진 할머니의 웃음소리가 병실 밖까지 들렸다. 나는 웃음소리에 이끌려 병실로 들어섰다. 할머니가 정원을 눈에 담을 듯 따뜻하게 바라보고 있었다.

할머니는 처음 며칠은 점잖았다. 그건 대략 그 병실에 있는 환자들의 수준과 사정을 훑으려는 사전 작업이었다. 나는 사실 불안했다. 할머니가 언제 이야기 고리를 풀지 그것이 염려되었다. 할머니의 상태는 젊은 의사가 말한 대로 연세가 있으셔서 쉽게 나을 것 같지는 않았다.

사고 소식을 들은 아버지가 급히 돌아오셨고 합의하에 헤어져 살기로 했던 어머니도 돌아와 고개를 수그리고 앉았다. 다섯 고모와 그 고모의 자식들까지 병실 안은 할머니 손님으로 그득했다. 할머니는 고모나 아버지가 있을 때는 조금 더 엄살을 부렸다. 괜히 거동을 못 하는 척하거나 일부러 자지러지는 소리를 지르기도 했다. 아버지는 돌부처처럼 앉아 있다가 불쑥 한 마디 했다.

- 간병인을 구해야겠네요.

할머니가 냉큼 어머니를 돌아보았다. 그 눈빛은 며느리 됐다 어디다 써먹을 거냐 하는 눈빛이었다. 어머니는 얼른 고개를 숙여버렸다.

- 간병인 소개 제가 할까요?

공 여사가 냉큼 나섰다.

- 아니다, 간병인은 무슨. 자식이 몇인데 간병인을 써?

할머니는 단박에 공 여사의 말을 잘랐다.

아버지가 다시 말했다.

- 어머니, 간병인 없이 어찌 지내시려구요? 간병비는 제가 냅니다.

- 어디 돈이 없어 그러냐? 내가 자식이 몇이고 손자가 몇인데 남의 손을 빌려?

말에 돋은 가시가 마음을 싸늘하게 오그라 붙게 했다.

- 아이구, 할머니, 그러는 게 아닙니다. 요새 누가 시어머니 간병을 해요? 아서요, 그러지 마시고 마음 편하게 간병인 쓰세요.

- 그러세요, 어머니. 쌍둥이 할머니 부를까요?

아버지가 눈치 없이 말했다.

- 쌍둥이 할매는 싫다. 다 늙은이가 무슨 간병을 해?

할머니는 아버지의 말을 단칼에 잘랐다.

- 마침 참한 여자가 하나 있어요. 딸 하나 키우고 있는 과수댁이 있어요. 딸 대학 졸업시킬 때까지만 간병인 한다는 여자예요.

공 여사가 적극적으로 끼어들었다.

할머니 눈빛에 호기심이 고였다.

- 과수댁?

할머니의 말소리가 훨씬 부드러워졌다.

- 예, 남편이 몇 해 전 교통사고로 죽는 바람에….

할머니의 눈빛이 반짝했다. 나는 할머니의 교활한 눈빛을 마주

치고 싶지 않았다. 그 음흉한 속내를 어머니라고 모를 리 없었다. 눈치 없는 아버지만, 그러시죠, 그러시죠, 하고 앉아 있었다.

- 그럼 한 번 불러보시오. 하긴 우리 작가 선생도 글 쓰느라 바쁜데 마냥 내 시중을 들게 할 수는 없지, 정원 선생도 그렇고. 암.

할머니가 무슨 생각인지 선선히 허락했다. 나는 할머니의 속셈을 읽어냈다.

마침내 그 여자가 왔다. 의외로 베트남 여자였다. 여자는 조신하고 말이 없고 단정해 보였다. 단발보다 조금 긴 머리를 뒤로 묶고 수수한 원피스 차림의 여자를 할머니는 아주 흡족하게 바라봤다. 일은 그리 익숙해 보이지 않았으나 어찌 된 일인지 할머니는 그녀에게 너그러웠다. 가끔 복잡한 눈으로 그 여자를 물끄러미 바라보기도 했다. 덕분에 정원이와 내가 간병하는 일에서 놓여났지만 우리는 여전히 할머니 문병을 게을리하지 않았다. 그것은 할머니를 간병하는 여자를 감시하기 위함이 아니라 우리의 목적이 따로 있기 때문이었다.

- 아이구, 벌떡 일어나 제대로 걷고 싶어!

금목걸이가 악을 쓰듯 소리친다. 나도 속으로 악을 쓴다. 나도 소설을 제대로 쓰고 싶어! 하지만 소리가 되어 나오지는 않는다.

Y는 여전히 무심하다.

- 그럼 재활운동 프로그램이나 합시다.

공 여사가 일어나 운동기구를 가져온다. 관절을 움직이는 기계다. 정성껏 준비를 하고 그것을 환자의 다리에 채워 강제운동을 시키는 것이다. 도통 융통성 없이 원칙을 고수하는 간병인 공 여사다.

- 아이구, 저리 치워. 다리가 아프단 말이야.

금목걸이는 확실히 어리광이 심하다.

- 스테로이드를 한 방 맞아야겠네. 그렇게 고통스러워 어찌 견디누? 염증과 통증이 그리 심하니 스테로이드를 한 방 맞아야 해.

공 여사의 진단에 할머니 입이 삐죽댄다.

- 자네가 의사하면 되겠네.

할머니는 결코 편안한 성품이 아니다.

- 내 팔자는 참 기구해. 벌써 여섯 번째 병원 신세를 지는구만. 지난번에는 왼쪽 다리에 심을 박았지. 철심을 박을 때 마취가 안 돼서 고생했어. 비몽사몽간에 어디서 이상한 소리가 들리는 거야. 퉁탕퉁탕. 뭔가를 치는 쇳소리였어. 빠그닥 빠그닥, 딱딱한 무얼 써는 소리 같고 싹싹, 슥슥 하는 소리는 톱질하는 것 같았어. 어디선가 바케스 밀고 당기는 소리도 나고, 내가 내 다리뼈

자르는 소리를 다 들은 거지. 아, 소름이 돋더군, 그 순간, 인간이 뭐 별거냐. 허접한 동물이지. 나는 소리를 질렀어. 제발 내가 아무것도 모르도록 마취하고 수술해 주시오! 차라리 죽었다 깨나게 해주시오! 라고. 내 몸뚱이는 정비소에 들어온 고물 자동차야. 여기저기 고치고 붙이고 자르고 꿰매고 박고…. 이게 인간이냐?

금목걸이 할머니는 자신의 말에 스스로 화가 나서 목소리가 높아지고 있었다.

- 그만 좀 떠들고 운동에 집중 좀 해요!

공 여사가 퉁망을 주었다.

할머니는 이상하게도 아주 조용히 사람들의 말을 듣고만 있었다, 그것은 나에게 얼핏 묘한 생각을 들게 했다. 할머니의 이야기보따리는 언제쯤 풀어질까. 너희들 하고 싶은 이야기 다 해봐. 너희들 하고 싶은 이야기가 그 정도야? 다 했으면 내가 기막힌 내 인생 이야기를 하지, 하고 벼르는 것 같이 느껴졌다. 그때, 할머니 곁에 어색하게 앉아 있던 베트남 간병인이 가방에서 문고판 책 하나를 꺼내 조용히 읽기 시작했다. 이상하게도 할머니는 간병인 부릴 생각을 별로 하지 않았다. 슬쩍 스쳐 지나가는 어머니의 얼굴. 어머니는 그날도 병원에 오지 않았다.

시어머니가 셋

할머니는 병원에 입원해 사흘 동안은 점잖았다. 다른 사람들의 하소연을 들어주고, 맞장구도 쳐주었다. 당신 마음속에 짓눌린 이야기를 꺼낼 때까지 탐색의 시간이 필요했을지도 모른다.

그날은 정원이도 와 있었다. 정원이는 어떤 기대에 부풀어 있었다. 거의 날마다 오는 정원의 정성은 얼핏 보면 할머니를 위한 정성 같아 보였다. 사실 그 병실에서 할머니가 가장 호사스러운 환자였다. 작가인 손녀가 매일 병문안을 오고, 싹싹하고 상냥한 선생도 오고, 조용하나 성실하게 간병하는 간병인도 있고,

이틀에 한 번씩 아버지가 다녀가시고, 고모들이 수시로 무언가를 사 들고 들락거리면서 문안을 여쭈니 부러울 게 없는 환자였다. 그런 할머니가 슬그머니 당신의 이야기를 꺼내기 시작한 건 나흘째 되는 날, 점심시간이 지난 후였다. 회진이 끝난 시간이거나 점심 먹은 후의 시간은 비교적 한가했는데 할머니는 그런 시간대를 노리고 있었던 것 같다.

마침 아버지가 다녀가신 후였다. 아버지는 무표정한 얼굴로 간병인에게 고맙다는 인사를 하고 일주일 치 간병비를 미리 주고 갔다. 아버지가 나간 직후, 할머니는 같은 병실의 환자들에게 아버지가 사 온 주스를 하나씩 고루 나누어주었다. 나도 하나 마시고 정원이도 하나 마셨다. 할머니의 심중을 읽었던 듯 정원이가 할머니를 졸랐다.

- 할머니, 심심한데 이야기 좀 해 주세요.

이야기가 넘쳐나는 병실이었다. 정원은 할머니 침대 모서리에 턱을 받히고 앉아 눈웃음을 살살 지었다. 할머니의 표정이 그득해져서 정원이를 사랑스럽게 바라보았다. 불쏘시개를 지펴 주는 정원이 어여뻐 죽겠다는 표정이다.

- 이야기는 뭘.

일단 할머니는 사양하는 듯했다.

- 시어머니 이야기요.

그녀는 벌써 여러 번 그 얘기를 들었다. 나도 귀에 딱지가 앉을 만큼 들었다. 그러나 할머니에게 그 이야기는 마르지 않는 샘물처럼 언제나 현재형이었다. 시퍼런 물이 뚝뚝 떨어지는 이야기였다.

- 그, 그럴까?

할머니가 자세를 고쳐 앉았다. 다리는 허공을 향해 뻗쳐있지만 앉은 자세는 비교적 안정돼 보였다.

- 내가 말이우. 시어머니가 셋이라우.

할머니의 첫 마디는 비장했다. 한 서린 목소리였다.

- 예에? 시어머니가 셋이라고요? 둘도 아니고 셋?

병실 안의 모든 시선이 할머니에게로 쏠렸다.

- 그렇다오. 시어머니가 셋.

할머니는 손가락 셋을 펼쳐 보이며 나를 힐끗 바라보았다. 이미 들어 알고 있는 이야기를 내 앞에서 또 하려니 쑥스러운 모양이었다. 하지만 이미 할머니의 결심이 선 한, 이야기는 멈추지 않을 것이다. 자신의 인생에서 두 번째에 놓을 수도 없는 억울한 사연.

- 방금 나간 내 아들, 그 사람을 낳고 나서 나는 비로소 인간 취급을 받았소.

할머니는 바싹 마른 입술에 침을 발라 이야기하기 시작했다.

실타래가 술술 풀어지기 시작했다.

  - 내가 열일곱에 시집이라고 가니 시어머니가 아랫목에 누워 골골 앓고 있더이다. 아들 낳은 유세로 누워서도 호되게 시집살이를 시킵디다. 병수발이 어디 쉽소? 그래도 죽은 듯 병수발을 했지요. 움직이지 못하는 시어머니를 일으켜 세워 씻기고 소독하고 죽을 먹여드리고 옷 갈아입히는 일이 내가 시집이라고 가자마자 시작한 일이오. 남편은 사랑방에 앉아 맹자왈 공자왈만 하고 집안일은 몰라라 했소. 그래도 말 한마디 못하고 살았소. 없는 집에서 떠밀리는 듯이, 팔려온 듯이 온 시집이니 입이 있은들 무슨 말을 할 수 있었겠소.

  - 저런, 딱하기도 해라.

  공 여사의 추임새가 적절했다. 한번 터진 할머니의 이야기에 속도가 붙기 시작했다.

  - 그런 데다가 시집오자마자 시어머니가 아들 타령을 시작한 거요. 자고로, 계집은 자식을 낳아야 한다고요. 그것도 아들을! 우째우째 큰애를 가졌는데 낳고 보니 딸이라. 딸이라는 산간어미의 말에 시어머니가 누워서도 사나운 눈길로 나를 꼬집더군요. 미역국? 그런 거, 못 먹어봤소. 멀건 시래기죽을 먹고 사흘 만에 일어나 또 일을 했소. 딸 낳은 년이 무슨 면목으로 미역국을 먹느냐는 말에 혼자서 울었소. 그런데도 서방이라는 남자는

건너 산 불구경하듯이 묵묵부답이었소. 도대체 눈이나 뜨고 있는지 의심이 될 정도였소.

- 그 세월도 참 고약하네요.

맹물 여사가 끼어들었다.

- 그러다 다음 해에 또 임신을 했는데 또 딸이라. 아니, 자식은 나 혼자 낳소? 혼자서 툴툴거리는 마음이었지만 그뿐, 전처가 놔놓은 자식들까지 거두어야 했으니 얼마나 힘들었겠소. 전처소생 큰 딸년은 사사건건 나를 골탕 먹이고 괴롭혔소. 계모라 소홀하다 할까 봐 때리지도 못하고 속만 부글거리는데도 누구 하나 내 편이 없었소. 남편은 남의 편인 게요. 새벽에 눈 뜨면 한밤중이 될 때까지 일 구덕이라, 그뿐이면. 혈육도 못 남기고 돌아가신 작은 시엄씨까지 내 차지가 된 게지요.

- 저런!

변사가 따로 없었다. 추임새를 넣는 사람까지 넉넉하고 보니 할머니의 이야기는 점점 더 윤기를 더해 갔다.

- 남긴 게 있나, 먹을 게 있나. 지지리도 가난한 집구석인데 건사해야 할 식구는 많으니 내 입에 들어오는 누룽지도 아까운 판이었지요.

- 식구가 많았소?

- 말하면 무엇 하오. 딸을 다섯이나 줄줄이 낳았는데. 아들

못 낳았다고 구박은 또 얼마나 받았게요. 거기에 전처소생 딸 둘까지. 참, 전처는 아들 낳다가 죽었다오. 애도 죽고. 내가 후 취로 들어간 거지. 새파랗게 젊은 것이 아무것도 모르고, 쥐뿔 도 없는 집구석에서 웬 아들 타령은 그리 깊은지. 거기에 줄줄 이 제사는 얼마나 많은지. 어느 한 달 빼꼼한 날이 없었어요. 어 떤 땐 한 달에 서너 번 제사를 지낼 때도 있었어요. 죽은 귀신 은 뭐하고 아들 점지 하나 안 해 주면서 젯밥은 꼬박꼬박 받아 자시는지.

- 시엄씨가 셋이라더니?

- 알고 보니 본처가 또 있었습디다. 애들 아부지가 두 번째 시 엄씨 소생이더라고요.

- 속아서 시집갔구만.

- 속았달 것도 없지만 시어미가 셋이니 기가 막힙디다. 시어미 제사를 세 번이나 지내는 그 속을 누가 알겠소.

할머니가 고개를 절레절레 저었다.

- 제사야 나도 지긋지긋하게 지냈지.

맹물 여사가 콧물을 훌쩍이며 끼어들었다.

- 제사만 지내면 그래도 편하지. 돈벌이도 내가 해야 했다오. 서방이란 자는 일할 생각은 안 하고 하늘만 바라보고 있지, 애들 은 배고프다고 아우성이니 어쩌겠소. 배고픈 놈이 우물 판다고,

내 새끼들 가엾어서 보따리 장사를 시작했지요. 그래도 내 고생 알아주는 사람은 없습디다. 서방이라는 놈은 파김치처럼 후줄근해져 온 나를 끌어안기에 바빴고. 에고, 징그러. 밤이면 밤마다…. 싫다 소리도 못 했소. 아들 못 낳았다는 죄로.

맹물 여사가 무얼 생각하는지 킥킥대고 웃었다. 그쯤에서 나는 일어나고 싶었다. 할아버지에 대한 원망과 허접스런 집안 이야기가 가림도 없이 쏟아져 나올 텐데. 그것이 불편했다.

- 딸 다섯 낳고 나서 기운이 쭉 빠져 있는데, 시체처럼 누워 있던 시어머니가 하루는 나를 불러 앉히더니 집에서 나가라는 겁니다.

- 에에? 왜요?

공 여사의 혀 차는 소리에 할머니가 목소리를 높였다. 책을 보던 할머니의 간병인이 물수건을 적셔와 할머니의 마른 입언저리를 닦았다. 훨씬 말하기가 편해진 할머니가 간병인의 손을 쓰다듬으며 고맙다는 표정을 지었다.

- 아들 못 낳는 며느리 더는 두고 볼 수 없다는 거지요.

할머니의 말에 물기가 돌았다.

- 말도 안 돼!

진주 목걸이 할머니는 자신의 일인 양 거품을 물었다.

- 우리 영감님은 나밖에 몰랐는데.

진주 목걸이 노부인이 자랑이 분명할 듯한 말을 하자 공 여사가 입을 삐죽댔다.

- 억울하다는 생각도 못 하고 엎드려 빌었지요. 엄니, 애써 보겠습니다. 노력해 보겠습니다. 애걸복걸했지만 시어머니 반응은 싸늘하기 그지없었소. 지금 같으면 나도 그 집구석 박차고 나왔을 낀데 그때는 세상천지를 몰랐소. 한 번 시집가면 그 집 귀신이 돼야 하는 줄 알았지.

그쯤에서 할머니의 짓무른 눈에서 어김없이 눈물이 흐른다.

- 참 기가 막힌 사연일세.

혀를 차는 사람은 그 자신도 제사를 지겹게 지냈다는 맹물 여사였다.

- 울며불며 매달렸더니 시어머니가 대안을 내놨소. 시앗을 보자고.

- 시앗? 부처도 돌아앉는다는?

공 여사의 목소리도 높아졌다. 마치 자신이 당한 일처럼 씩씩거렸다.

- 그래요. 아들도 못 건지고 죽은 큰 시어머니 제사를 나에게 지내게 하면서, 아들 낳은 유세로 또 아들 시앗을 보자는 거요. 기가 막힐 노릇 아니오? 어느 날 새초롬한 여인네 하나가 낭창 낭창 걸어 들어오더니 안방을 차지합디다. 얼굴도 곱고 나보다

훨씬 젊은 여인이었소. 그년은 사내를 호리고도 남을 인물이었소. 우선 샐샐 웃는 모습이 낭심을 불끈 일으킬 만해 보였소.

  - 하, 그래서 안방을 빼앗겼다?

  맹물 여사가 딱하다는 듯이 혀를 찼다.

  - 그렇지요. 거기에 더 기가 막힌 것은 그년까지 내가 먹여 살렸다는 거지요. 유일하게 남아 있는 집구석의 종토까지 그년 아가리에 처넣고 난 후지요. 그저 아들만 낳아라, 아들만 낳아라 하며 귀신같은 몰골로 치성을 드리던 시어머니 꼴이라니!

  나는 더 이상 듣고 있을 수가 없었다. 나는 정원의 옆구리를 툭 치며 나가자는 신호를 보냈다. 그런데 정원은 오히려 내 손을 꾹 잡고 가만히 있으라는 신호를 보냈다. 혼자 나가려 해도 내 손을 놓지 않았다.

  - 이거, 아라비안나이트만큼 재미있는 이야기야.

  정원은 아주 작은 목소리로 그렇게 중얼거리곤 진한 호기심을 드러내며 할머니 곁으로 더욱 바짝 다가앉았다.

  - 그년은 내가 해주는 밥을 받아 처먹고 포동포동 살이 오르더니 어느새 배가 볼록해지기 시작했지. 나는 그년 입에 고기 갖다 처넣어 줘야지, 약한 서방 약 해 바쳐야지, 내 새끼들 건사해야지, 전처 새끼들까지 챙겨야지, 철철이 제사 지내야지, 허리가 휘도록 일을 했소. 밤에는 짚단처럼 쓰러져 잤지. 소화가

안 되는 증상이 생겨도 그러려니 넘어가고 식소다 한 숟갈 퍼
넣고 참아냈다오.

그쯤에서 할머니는 조금 숨을 고르는 것 같았다. 분노가 가
득하던 눈빛에 어느새 물기가 서리기 시작했다. 정원이 얼른 주
스를 따 할머니에게 내밀었다. 목이 말랐던 할머니는 단숨에
주스를 마시고는 다시 입을 열었다.

- 말끝마다 아들 하나 못 낳은 년이란 말에 나는 주눅이 들어
있었던 모양이오. 그래도 서방이라고 가끔은 내 몸도 만져 주었
는데 그럴 때마다 나는 기도를 했소. 고목나무에 꽃 한 번 피게
해 주소. 나 좀 살려 주소, 하고.

울먹이는 할머니의 목소리가 내 가슴속에서도 짠하게 울렸다.

- 나는 속으로는 그년을 갈아먹어도 시원찮다 여기면서도 지
극정성으로 그년을 받들었소. 소꼬리 고아 먹이고, 잉어 사다
고아 먹이고, 좋다는 건 다 구해다 먹였지. 찌꺼기 남은 거는 아
까워서 멀겋게 국처럼 끓여 내 딸년들과 나눠 마셨소, 그것도
보약이라고. 열일곱 숫처녀로 시집가서 그 수모가 어인 말이오.
내가 부모를 제대로 만났으면….

할머니가 말을 멈추고 코를 팽 풀었다. 눈물, 콧물 뒤섞인 할
머니의 한탄에 정원이가 눈물을 찍어냈다.

- 그러다 덜컥 작은 시어머니까지 병석에 눕습디다. 아들 못

낳은 죄로, 시어머니 둘 똥 기저귀 갈고 하는 동안 나는 수없이 헛구역질을 했지요. 정말, 그건 할 일이 아니었소. 효도? 그런 소리 마시오. 그런 거 정말 좋아서 하는 위인이 어디 있소?

할머니 주변에 모여 있던 환자들이 하나같이 고개를 주억거렸다.

- 그런데 기적이 일어났소. 내 헛구역질이 그냥 헛구역질이 아니었던 거요.

- 애가 들어섰단 말이에요?

공 여사의 눈이 휘둥그레졌다.

- 시샘으로 들어선 거구만.

맹물 여사는 심드렁하게 단정했다.

- 서방에게 말했더니 한숨을 쉬더군. 또 딸일 텐데 지워버리는 게 어떻소, 하대. 시어머니는 나에게 하지 않아야 할 말도 합디다. 꼴에 서방은 밝힌다고. 그 말이 뭐요, 아들도 못 낳는 것이 서방은 끼고 잔 모양이라는 소리 아니오. 계집 꼴은 다 하려고 하네. 그 소리를 들으며 나는 이를 악물었소, 이번에는 아들이다. 틀림없다. 혼자 외쳤지요. 그게 우리 구남이요.

- 시엄씨를 셋이나 모셨으니 하늘이 보살핀 거지.

공 여사가 고개를 끄덕이며 두 손을 마주 잡았다.

- 나는 아들을 둘이나 낳았어요. 모두 효자예요. 나한테 얼마나

잘하는지 몰라요.

진주 목걸이가 끼어들었다. 그러자 공 여사가 버럭 성질을 부렸다.

- 이 할머니 얘기 좀 들어봅시다. 이야기하는 데 끼어들지 말아요.

공 여사는 그 병실의 군기반장 같았다. 공 여사의 말을 듣고 금목걸이가 입을 삐죽거렸다.

- 그 여자는요?

공 여사가 바짝 다가앉았다.

- 그 여자는 내가 몸을 푼 이틀 후에 아이를 낳았소.

- 뭐였어요?

- 조개.

할머니의 그때 표정은 야비하고 거만했다. 고소하다는 표정까지 엿보였다. 여태 당신도 딸만 낳은 죄로 그렇게 힘들어했다면서, 딸 낳은 시앗에게는 시어머니가 자신에게 들이댄 가차 없는 잣대를 들이대는 것이었다.

- 나는 그때 처음으로 골골거리는 시어머니가 끓여준 미역국을 누운 채 받아먹을 수 있었소. 아들이 뭐라고, 병든 몸도 일으킵디다.

- 아들이 뭐라고.

후렴처럼 따라 하며 맹물 여사가 고개를 수없이 끄덕거렸다.

- 그 시절이야 그랬지.

공 여사가 고개를 끄덕거리면서 할머니를 바라봤다.

- 그래, 아들 낳고는 대접이 달라졌소?

호기심이 가득한 눈으로 맹물 여사가 바짝 다가들었다.

- 암, 달라지다마다.

할머니의 얼굴 가득 자신감 어린 미소가 차올랐다.

- 나는 본 적도 없는 시어머니 제사를 지내고 두 시어머니 똥 기저귀 갈아가며 살았지만 아들을 낳는 순간 내 세상이다 싶었소.

그때였다. 병실 문이 열리며 누군가 들어서자 할머니가 입을 다물었다.

- 형님, 많이 다치셨어요? 어딜 좀 갔다 오느라 며칠 집을 비웠는데, 오니까 미란이가 얘기를 하더라구요. 늦게 와서 죄송해요.

작은할머니였다. 할머니의 시앗. 곱게 늙은 여인 하나와 그 여인을 쏙 빼닮은 젊은 여인이 들어서자 할머니 입만 닫힌 게 아니라 다른 환자들의 입도 닫혔다. 그 대신 반득이는 눈동자들이 부지런히 움직였다.

- 누구시유?

- 그건 알 것 없고. 그래, 어딜 다녀오셨나?

할머니의 그 말투에는 빈정거림이 그득했다.

- 누가 어디 함바집 할 만한 데가 있다고 해서 알아보러 갔어요.

작은할머니는 흘러내린 허연 머리칼을 쓸어 올리며 할머니 곁으로 다가왔다.

- 어디 사내놈 보러 간 건 아니고?

- 아니에요.

할머니의 가시 박힌 빈정거림에도 그냥 말없이 웃는 여인. 흰 머리가 성성해진, 할아버지의 연인이었던 작은할머니. 할머니에게는 원수보다 더 미운 여인, 아직도 그 여인에 대한 미움은 서슬이 퍼렇다.

- 첩년은 원래 타고난 기질이 있어. 사내놈들만 보면 눈웃음을 살살 치고 엉덩이를 흔들어대지.

할머니는 작은할머니만 보면 이를 사려 물고 그 소리를 해댔다. 아버지를 낳고 난 후 모질게도 그 여인을 몰아낸 할머니는 그래도 분이 안 풀려서 아랫마을로 쫓겨난 여인을 찾아가 화풀릴 때까지 행패를 부리고 왔다 했다. 어쩌다 할아버지가 슬그머니 그 여인을 찾아가기라도 한 날엔 머리카락을 한 줌이나 뽑아 놓고 왔다고 했지. 생각하면 할머니의 맺힌 한을 그 여인이 다 떠안았는지도 모른다. 그래도 어쩐 일인지 작은할머니는 할머니 곁을 맴돌았다. 살기는 따로 살되 할아버지 제사 때나 다른 제사 때도 꼭꼭 와서 할머니 일손을 덜고는 했다. 그래서 인가, 할머니의 행패도 차츰 수그러들었다. 하지만 자매처럼 지내다가도 한 번씩 옛날 생각이 나면 또 작은할머니의 머리채를 잡고 흔들어댔다. 따지고 보면 할머니도 후처인데 어찌 그리 모질게 굴었는지 알다가도 모를 일이었다.

그런 속사정까지야 말하기 싫었는지 할머니는 입에 거품을 물고 이야기하다가 미란이 고모가 오자 입을 다물었다.

- 큰어머니, 파마하셔야겠네. 제가 와서 해드릴까요?

미용사 황미란. 문자 고모의 미용실에서 미용기술을 배워 독립한 지 얼마 되지 않는다. 그러나 반반한 얼굴에 성격도 싹싹하고 친절해서 예약을 하지 않고는 파마를 할 수 없을 만큼 바쁘지만, 일주일에 하루는 시간을 내어 경로당 할머니들에게 파마를 해드리는 일을 잊지 않는다.

- 아이고, 저 인물에 와 결혼을 안 하우? 남자들이 가만 안 놔둘 건데.

그러면 미란이 고모는 배시시 웃기만 할 뿐이었다. 할머니는 미란이 고모의 봉사 때문에라도 경로당에서 말발이 세다.

- 아니다. 다 나으면 경로당 가서 하면 되지.

할머니도 미란이 고모에게는 비교적 부드럽게 대한다. 하기는 미란이 고모가 원체 싹싹하니까 일부러 모질게 할 일은 없는 것이다.

- 큰어머니, 구남이 오빠는 왔다 갔어요?

- 그럼, 진즉에 왔다 갔지.

이틀 먼저 난 아버지를 미란이 고모는 꼭 '오빠'라고 챙겨 불렀다. 어쩜 외로워서 그러는지도 모르겠다. 아버지도 미란이 고모 일이라면 만사 제쳐 두고 살핀다. 서로 자신의 태생에 대한 슬픔이 같아서일지도 모를 일이다.

아들 이야기만 나오면 할머니 어깨는 쭉 펴진다. 반대로, 아버지 이야기만 나오면 미란이 고모는 어깨가 푹 수그러든다. 아들로 태어나기를 기대했던 딸. 딸일 거라고 지우려 했던 아들, 아버지와 미란이 고모의 특별한 유대는 거기서 출발하는 건지 모르겠다.

- 인제 내 얘기도 들어보실라우? 나도 참 기구한 인생이라오.

아들 자랑에 침이 마르던 진주 목걸이가 자세를 고쳐 앉으며 입을 열었다. 그곳은 병실이 아니었다. 이야기 천국이었다. 일그러지고 찌그러진 심사들을 풀어놓는 곳이었다.

사랑하는 나으 어무이

아무리 머리를 굴려 봐도 오늘은 시간 내기가 어렵다. 어머니 생각을 하면 하늘이 두 쪽 나도 그 행사에 가야 한다. 하지만 하늘이 두 쪽 나도 그곳에 갈 수 없다. 더 중요한 행사가 있기 때문이다. 어머니가 몹시 서운해할 것을 알면서도 어쩔 수가 없다.

- 하필 오늘일 게 뭐람.

제대로 돌아가지 않는 듯한 일상에 슬며시 짜증이 일었다. 오늘이 어머니에게는 생애 가장 의미 있는 날일 수도 있으나, 수경의 입장에서는 그보다 더 중요한 일이 있는 것이다. 세미나에

발제자로 선정된 탓에 빠져나올 수가 없다. 그런 중에도 어찌
방법이 없을까 궁리를 해보았지만, 뾰족한 방법이 없어 마음만
답답하다. 이미 오래전에 예정되어 있는 일이었다. 어머니의 일
또한 이미 예정돼 있던 일이다. 이럴 경우, 누구든 제 일이 우선
이다. 그나마, 어제저녁 뵈었을 때 두둑한 봉투를 건네고 온 것
이 조금 위안이 되었다. 하지만 어머니에게 돈은 그리 중요한
게 아니다. 어머니는 당신을 위해 돈을 쓰시는 일이 거의 없다.
화장품도, 옷도, 신발도 사다 드리지 않으면 낡은 걸 그대로 신
고 입고 쓰신다. 그러면서 하시는 말씀이 참 무심하다.

- 몸뚱이만 가리면 되는 거지, 좋은 옷 입어 뭐 하겠냐.

시계가 12시를 넘었다. 마음이 급했다. 아버지에게 전화를 넣
을까 하다가 그만두었다. 보나 마나 아버지는 수경의 말을 들은
체도 안 할 거니까. 설사 아버지가 마음을 돌려 가신다 한들 어
머니가 반가워하실 리 없다. 오히려 핀잔만 들을지도 모른다.

곰곰 생각해 보아도 아버지의 처사는 틀렸다. 그만한 인물에
인품까지 갖추시면 얼마나 좋을까 싶지만, 어머니를 대하는 모
습을 보면 참 딱하다 싶다. 사실 아버지만 탓할 것도 아니다. 아
버지의 변명은 나름대로 설득력이 있어 보였다. 속아서 결혼했
다는 것이 그 골자다. 어머니가 아버지를 속인 건 아니지만, 결과
적으로 놓고 보면 그렇다는 이야기다. 한복집 조카딸이라 해서,

신부수업 하나는 확실히 했겠구나 하는 생각으로 결혼을 결심했다는 아버지는 사실 어머니의 반반한 얼굴에 반했다는 것이 맞을 것이다. 그런데 생각지도 않은 일로 어머니는 아버지의 구박을 받는 여자가 됐다.

아버지의 이야기로는, 가진 것은 없어도 학덕이 깊은 반듯한 양반 가문이라는 것이 내세우는 집안 자랑의 전부인데, 거기에 걸맞지 않은 며느리가 들어와 집안 우세를 시켰다는 것이다. 어머니가 속일 뜻은 없었다 쳐도 장모가 더없이 한심한 처사를 했다는 것이다. 그것은 지금으로 말하면 사기 결혼 같은 것인데, 사실 그것이 사기 결혼이 성립되는지는 잘 모르겠다. 공부 못한 것을 꼭 말하고 결혼을 해야 하는 건 아니지 않은가. 더구나 그 시절에는 학교 근처에도 못 가본 여자들이 수두룩했는데. 속였다 치자. 그렇다 한들, 세상에 없는 장모를 아직껏 미워하는 아버지는 이해하기가 어렵다. 그 탓은 고스란히 어머니에게로 향했다. 대단한 양반 가문에 무식쟁이 며느리가 들어와 집안이 망조가 들었다는 얘기는 다소 억지스러웠다. 그렇다 쳐도, 어머니가 시집온 지 수십 년이 지났는데도 아직 그걸 이유 삼아 어머니가 기를 펴지 못하도록 한 일은 옳은 처사가 아니다. 대단한 벼슬을 한 조상도 없는, 그저 양반이라는 허울만이 전부인 집안에 무어 그리 내세울 것이 있다고 그 허세인지 알다가도 모를 일이다.

아버지는 어머니가 무식하다는 것이 마치 아버지가 다른 여자를 볼 수 있는 이유라도 되는 듯, 버젓이 작은댁을 들였다. 어머니는 죽은 듯 지냈다. 무식하다는 것이 기를 못 펴는 이유가 되는 듯이 어머니는 당신 몸을 혹사하면서까지 집안을 지켰다. 섬처럼 홀로 외로운 어머니는 말이 없었다. 오직 당신이 낳은 삼남매를 바라보는 눈길만 따뜻했다. 그럼에도 불구하고 아버지를 따라 어머니의 가슴에 대못 박는 일을 우리 삼남매도 했다.

- 엄마는 왜 그리 무식해?

그런 말을 하며 못을 박았다. 사실 어려서는 잘 몰랐다. 왜 아버지가 어머니를 그렇게 함부로 대하는지. 아버지는 대놓고 말하지는 않았지만 어머니를 바라보는 눈길조차 곱지 않았다. 어머니는 그걸 다 참아냈다. 이유는 당신 어머니를 욕보일 수는 없다는 것이었다. 당신이 잘 살아내지 못한다면 그 누가 다 어머니에게로 간다는 생각 때문이었다. 그것은 아주 지독한 고정관념으로 변할 수 없는 것이었다.

- 당신, 오늘 대학원 세미나 있다 했지?

그림붓을 씻던 남편이 수경을 돌아보며 말했다.

- 그래서 당신에게 부탁이 있어요.

수경은 기다렸다는 듯이 빠르게 남편의 말을 받았다.

- 부탁?

어정쩡한 태도로 남편이 수경을 바라봤다. 썩 내키지 않을 때 하는 행동이었다.

- 아무래도 어머니 행사에는 내가 못 갈 거 같아요. 당신이 나 대신 좀 가 줘요.

수경은 시큰둥해하는 남편의 얼굴을 바라보며 애교 섞인 목소리로 부드럽게 말했다. 남편은 스스로를 환쟁이라고 부르면서도, 자신의 예술세계에 대한 자부심은 대단했다. 더구나 이즈음 전시회를 여는 일로 몹시 바쁜 듯하지만, 그렇다고 학교에 매여 있는 수경보다는 시간적 여유가 많았다.

- 나도 오늘 바쁜데? 3시까지 화랑에 가야 해.

- 그 일은 촌각을 다투는 일은 아니잖아요. 우선 엄마 행사에 얼굴 디밀고 가도 되잖아요.

수경은 애가 탔다.

- 그래도 당신이 가는 게 낫지. 내가 가면 오히려 장모님이 불편하실 수도 있잖아.

이리저리 핑계를 대고 가기 싫어하는 남편을 보자 짜증이 치밀어 올랐다. 하긴 장서 간에 무슨 정이 있다고 살뜰히 챙기겠는가. 남편을 볼 때마다 남자라는 족속들은 다 같은 생각을 하며 사는 모양이라는 생각이 들었다.

- 갈 수 있으면 부탁도 안 해요. 됐네요, 부탁한 내가 잘못이지.

수경은 화가 치밀어 들고 있던 가방을 내던지고 거칠게 숨을 내쉬었다. 아버지를 닮은 못된 성질머리였다.

- 맨날, 말로만 당신을 도와줄게, 뭐든지 하고 싶은 거 다 하라더니, 정작 그런 사소한 부탁도 안 들어주면서 말만 번지르르하게….

울컥 서러움이 북받쳐 목소리가 가라앉았다.

- 아니, 갈게. 간다고!

아버지와 남편이 다른 것은 그런 것이다. 한번 말을 뱉으면 끝까지 초지일관인 아버지와, 말을 뱉었다가도 상황에 따라 금방 태도를 바꾸기도 하는 남편과.

- 장인어른께 전화해서 같이 가시자 그래 볼까?

남편은 부드러운 목소리로 수경의 눈치를 살폈다.

- 말도 안 되는 소리 말고 당신이나 얼른 서둘러 가요. 엄마 화나시겠다.

- 장모님이야 부처님이신데 화를 내실라고.

빈정거리는 건지 진심인지 알 수 없는 말을 뱉고 남편은 마지못해 몸을 일으켰다.

- 서둘러야 될 거여요. 이왕 가는 거 기분 좋게 해 드리고 오세요. 빈손으로 가지 말고 꽃바구니라도 하나 챙겨 가세요.

- 꽃다발도 아니고 꽃바구니?

남편이 내키지 않는 듯 되물었다.

- 그럼요. 행사장에 빈손으로 가는 거 아니에요. 더구나 오늘 엄마가 상 받으신대잖아요.

그렇게 말하면서도 수경의 마음은 몹시 불편했다. 어머니가 기다리는 건 박사 딸 차수경이다. 그런데 아무리 시간을 쪼개보아도 무리인 탓에 가족사를 접을 수밖에 없는 사정이 난감하고 화나는 것이다.

- 대전까지 가려면 늦었어요. 여보, 부탁해요.

수경은 남편에게 안 하던 윙크까지 쏘고는 집을 나섰다.

벽에 걸린 시계가 한 시 오 분 전을 가리키고 있었다. 가파른 언덕을 올라가듯 초침이 째깍째깍 숨차게 움직였다. 출입구를 바라보았다. 문은 열려 있는데 들어오는 사람은 한 사람도 보이지 않는다. 이미, 올 사람은 다 와 있는 것이다.

강당의 많은 좌석은 거의 다 채워졌다. 순둥이 할매의 딸과 사위가 꽃다발을 들고 앉아서 상기된 얼굴로 강단을 바라보고 있었다. 김치 할매도 한껏 멋을 내고 금붙이를 휘두르고 앉아 있었다.

- 왜 안 오는 겨?

순둥이 할매가 음성댁을 건너다보며 속삭이듯 말했다.

- 올 겨.

그 말을 하는데 입안이 바짝 말랐다. 하지만 확신은 없었다. 어제저녁 마침하게 집에 들른 딸에게 큰맘 먹고 오늘 일을 말했다.

- 몇 시라고요?

딸애는 시계를 들여다보며 건성 물었다.

- 한 시, 바쁘면 안 와도 된다. 뭐 대단한 일이라고.

딴은 그렇게 말했지만 진심은 아니었다. 진심은 그 어느 때보다 간절했다.

- 에미가 오늘 상을 받는다. 난생처음으로 사람들 앞에 나서서 내가 쓴 편지를 읽는 날이다. 그러니 아무리 바빠도 와주었음 좋겠다.

그게 진심이었다. 눈치 없는 사위가 딸애의 말을 거들었다.

- 당신, 내일 세미나 있다고 하지 않았나?

- 그래요, 세미나가 두 신데 바쁘게 움직이면 얼굴은 내밀 수 있을 것 같네.

딸애는 여전히 바쁜 표정으로 핸드폰을 들여다보았다. 아마 일정을 점검하는 것 같았다. 그런 딸의 모습을 보며 음성댁은 절로 한숨이 터졌다. 괜한 말을 했나 싶기도 했다. 하지만 자신의 인생을 걸고 가장 빛나는 순간이라 여겨 고집을 부리고도 싶었다. 하지만 입으로 터져 나오는 말은 엉뚱했다.

- 대단한 일은 아니니 바쁘면 안 와도 돼.

그 말을 해놓고 음성댁은 한숨이 터졌다. 무능력한 작은아들 때문에 쌍둥이를 봐주는 일로 딸애에게는 괜히 미안한 생각이 들었다. 매사 이런 식이었다. 자신의 일은 늘 뒷전으로 미루어 온 것이 습관처럼 굳어 있었다.

- 이럴 때 수호라도 있으면 좋지 않아. 하필이면 이럴 때 집을 비울 게 뭐람.

동가식서가숙하는 남동생에게 불평이 가닿았다. 수호가 대학원 갈 때 음성댁은 보물처럼 쥐고 있던 밭을 팔았다. 평생 남의 집 파출부 일을 해가며 아이들의 교육비를 대느라 허덕거렸지만, 몸을 움직인 만큼 돈이 되지는 않았다. 막내의 대학원 공부를 위해 할머니가 물려준 전답도 내놓았다. 음성댁에겐 마지막 재산이었다. 자식에게도, 남편에게도 기대고 싶지 않아 노후 대책이라고 생각한 채 쥐고 있던 밭뙈기였다. 팔고 나니 무척 허전했다. 까짓 재산이 뭐라고. 그렇게 생각을 하면서도 가슴 한구석에 휭한 바람이 일었다. 수호의 대학원 등록금 정도는 일찍 자리를 잡은 딸아이가 거들어 줄 거라 은근히 기대했지만 딸애는 제 자식 건사하기에 바빴다. 아들은 영국으로 유학

보내고 딸은 미국에 유학을 보내놓으니 늘 죽는소리를 해댔다. 오히려 어미에게 은근히 보태줄 수 없느냐는 암시를 하기도 했다. 보태주고 싶어도 이제는 남은 것이 아무것도 없어서 마음뿐이다. 그래도 딸아이는 서운해하지는 않았다. 그게 고마웠다.

- 엄마, 내일 시간을 내보긴 할 텐데, 너무 믿지는 마요.

미국에서 박사과정까지 마친 딸애는 다행히 술술 풀렸다. 요즘은 널린 게 박사라 할 만큼 박사가 많아, 취직하기도 쉽지 않다는 이야기를 들었는데 수경이는 바로 모교의 교수로 발령받아 빛나는 인생의 길을 만들어가기 시작했다. 기특하기 짝이 없었다. 어려운 형편에 공부를 시킨 것이 스스로 생각해도 자랑스러웠다. 일찌감치 미국으로 건너가 자리를 잡은 큰아들은 남의 자식이나 다름없었다. 애면글면 키운 것이, 꼭 도둑맞은 느낌이 들 때도 있었다. 처가의 사업을 돕는다는 명분으로, 일 년에 한 번 보기도 힘들었다. 가끔 한숨이 터졌다. 그러나 그런 내색은 누구에게도 할 수 없었다. 어차피 자식은 부모를 떠나게 돼 있으니까. 그게 순리니까.

- 수경이는 안 오는 모양일세.

순둥이 할매가 염장 지르는 소리를 했다.

- 안 오는 게 아니라 못 오는 거지. 걔가 좀 바빠야 말이지.

애써 마음을 가다듬고 목소리도 가다듬었다.

- 아무리 바빠도 지 어미 큰 행사에 안 오는 게 말이 돼? 지 어미가 저희들을 어떻게 키웠는데?

음성댁 살림살이 속사정까지 훤하게 아는 순둥이 할매가 제일인 양 입을 삐죽이며 툴툴거렸다. 속이 아렸다. 하지만 애써 웃어 보이며 한마디 했다.

- 내가 안 와도 된다고 했어. 우리 박사님이 오죽 바빠야지.

- 흥, 안 봐도 척이다. 그년 머릿속에 형님이 있기나 한가.

그 순간, 음성댁은 순둥이 할매의 등짝을 사납게 내리쳤다.

- 그 주둥이 다물어라!

음성댁은 딸 이야기를 나쁘게 말하는 사람들 앞에서는 감정 조절이 안 됐다. 어떻게 키운 딸인데, 다른 사람들 입에 좋지 않게 오르내린다는 것은 너무나 화가 나는 것이다.

- 자, 이제 오늘 행사를 진행하겠습니다. 다들 주목해 주세요.

김 선생이 단상으로 올라가 마이크를 잡았다. 음성댁은 아쉬운 듯 뒤를 한번 돌아보고 시선을 고정시켰다.

- 오늘은 어르신들이 한글학교를 졸업하시는 날입니다. 정말 수고하셨습니다.

김 선생은 감정에 겨워 목소리까지 떨고 있었다. 식순에 따라, 한글을 가르쳐 준 교장 선생과 담임선생의 축사가 이어지고 축가가 이어졌다.

스승의 은혜는 하늘 같아서 우러러볼수록 높아만 지네.

울컥 감정이 격해져서 눈물이 날 것만 같았다. 하지만 음성댁은 이를 악물었다. 오늘은 울면 안 되는 날이었다. 기쁘기만 해야 하는 날이었다. 세상이 훤하게 보이는 날이었다. 이보다 더 영광스럽고 자랑스러운 날이 어디 또 있을 것인가. 같이 출발한 할매들이 다들 졸업을 하고 나가는 동안, 음성댁만 가다 말다를 반복하며 한글을 아직 다 떼지 못했던 것이다. 머리가 나쁜 게 아니라 손주들 돌보는 일이 우선이었고 돈 버는 일이 우선이기에 그럴 수밖에 없었다.

순간, 남편의 얼굴이 떠올랐다. 면 서기였던 남편은 반반한 봉숙의 얼굴에 반해 결혼하자고 졸랐었다. 아이를 셋이나 낳도록 봉숙이 한글을 모른다는 사실을 몰랐던 남편은 뒤늦게 무식한 걸 내세워 이혼하자고 했다. 말끝마다 무식한 여편네라는 말을 달고 살던 남편은 어느 날부터 잠자리도 같이하지 않았다. 한글도 모르는 봉숙을 무시하던 남편은 동부인해서 가야 하는 모임에도 봉숙을 데려가지 않았다. 아이들 앞에서도 어미를 무시하기 일쑤였다.

- 무식한 것이, 뭘 안다고 나서!

자식 교육이나 집안 대소사나, 모든 일에 그 말이 앞섰다. 아이들이 철들기 전까지는 아이들도 제 아비와 같이 어미를 무시했다.

- 엄마가 챙피해!

그 말은 오봉숙에게는 가슴에 박히는 화살이었다. 그러나 아무 말도 못 하고 살았다. 아이들 교육 문제도, 학부모 모임에도 봉숙은 가지 못했다. 은행 업무도 못 보니 모든 경제권은 남편이 쥐고 있었고, 제 이름도 못 쓰니 바보나 다를 바 없었다. 그런 사실이 주위에 알려질까 봐 아이들도 쉬쉬했다. 한글이라도 배우려고 애를 썼지만 어려운 살림살이에 셋이나 딸린 아이 건사하는 일로 하루해가 모자랐다. 더구나 잠자리를 같이하지 않은 후로 바람이 난 남편은, 입술이 붉은 여자와 눈이 맞아 아예 도망을 가버렸다. 그가 사라진 3년 동안 아이들은 봉숙의 몫이었다. 자신을 위해 한글이라도 깨치고 싶다는 소망은 언감생심이었다.

- 우리들에게 눈을 뜨게 해 준 선생님들께 감사의 인사를 올립니다.

학생대표로 단상에 선 송 여사가 축축한 목소리로 말을 하고는 허리를 깊이 숙여 정중하게 인사했다. 장사를 해서 돈을 번 송 여사는 상가에 가게를 다섯 개나 가지고 있고 상가번영회 회장까지 맡고 있는 여장부다. 그 여장부의 눈에서 흐르는 눈물을 보자 여기저기서 눈물을 찍어대는 할머니들도 있었다. 하지만 음성댁은 의연했다. 졸업장을 받을 때도 이를 악물었다. 서른의 꽃다운 김 선생이 오히려 울먹거렸다.

- 축하합니다. 이제는 한글을 읽고 쓰시게 되셨으니 얼마나 좋으십니까.

암, 좋고말고. 얼마나 좋은지, 세상이 다 훤해진 느낌이올시다.

입속으로는 그리 말을 하면서도 음성댁은 애써 음전하게 앉아 있었다. 순둥이 할매도 훌쩍거렸다. 음성댁은 자세를 꼿꼿하게 하고 앉아서 단상을 노려보듯 바라보았다. 딸애는 못 오는 모양이었다. 슬그머니 서운한 마음이 들었지만, 곧 고개를 저었다.

박사님이 을매마 바쁘면 못 오실꼬.

자식에 대한 애정은 언제나 넘쳐났다.

순둥이 할매와 김치 할매가 나가서 노래를 불렀다. 김치 장사를 하는 김치 할매는 새빨간 원피스를 입고 와서 시선을 끌었다. 잔치 분위기였다. 강당의 축하객들도 덩달아 덩실덩실 춤을 추었다. 음성댁은 그런 자리가 불편했다. 슬그머니 일어나 자리를 떴다.

- 어딜 가세요? 곧 여사님 발표 시간인데?

김 선생이 재바르게 따라 나와 음성댁을 잡았다.

- 화장실 좀 갔다 올게.

눈자위가 축축해지는 걸 억지로 참고 걸음을 옮겼다. 화장실에서 참았던 한숨을 쏟아내면서 눈물을 닦았다. 절로 흐르는 눈물을 자꾸만 닦아냈다. 딸애에 대한 서운한 마음이 부글부글 끓어올랐다.

- 내가 저를 어찌 키웠는데.

자식들에 대한 원망이나 키운 것에 대한 보상 같은 건 바라지 않는다고 수없이 다짐했건만, 가끔씩 치미는 서운함은 다스릴 재간이 없었다.

어머니를 원망한 시절도 있었다. 가난해서 식구들이 모여 사는 일도 힘들어서 열 살 때 식모살이를 떠났다. 어머니는 오봉숙을 보내고 아들만 끼고 살았다. 미웠다. 아들이 뭐라고, 딸은 자식이 아닌가. 그런 생각도 했다.

식모살이는 엄청 힘들었다. 식당 집이었는데 밤 열 시까지 일을 해야 했다. 월급은 받아보지도 못했다. 밥만 먹여주고 잠만 재워주는 조건이라고 했다. 세상에, 어찌 그럴 수가! 어머니를 원망하면서 밤새워 울었다. 일 년을 그렇게 살았던 것 같다. 손등이 터져 피가 나는데도 찬물에 설거지를 하던 때였다. 어머니가 왔다. 그런 봉숙의 모습을 보고 어머니가 울었다. 그리고 말했다.

- 가자, 굶더라도 같이 굶자.

그 순간, 봉숙은 따뜻한 이불을 덮은 듯이 마음이 따뜻해졌다. 그 길로 집으로 온 봉숙은 어머니를 도와 장사를 했다. 장사는 번번이 거덜이 났지만 그래도 신났다. 어머니와 같이 있다는 것만 해도 재미있었다. 굶어도 엄마 곁에 있는 것이 좋았고 국수라도 먹으면 더없이 좋았다.

그런 엄마가 병에 걸려 세상을 떠났다. 엄마가 마지막 남긴 말은 남동생을 건사하라는 것이었다. 또 미웠다. 약해빠진 남동생도 미웠다. 그래도 엄마의 유언을 저버릴 수 없어 공장에 다니며 남동생을 학교에 보냈다. 고등학교까지 마친 남동생은 제 밥벌이를 하게 되자 오봉숙을 몰라라 했다. 지금까지도 서운한 감정이 남아 있어 왕래도 하지 않는다. 그럴수록 오봉숙은 이를 악물었다.

어머니가 세상을 뜨기 전, 한복집을 하는 이모 집에 갔다가 어찌어찌 남편을 만났는데 필체가 좋은 남편을 보고서는 주눅이 들었다. 아이를 낳고 나서 제일 먼저 결심한 것도 아이들을 반드시 공부시키겠다는 다짐이었다. 생각해 보면 어머니가 미울 법도 했다. 그런데 어머니가 아직도 가슴에 따뜻하게 남아 있는 것은 어머니가 한 한마디 말 때문이었다.

- 가자, 굶더라도 같이 굶자.

박수 소리가 요란하게 들려왔다. 곧 음성댁 순서가 펼쳐질 것이다.

음성댁은 눈물을 닦고 머리를 한번 매만졌다. 그리고는 아무런 일도 없었던 듯이 강당으로 다시 들어갔다.

─ 엄마,

딸아인가 하였다. 얼굴 가득 환한 웃음을 띠고 화려한 꽃바구니까지 들고 서 있는 저 찬란한 모습이라니! 순간, 음성댁의 걸음걸이가 당당해졌다. 그럼 그렇지, 경우 밝고 배운 거 많은 우리 박사 딸이 안 올 리가 없지.

─ 아이고, 우리 딸 왔네.

송 여사의 딸이었다. 생김새나 자그마한 키가 영락없는 수경이다. 쌍둥이라 할 만큼 닮았다고 언니 동생 하자던 적이 있었다. 하지만 수경은 그런 일로 노닥거릴 만큼 한가하지 않았다. 송 여사의 딸은 제 어미가 물려준 상가 점포에서 양품점을 하고 있었다. 그러니 시간을 내기가 쉬운 게지, 우리 박사 딸처럼 바쁘려고. 음성댁은 헛기침을 하고 자세를 곧바르게 했다. 송 여사의 입이 귀에 가 걸리고, 딸아이를 안고 좋아하는 모습이 환영 같았다.

─ 이젠 헛 게 다 보이네.

그 순간, 음성댁은 두 눈을 비볐다. 다시 한 번 확인했지만 역시 송 여사의 딸이었다. 눈이 침침하더니 기어코! 하지만 음성댁은 보무도 당당하게 단상으로 올라섰다. 앉아 있는 사람들의 모습이 눈에 들어오지 않았다. 오로지 빛나는 딸의 모습만 머릿속에 가득했다. 안 올 거라는 서운한 마음이 있을 때는 안 나오던 눈물이, 떡하니 자리 잡고 있는 송 여사의 딸을 보자 눈자위가 젖었다.

 - 자, 이번 순서는 실버 노인대학의 최우등생인 오봉숙 여사님의 사모곡을 들어보실 시간입니다.

 김 선생은 음성댁을 한껏 추켜세우고 박수를 유도했다. 박수 소리가 강당을 메웠다.

 - 안녕하십니까. 저는 오봉숙입니다. 저는 아들딸 다 키우고 뒤늦게 공부를 시작했습니다. 자식들 앞에서 한글도 모르는 어미가 되는 것이 부끄러워 칠십 넘어 공부를 시작했습니다. 혹여 자식들이 나를 부끄러워할까 봐 조바심치며 공부를 했습니다. 내 아들은 미국에서 사업을 하고 딸은 대학교수입니다. 막내는 직장 다니다가 올해 대학원에 들어갔습니다. 승진을 하려면 대학원을 가야 유리하답니다. 그래서 어렵지만 보냈습니다. 이제 내 할 일은 다 한 것 같아 나 자신을 위해 살기로 마음을 먹었습니다. 그래서 실버대학에 들어와 훌륭하신 선생님들을 만나 공부했습니다. 참 고맙습니다. 딸애한테도 고맙습니다. 못난

어미를 부끄러워하지 않고 용기를 내라고 격려한 딸 덕에 이 자리까지 오게 되어 고맙습니다.

음성댁은 눈시울을 적시는 송 여사 딸의 모습을 보면서 목소리가 젖어 들었다. 하지만 곧 평정을 찾았다. 의연해야 한다, 그렇게 생각하면서.

- 자, 이제 오봉숙 여사님의 사모곡을 들어봅시다.

김 선생이 빗나가는 음성댁의 말을 가로막고 순서를 바로잡았다. 음성댁은 주머니에 넣어두었던 종이를 꺼내 들고 돋보기안경을 꼈다. 세상이 환해졌다. 글자를 배우는 것은 세상이 환해지는 일이었다.

- 어머니는 너무 가난해서 나를 학교에 보내지 않았습니다. 그래도 나는 어머니를 원망한 적이 없습니다. 오히려 나는 어머니가 고마웠습니다. 가난한데도 나를 다른 곳으로 보내지 않고 시집갈 때까지 곁에 두어주셨습니다. 공부는 못 했지만 나는 어머니를 원망하지 않습니다. 하지만 공부를 하고 싶었습니다. 그래서 내 자식은 공부를 많이 시킬 거라고 생각했습니다. 품팔이, 식모살이, 시장바닥에서 장사를 해가면서 공부를 시켰습니다. 내가 젤 잘한 일이 아이들 공부시킨 일입니다. 그리고 내가 젤 고마운 일이 어머니가 나를 버리지 않은 것입니다. 그래서 어머니를 사랑합니다. 언제나 그리운 어머니께 편지를 썼습니다.

부족한 글이지만 들어주시기 바랍니다.

여기저기서 훌쩍거리는 소리가 잦아졌다. 잘 차려입고 온 할머니들의 서러움이 터져 나오는 순간이었다.

음성댁은 다시 한 번 감정을 다잡고 목청을 가다듬었다. 자신이 가장 자랑스러운 순간이었다. 음성댁은 자신이 쓴 글을 천천히 읽기 시작했다.

사랑하는 나의 어무이.

어무이. 얼마 만에 불러보는 이름인지요. 저는 당신의 딸 봉숙입니다. 뒤늦게 공부를 하여 처음으로 어무이한테 편지를 씁니다….

누굴 탓할 일이 아니다. 이런 경우, 어머니께 몹시 미안하다. 자신의 앞날을 위해 어머니를 소홀하게 대할 수밖에 없을 때, 어머니의 작고 동그란 어깨가 더없이 가여웠다. 하지만 오늘은 자신에게 화가 나서 미칠 것만 같다.

대학원 세미나를 마치고 부랴부랴 어머니 집에 도착했을 때 어머니는 없었다. 남편은 아마도 삐죽 얼굴을 내밀고 자기 볼일을 보러 갔을 것이다. 텅 빈 어머니의 집은 어머니의 몸피같이 폭삭 주저앉아 있었다. 진즉부터 집수리를 좀 하자고 했건만,

어머니는 늙은 몸 하나 얹어두는 집에 뭐 하러 돈을 쓰느냐고
극구 반대했다.

텅 빈 집에 어머니가 벗어두고 간 외출옷이 매미껍질처럼 널
브러져 있었다.

- 수경이 오냐?

옆집 순둥이 할머니가 알은체를 했다. 하지만 그 표정은 싸늘
했다.

- 엄마는 어디 가셨어요?

- 모르겠다. 잔뜩 풀이 죽어서 나가던데…. 너도 그렇지, 오늘
같은 날은 만사 체치고 오는 게 맞지 않니?

할 말이 없었다. 눈빛을 마주치기도 불편했다.

- 죄송해요. 미룰 수가 없는 일이라서….

수경은 얼버무렸다. 사실이라 해도 이 자리에서는 당당할 수
가 없다. 식은 햇살이 산등성이로 넘어가려 하고 있었다. 곧 어
두워질 텐데, 해가 지면 급속하게 차가워지는 기온이 걱정스러
웠다.

- 도대체 어딜 가신 거야.

그런 적이 없었다. 어머니는 언제나 당신의 가슴속에서만 울
고 마음속으로만 서운해했다. 한 번도 가출을 하거나 어딜 소
리 없이 가신 적이 없는 분이었다. 그래서 더 걱정이 됐다. 마당

에서 한참 서성대는 수경을 보고 순둥이 할매가 입을 삐죽거렸다. 그것이 수경에 대한 비호감의 표현이라는 것을 모르는 바 아니나, 지금 상황에서는 그런 데 신경 쓸 겨를이 없었다. 머릿속에 반짝, 아주 작은 번개가 쳤다. 불현듯 생각난 장소로 걸음을 옮겼다. 어머니가 고향 땅으로 돌아오신 이유를 생각해 냈기 때문이었다.

어머니는 우리들의 공부가 끝나자 허물어져 가는 시골집을 보수해서 시골로 내려왔다. 자식들 그 누구에게도 짐이 되고 싶지 않다는 의지의 표현이었지만 홀로 지내는 어머니가 걱정되어 한 달에 두 번 정도는 어머니를 보러 왔다. 작은댁과 사는 아버지는 행복해 보였지만 어머니의 표정은 점점 어두워져 갔다. 고독한 성에 고립된 어머니가 불쌍해서 아버지와는 의절한 듯 살았다. 산길은 적당히 가팔랐고 어둠살이 묻어나는 시간 위로 쓸쓸한 그늘이 만들어지고 있었다.

산 중턱쯤에 동그란 무덤 한 기가 보였다. 할머니 무덤이었다. 무덤 앞에 조그만 어머니가 동그랗게 엎드려 있었다. 불안한 마음에 걸음이 절로 빨라졌다. 무덤이 가까워지자 가슴이 찢어질 듯 아팠다.

- 엄마.

목소리에 절로 물기가 고였다.

어머니는 엎드린 채 잠이 들었는지 미동도 없었다. 고개를 수그린 채로 엎드려 있는 어머니 주변으로 소주병이 두어 개 나뒹굴고 있었다. 어머니가 술을 마시다니!, 한 번도 술 마시는 걸 본적이 없다.

- 엄마!

수경은 어머니를 일으켜 세웠다. 이미 오래전부터 그런 자세로 있었던 듯 어머니 몸은 차가웠다. 어머니는 몹시 취해서 몸을 가눌 수 없는 지경이었다. 겨우 눈을 뜬 어머니는 수경을 보자마자 눈물을 흘렸다.

- 오, 어여쁜 내 딸 왔느냐.

어머니의 음성은 설탕처럼 달았다.

- 미안해요. 엄마.

진심으로 어머니께 미안했다.

- 아니다, 아니다. 박사님이 얼마나 바쁘시겠어. 괜찮다, 괜찮아.

어머니는 수경을 얼싸안고 웃다가 빤히 바라본 후 혼절하듯 다시 쓰러졌다. 마실 줄도 모르는 술을, 그것도 두 병이나 마신 그 속이 오죽할까. 무덤 앞 상석에는 마시다 만 소주잔이 뒹굴고 있었다. 찬 바닥에 누운 풀들이 어머니를 위안하듯 감싸고 있었다. 어머니의 눈자위는 축축하게 젖어 있었다.

- 장한 내 딸, 어미가 이제는 한글로 뭐든 쓸 수 있게 됐다. 오늘

졸업식을 했어. 기분이 좋아서 나도 엄마 보러 왔단다. 오랜만에 술 한 병 들고 와서 엄마랑 마셨다. 하하하.

웃고는 있지만 어머니의 목소리는 울음이었다. 마치 환상을 보듯, 독백처럼 들려오는 어머니의 음성에 물기가 그득했다. 수경은 코트를 벗어 어머니의 몸 위에 덮었다. 지금 할 수 있는 일은 그 정도뿐이었다. 우선해야 할 일은, 술에 취해 늘어져 있는 어머니를 일으켜 세워 산 밑까지 가자면 어떻게 해야 할지 생각을 해 봐야 했다. 수경은 어머니를 일으켜 세우다 말고 어머니가 쥐고 있는 종이에 눈이 멎었다.

수경은 그 종이를 살펴보다가 얼음처럼 굳었다. 거기엔 삐뚤빼뚤한 어머니의 글씨가 가득 적혀 있었다. 그것을 읽어 내려가다가 숨을 멈추었다.

- 엄마, 미안해, 정말 미안해.

수경의 눈에서 뜨거운 눈물이 흘렀다. 수경은 어머니의 야윈 몸뚱이를 끌어안고 소리 죽여 울었다. 어머니에게서는 독한 소주 냄새가 났다. 한 번도 그런 적 없는 어머니 모습에 가슴이 아팠다.

수경은 그 종이를 들고 찬찬히 읽어 내려가기 시작했다.

　

<사랑하느 나으 어무이>

어무이, 얼마 만에 불러보는 이름인지요. 저는 당신으 딸 봉수깁니다. 디늦게 공부를 하야 처음으로 어무이한태 팬지를 씀니다. 나는 아주 오래전부터 어무이한태 팬지를 쓰고 시펐습니다. 하지만 공부를 못해서 어려벘습니다. 디늦게 공부를 하야 이제는 팬지를 쓸 수 이습니다. 어무이. 나는 아들, 딸 나아 잘 키워서 겨론도 시키고 손자손녀도 보앗습니다. 수경이는 공부를 잘해서 박사가 되어 애들을 가리킵니다. 그래서 기분이 조치만 나는 손주들 아패서 글씨를 몰라 늘 부끄러웟씁니다. 그런데 인제 핵교를 다니고 공부를 하야 글씨를 쓸 수 있게 되야 기부니 좃씁니다. 을매나 조흔지 몸이 저절로 두둥실 떠오르는 기분입니다. 다 잘 갈키 준 성상님 덕분입니더. 오늘은 조롭을 하는 날이라 내가 대표로 팬지를 일게 되었습니다. 아들딸이 와서 추카해주면 더업시 조은 일이지마는 그 애들은 너무 바빠 못 와씁니다. 그래도 조롭을 하게 되어 가리켜 준 성생님들한태 고맙씁니다. 너무 조아서 눈물이 남니다. 이제는 어머니한태도 팬지를 자주 쓰게씁니다. 나아조서 고맙씁니다….

수경은 더 이상 편지를 읽을 수가 없었다. 이미 어머니의 눈물로 얼룩진 편지에 수경의 눈물이 떨어져 종이가 눅눅했다. 어머니의 사모곡이 가슴을 휘저어 자신도 모르게 울음이 터졌다.

어머니는 수경의 손을 꼭 잡은 채로 꿈결처럼 말했다.

- 어무이, 고맙습니다. 나를 낳아줘서 정말 고맙습니다. 이렇게 이쁜 딸도 낳게 해주셔서 고맙습니다.

눈물 젖은 어머니의 목소리가 메아리 되어 수경의 귓전에 맴돌았다.

■

어머니는 나를 낳고 도망가 버렸다. 정확히 말하면 보름 동안은 나를 품었다가 버렸다. 나는 운이 좋게도, 어린 시절을 고아원에서 지냈다. '운이 좋았다'는 건 진실이다. 만약 내가 누군가의 눈에 띄지 않는 장소에 버려졌다면 나는 분명히 이 세상에 없을 것이다. 수풀 우거진 강변이나 쓰레기장 같은 데, 그런 데 버려졌다면 길고양이가 나를 물어뜯었거나 새가 나를 쪼았거나, 그러다 숨이 끊어지면 오만 벌레들이 나를 뜯어먹었거나 했을 것이다. 그러니 운 좋다고 하는 게 맞는 것이다. 마지막으로 배부르게 젖을 먹고 내가 잠든 사이, 어머니는 나를 해도 뜨지 않은 어스름한 공원 의자에 버려두고 도망갔다.

나는 어머니에 대해 두 가지를 기억한다. 그 어린 나이에 무슨 기억을 할 수 있을까 싶겠지만, 분명 나는 기억한다. 내 볼을 타고 흐르던 엄마의 뜨거운 눈물과 새벽 어스름의 차가운 공기가 주는 섬뜩함. 그건 내 몸이 기억하는 것이었다. 그 두 가지가 섞이면 차갑지도, 그렇다고 뜨겁지도 않은 온도의 기억이 되었다. 그래서 나는 다행이라고 생각한다. 세상을 그렇게 살 수 있었기 때문이다.

나는 분노가 나를 지배하지 않도록 애쓰며 살았다. 극심한 분노가 나를 지배하면 그 순간부터 사람이 아니라 괴물이 된다는 것을 알고 있기 때문이었다. 분노를 잠재우는 데 가장 효과적인 것은 눈을 감고 기도를 하는 것이다. 나는 어려서부터 밥을 먹기 전 기도하는 습관을 갖게 됐고 그것이 나를 키우는 힘이 됐다. 여기서 눈을 감는다는 게 중요하다. 언젠가, 식사기도 중에 눈을 뜬 적이 있는데 어떤 아이가 기도에는 관심 없이 옆 친구의 식반에 놓인 돼지고기볶음을 욕심 사납게 끌어넣는 걸 본 적이 있었다. 그 아이는 내가 본 것을 알아채고 나에게 종종 주먹질을 했다. 눈을 부라리며 자신의 비밀을 말하면 죽이겠다는 듯이 주먹을 불끈 쥐어 보였다. 나는 얼른 눈을 감았다. 그것으로 불행은 예방되었다. 그 일은 그리 큰일도 아니었다. 하지만 종종 그 아이는 나를 보면 주먹을 쥐고 이를 악무는 시늉을 했다.

나는 착하고 순하고 없는 듯이 조용했다. 그럼에도 불구하고 아주 강한 다짐은 있었다. 절대 결혼은 하지 않을 거라는 다짐이었다. 그건 내 트라우마에 대한 앙갚음 같은 것일 수 있었다.

그 누구도 나를 간섭하지 않고 그 누구도 드나들지 않는 혼자만의 공간만 있다면 된다고 생각했다. 나는 모든 일을 좋은 쪽으로만 해석하는 악습이 있었다. 그건 분명 악습이 맞다. 그런 습관이 이유가 되어 다가오는 불행은 내 몫이었다.

나는 지독하리만치 낙천적이었다. 애써 긍정적이었다. 그것은 나의 열등감 때문에 생긴 악습이 맞다. 그런 노력은 분명 나에게 좋은 기운을 가져다주었다. 나는 아주 좋은 환경의 양부모를 만나게 되었다. 그래서 평온하게 살 수 있었다. 사람들이 아는 나는 아주 반듯한 집안에서 자란 규수였다. 동기 이상으로 친한 윤서에게조차 말하지 않은 비밀이었다. 하지만 나는 그 이상을 욕심내어서는 안 되었다. 거기까지가 내가 누릴 수 있는 행복이었다. 내가 결혼을 하거나 자식을 낳는 일은 해서는 안 되는 일이었다. 그것은 내 몫의 행복이 아니었기 때문이다. 그런데 그 일을 욕심내었고 그 대가를 치러야 했다. 일은 벌어졌고 나는 책임자가 됐다. 사랑을 믿은 것이 내 불행의 시작이었다. 나는 밤마다, 내 자식이 그리워 울었다.

미란이 고모

- 윤서야. 미란이 고모 무슨 일 있어?

해가 뜨지도 않은 시간에 걸려온 전화는 정원의 전화였다.

- 몰라. 왜?

- 어제 파마를 하러 갔더니 문이 닫혔더라.

- 바쁜 일이 있나 보지 뭐.

- 아니. 옆 가게에 물어보니까 일주일째 문이 닫혀 있다는데?

정원의 말을 듣는 순간, 어제저녁부터 궁금했던 일이 순식간에 다 풀리는 듯한 느낌이 들었다.

- 음, 한번 알아볼게.

나는 지난밤 걸려온 문자 고모의 전화 이야기를 정원에게는 하지 않았다. 바쁜 일이 없으면 다녀가라는 고모의 말이 내내 마음에 걸려 있던 참이었다.

- 그냥. 보고 싶기도 하고 의논할 것도 있고….

고모는 별일 없는 듯이 말했다. 나는 더 이상 물을 수 없었다. 그냥 무슨 일인가 있기는 있는 모양이라고 짐작했다. 더 물어보아야 대답할 고모도 아니고, 마주 앉아야 뭔가 이야기를 할 것이었다. 나의 좁은 생각으로는 윤미 이야기가 아닐까 생각하였다. 그런데 미란이 고모는 왜 문을 일주일씩이나 닫은 걸까? 웬만해서는 전화를 하는 고모가 아니었다. 분명 무슨 일이 있는 게다. 얼핏 고모네 가 있다던 윤미 생각이 났다.

나는 서둘러 시외버스 터미널로 향했다. 가는 내내 무슨 일일까 궁금했지만 전혀 짐작할 수 없었다. 그러나 막상 고모네 집에 도착해서 본 일은 정말 의외였다. 내가 문자 고모네 가서 제일 먼저 맞닥트린 풍경은 마루에 걸터앉아 말다툼을 하는 미란이 고모와 윤미의 난감한 표정이었다. 문자 고모는 두 사람 사이에서 어찌할 바를 모르고 서성대고 있었다.

- 나를 달라고!

미란이 고모가 가슴을 치며 간절하게 말했다.

- 안돼요. 고모가 왜?

윤미도 새파랗게 하고 대들었다. 두 사람 다 평소와는 너무도 다른 모습이었다.

- 제발 부탁이다. 나를 줘!

미란이 고모는 윤미의 손을 잡고 통사정을 하고 있었다.

- 무슨 일이에요?

나는 허술한 고모네 대문을 열고 들어서 맞닥뜨린 풍경에 어리둥절했다. 미란이 고모는 울고 있었고 윤미는 고모의 손을 뿌리친 채 곧 도망갈 듯이 몸을 옹그리고 있었다. 어떤 상황인지 전혀 감을 잡을 수 없었다.

- 윤미한테 뭘 달라는 거예요?

내 말에 미란이 고모는 눈길을 피했고 윤미는 더 새파래져서 목소리가 높아졌다.

- 세상에. 고모가 이상해요. 평소 때 고모가 아니라구요!

- 무슨 소리야?

나는 파르르 떠는 윤미가 더 이상했다.

- 글쎄, 아기를 낳아서 고모 달라지 뭐예요.

- 뭐라고?

문자 고모가 고개를 돌리며 한숨을 내쉬었다.

- 무슨 일 있어요?

나는 문자 고모에게 조심스럽게 물었다.

- 쟤가 병이 도진 모양이다. 그동안 꾹꾹 잘 참고 산다 싶었는데….

문자 고모가 한숨을 섞어 이야기를 펼치기 시작했다. 미란이 고모는 넋을 놓은 사람처럼 앉아서 멀거니 윤미를 바라보고 있었다. 윤미는 곧 일어나 도망이라도 갈 자세였다. 잔뜩 사나운 눈으로 미란이 고모를 노려보고 있었다.

- 내가 나 혼자서는 감당이 안 돼 너를 불렀다. 다른 사람이 알 일도 아니고 해서….

내 입이 무겁다는 것을 믿는 문자 고모가 나를 특별히 부른 것은 그럴 만한 사정이 있었던 것이다.

- 아가야가 자꾸 울어….

미란이 고모가 혼잣말처럼 중얼거렸다. 창백한 얼굴이 병색이 짙어 보였다.

- 아가야?

나는 고모를 바라보며 반문했다.

- 에구, 세상에 숨겨질 일이 없네.

문자 고모가 내 손을 잡으며 이야기를 풀어내기 시작했다.

- 그게 말이다. 전에 미란이가 일본 남자랑 산 적이 있잖니.

- 저도 들었죠. 그런데 지금은 정리되지 않았어요?

- 끝났지. 현지 처 노릇을 한 꼴인데. 그게 말이다….

문자 고모는 뭔가 말할 듯하면서 자꾸 망설이고 있었다.

- 뭘 망설여요, 고모. 언니, 내가 이야기해 줄게. 미란이 고모가 옛날에 아기를 지운 적이 있대. 그동안 잘 이겨내고 살았는데 내가 아기 가졌다니까 그 악몽이 되살아난 거래. 밤마다 꿈에 아기가 보인다고 하더니 기어코 나를 찾아와 아기를 낳으면 고모 달라고 저렇게 떼를 쓰는 거야. 뭐, 그 아기가 고모가 그리워서 내 몸을 빌려서 온 거라나 뭐라나. 나 보고는 모든 것 잊고 새 출발하래. 말도 안 되는 소리를 하고 있어.

윤미는 사나운 짐승처럼 씩씩대며 말했다.

- 윤미야, 무슨 말을 그렇게 모질게 하니?

나는 넋을 놓고 앉아 있는 미란이 고모가 안쓰러워 윤미를 나무랐다.

- 문자 고모도 똑같아. 나더러 애기 낳아서 미란이 고모 주라며?

- 윤미야, 그게….

문자 고모는 어찌할 바를 모르고 절절맸다. 나는 그제야 상황을 대충 알 것 같았다. 그리고 그동안 몰랐던 미란 고모의 사정에 마음이 아렸다.

억울한 사연이 많은 사람은 말이 많다. 더 아픈 사연이 있는 사람은 침묵한다…. 일본 남자랑 사는 동안 아기가 있었구나, 그런데 낳지 못할 사정이 있어서 지웠구나. 그 사정을 아는 건 문자 고모뿐이고, 윤미가 아이를 가졌다는 말에 지난날의 악몽이 되살아나 괴로워하다가 윤미에게 아이를 낳으면 달라고 사정하는 지경에까지 이르렀구나…. 문자 고모는 결혼도 않고 아이를 낳겠다는 윤미의 철없는 행동을 보고 차라리 그런 편도 괜찮겠다 싶어 중재를 하려다….

　전후 사정을 알고 나니 미란이 고모가 너무 가여웠다. 얼마나 힘들었으면 그 악몽이 도졌을까.
　- 아기는 아직 살아있어.
　미란이 고모는 혼자서 중얼거렸다. 누가 듣고 있거나 듣지 않거나 상관없는 얼굴로 혼자만의 세계에 빠져 있는 것 같았다. 웃음이 사라진 해쓱한 얼굴에 묘한 서늘함까지 느껴졌다.
　- 살아있다고 했다가 윤미 뱃속에 아이가 지 아기라 했다가…. 저 애 불쌍해서 어쩌니.
　문자 고모가 혀를 끌끌 차며 미란이 고모를 바라보았다.
　- 윤미야.
　나는 조용히 윤미를 불렀다.
　- 왜, 언니.

- 나 좀 보자.

나는 조용히 윤미의 손을 잡고 방으로 들어갔다. 무슨 말을 해도 내 말을 듣지 않을 거라는 생각은 들었지만, 그렇다고 해서 강 건너 불구경하듯이 몰라라 할 수는 없었다.

- 윤미야, 냉정하게 생각해서 행동해야 해.

- 뭘?

윤미는 못 알아듣는 듯이 굴었다.

- 그 남자가 결혼을 하기 싫다 하니?

- 아니. 내가 싫어!

- 그런데 아기는 왜 가졌어?

- 아기는 키우고 싶으니까.

- 철딱서니 없는 것. 아이가 장난감이니? 아버지도 없는 애를 왜 낳으려고, 낳아서 어찌 키우려고?

- 걱정 마. 내가 알아서 키워. 결혼하지 않고도 얼마든지 키울 수 있어.

- 그건 네 생각일 뿐이야.

- 그렇게 말하는 것도 언니 생각일 뿐이야. 솔직히 말해 언니가 나에게 그런 말 할 자격이 있다고 생각해? 임신도 안 해 봤으면서!

나는 윤미의 독설을 들으며 어지럼증을 느꼈다. 생각했던 대로였다.

- 윤미야, 언니한테 무슨 말버릇이냐?

방문이 열리며 문자 고모가 들어섰다.

- 고모도 똑같아. 나는 문자 고모는 좀 다른 줄 알고 찾아왔는데 다 똑같아! 하나만 낳아서 잘 기르겠다는데 왜들 난리야?

문자 고모가 어이없다는 듯이 윤미를 바라봤다.

- 그 남자 좀 만나보자. 언니가 그 남자랑 이야기 좀 해 볼게.

나는 사정하듯 윤미에게 말했다.

- 필요 없다고! 그 남자 만나면 분명 결혼하자 할 거고 그러면 더 골치 아파져. 언니가 나설 일이 아니라고. 내 인생이라고! 나는 자식을 의무감 때문이거나, 대를 잇기 위해서라거나, 그런 이유로 아이를 낳는다는 건 죄악이라고 생각해. 할머니 봐. 아버지 낳기 위해서 악을 쓰고 딸을 다섯이나 낳았어. 그러고 지금 와서 내 인생이 없느니 억울하니 하시잖아. 나는 그런 거 싫다고! 나는 내가 책임질 수 있는 한 아이만 낳아서 정말 잘 키울 거라고!

윤미는 적에 둘러싸인 전사처럼 결연했다.

- 결혼해서도 잘 키울 수 있잖아.

내 말은 거의 사정에 가까웠다. 고모도 옆에서 안타까운 듯이 고개를 끄덕이고 있었다.

- 결혼해서? 시집은? 의무감으로 시집살이하기도 싫고, 시집으로 인해 여기저기 연 걸리듯 인연이 얽히는 것도 싫어. 결혼이란 제도하에 살아야 하는 거는 싫다고! 난 할머니, 어머니 사는 거 보고 확실히 맘 정리했다고!

더 이상 말해보아야 먹혀들 상황이 아니었다. 확고한 윤미의 생각에는 바늘구멍 하나도 들어갈 여유가 없어 보였다. 철없이 저지른 행동이라기엔 너무도 확고한 주장이었다.

- 너는, 너는 니 생각만 하냐? 니 엄마랑 할머니랑 아버지 생각은 안 해?

고모가 더듬거리며 궁색하게 말했다.

- 나는 내 생각만 하고 살 거야. 나중에 후회하고 가슴 치느니 지금 싸가지 없는 자식 되는 걸 택하겠어.

더 이상 할 말이 없었다. 어머니가 이 자리에 있대도 더 이상 할 말이 없을 것 같았다. 아니 어머니가 있었다면, 저토록 확고한 윤미의 주장에 오히려 윤미의 손을 들어줄 수도 있겠다는 생각까지 들었다.

- 윤미야, 아기 낳아서 나 줘. 내가 잘 키울게.

어느새 미란이 고모까지 들어와 윤미에게 사정을 하고 있었다. 눈동자는 먼 데다 둔 채로 미란이 고모는 유령처럼 흔들거렸다.

- 아이고, 내가 미쳐! 나 좀 건드리지 마! 나 여기 떠날 거야!

윤미가 발작하듯 제 머리칼을 쥐어뜯으며 소리를 질렀다. 문자 고모가 내 팔을 잡아당기며 나지막이 말했다.

- 나가자. 저러다 스트레스받을라.

나도 미란이 고모의 팔을 잡아당겼다.

- 고모, 나가요. 윤미 좀 쉬도록 놔둡시다. 아직 아기 낳으려면 기다려야 해요. 고모도 좀 쉬어야 해요. 한숨 자고 나오면 훨씬 기분이 좋아질 거여요.

미란이 고모가 배시시 웃었다. 그 웃음에 귀기가 서렸다.

어둡고 좁다란 길을 헤매고 다녔다. 보이는 것은 아무것도 없었다. 안개가 덮인 숲처럼 서늘하고 축축했다. 이 길의 끝이 있기나 한 건지, 아득한 절망감만 미란을 휩쌌다. 저만치서 손을 흔드는 남자가 보였다. 얼굴은 보이지 않았다. 더듬어 그에게 가려고 안간힘을 썼다. 걸음을 옮겨도 발은 움직이지 않았다. 마치 바닥에 붙어버린 것처럼 움직여지지 않았다. 이를 악물고 걸음을 뗐다. 그럴수록 발은 떨어지지 않았다. 어디선가 아기의 칭얼거리는 울음소리가 애달팠다. 남자가 아이를 하늘 높이로 들어 위협적인 자세를 취했다.

- 아, 안 돼!

말이 끝나기 무섭게 남자가 벼랑 아래로 아이를 내던졌다. 던 져진 아이는 나뭇잎처럼 흔들리다 곧 사라졌다.

- 아아아악!

두 귀를 막고 두 손으로 얼굴을 가리고 두 눈을 질끈 감았다. 아랫배를 움켜쥐고 뒹굴었다. 하혈이 쏟아졌다. 벌건 피가 낭자 해진 아랫도리는 점점 형체를 잃어갔다. 조금씩 하체가 사라지 기 시작했다. 조금씩, 아주 조금씩 사라지는 몸뚱이는 아이가 먹어치우고 있었다. 아이의 울음소리가 확성기에서 울리는 소 음처럼 전신을 휩쌌다. 아이의 원망 어린 눈빛이 눈앞에 아른거 렸다. 미란은 몸부림치기 시작했다.

- 왜 이러느냐? 또 꿈을 꾸었느냐?

어머니 목소리에 놀라 퍼뜩 눈을 떴다. 온몸이 땀에 젖어 있 었다. 걱정스런 눈빛으로 미란을 내려다보고 있는 어머니를 보 고 미란은 얼른 몸을 일으켰다.

- 맨날 그렇게 꿈을 꾸어서야 원….

미란은 벌떡 일어나 옷을 입었다. 아직 해가 뜨기 전이었다. 서둘러 일어나 가방을 챙기는 미란을 보고 송 씨가 혀를 끌끌 찼다.

- 내 죄가 많다. 내가 죽일 년이다.

미란은 그 말을 들은 둥 마는 둥 집을 나섰다. 헝클어진 머리에는 모자를 뒤집어썼다. 누구에게도 말할 수 없는 아픈 기억. 미란은 혼자서 견디어 내야 하는 시간들에 대해 눈물을 삼켰다. 눈물은 살을 에는 아픔으로 점점이 박혔다. 윤미가 아기를 가졌다는 말을 들었을 때 미란은 망치로 얻어맞은 줄 알았다. 덜컥, 뭔가 아귀가 맞지 않은 듯한 기억의 틀들이 삐거덕거리기 시작했다. 머리가 깨질 듯이 아팠다.

아, 아기!

기억은 아물아물했다. 인간의 기억은 믿을 수 없다. 믿고자 하는 대로 만들어진 기억은 언제나 유동적이고 이기적이고 사변적이다.

어제는 세 곳을 돌았다. 새삼스럽게 이러는 이유가 무엇이냐는 듯이 사람들의 눈빛에는 의아심과 호기심이 그득했다.

- 벌써 30년 전 일입니다.

그들은 아주 정중하고 예의 바르게 말하고 있었지만 그 내면의 말은 차갑고 비웃음이 가득했다. 미란은 고개를 떨궜다.

- 있는 곳이라도 알았으면 좋겠습니다.

그렇게 말하는 자신이 부끄럽고 염치없었다. 하지만 진심이었다. 사라질 수 없는 기억은 형벌이었다.

- 알아는 보겠습니다만….

그들도 약속을 하지는 않았다. 미란도 재촉할 수는 없는 일이었다. 다만 알아봐 주기만을 기다릴 뿐이었다.

- 이제는 고만 잊어라. 어디서 잘살고 있을 게다.

잊을 수만 있다면. 어머니가 하는 말은 성의가 없었다. 어머니의 자식이 아니고 싶을 때가 많았다. 아들이 아닌 딸의 출산으로, 하늘로 오르려다 만 어머니. 그래도 큰어머니에게 비비며 잘도 살고 있다. 그런 모습이 싫다. 나 같은 아기를 낳고 싶지 않았다. 적자가 아닌 태생은 언제나 그늘지고 슬프다. 그런 태생이 싫다. 그래서 이를 악물고 아기를 떠나보냈다. 그런데 아기는 죽지 않았다. 때때로 불쑥불쑥 나타나서 미란의 마음을 흔들었다. 그 아기를 찾아야 한다.

미란이 고모는 어려서부터 병약하고 가냘팠다. 자신의 처지를 알아서인지 늘 조용하고 공손했다. 그런 미란이 고모를 아버지는 유난히 챙겼다. 고등학교 졸업할 때까지 아버지는 미란이 고모의 보호자처럼 행동했다. 둘이 사귀는 것 같다고 수군대는 사람들도 많았다. 아버지가 도시로 대학을 가지 않았더라면 더 많은 소문이 돌았을지도 모른다.

작은할머니 송 씨는 유약하고 게을러서 할아버지가 돌아가신 후로는 맨날 눈물을 짜며 살았다. 그게 할머니의 눈에는 꼴불견

중의 꼴불견으로 보인 모양이었다. 할머니는 이유 없이 한 번씩 작은할머니 송 씨를 불러 호통을 쳤다. 그럴 때마다 작은할머니는 눈물을 찔찔 짰고 할머니께 고개를 조아렸다. 생활력도 없어서 미란이 고모가 여상을 나와 조그만 사무실에 취직을 하기 전까지는 매달 할머니께 생활비를 타다 썼다. 그러니 할머니 앞에서 절절매지 않을 수 없었다. 그래도 시어머니라고, 어머니 앞에서는 가끔 매운 소리도 했다. 살림을 그렇게 나 몰라라 하면 어쩌냐는 둥, 형님한테 좀 잘하라는 둥. 생각하면 작은할머니가 큰소리칠 수 있는 대상은 어머니뿐이었는지도 모른다. 할머니는 작은할머니를 종 부리듯 부리다가도 가끔 변덕이 나면 또 그렇게 잘할 수가 없었다.

　- 우야다가 니캉 내캉 같은 서방을 모시고 살게 됐노? 니 팔자도 더럽고 내 팔자도 더럽제.

　그렇게 탄식하듯 내뱉는 할머니의 말에 작은할머니는 고개를 주억거리며 눈물을 찍어냈다. 그러다 둘이 부둥켜안고 울 때도 있었다. 한 마디로 블랙코미디였다. 그럴 때, 미란이 고모는 차가운 눈으로 작은할머니를 노려보았다. 그러나 그뿐, 어떤 말이나 행동을 보태지는 않았다. 다만, 자신의 태생에 대해 그리 달갑지 않은 생각을 하고 있는 것만은 분명했다. 팔자도 닮는다든가, 미란이 고모는 스물다섯에 남자를 알았다. 다니던 회사와 거래 관계가 있던 일본인이었는데 그 남자가 미란이 고모를 어여쁘게 보아 일본으로 데리고 가고 싶어 했다. 모양새는 그럴싸해서 일본 사무실에 파견 근무하는 조건이라 했다. 월급도 파격적으로 준다 했다. 미란이 고모를 부추긴 건 송 씨였다. 여상을 나와 그만하면 출세하는 거라고, 그런 파격적인 조건은 쉽지 않다고.

미란이 고모는 조금 고민하다가 일본으로 갔다. 아버지는 말렸지만 미란이 고모의 인생을 책임져 줄 방법을 찾지 못했다. 1년 만에 돌아온 고모는 부산에서 살았다. 일본인 다케오의 현지처. 바다가 바라보이는 스무 평 아파트가 그 대가였다. 고모는 조금 울었고, 송 씨가 조금 위로했다. 그 어머니에 그 딸. 후처 혹은 첩으로 이어지는 모계의 질서였다.

미란이 고모는 바다만 바라보며 살았다. 한 달에 한두 번, 다케오가 다녀갔고 가끔 그녀가 일본으로 가기도 했다고 했다. 그런 관계는 한 2년쯤 이어졌고 그사이, 문자 고모가 들락날락하며 미란이 고모와 유대관계를 맺고 있었던 것 같다. 둘은 친자매처럼 친했다. 조금 이상하다고 생각했던 일이었다.

미란이 고모가 문자 고모에게서 독립한 것은 미용기술을 배우고 난 후였다. 미란이 고모가 자립의 방법으로 택한 미용기술은 미란이 고모를 홀로 설 수 있게 했다. 송 씨는 여전히 염문을 뿌리고 다녔다. 이 남자, 저 남자 바뀌는 동안 송 씨의 옷매무새도, 웃음소리도 달라졌다. 하지만 팔자가 달라지지는 않았다.

- 저년은 기생 팔자여.

할머니가 그런 말을 했을 때, 미란이 고모가 사납게 대들었지만 미란이 고모도 송 씨의 삶을 어찌할 수 없었다. 기생 팔자. 그 말에 상처를 입은 미란이 고모는 남자라면 벌레를 본 듯 진저리치며 쳐다보지 않고 살았다.

미란이 고모는 고등학교만 나와서도 착실하게 살면 보통의 삶은 살 수 있을 것이라 믿었다. 하지만 그조차 쉽지는 않았다. 끊임없이 남자들이 들끓었다. 당신만 허락하면 이혼하고 당신과 살겠소, 진즉 당신을 만나지 못한 것이 천추의 한이오, 사랑하오, 내 영혼을 안아 주오, 이러구러 가벼운 말들이 오히려 고모의 마음을 무겁게 했다.

내가 대학생이 되었을 때, 아니 내가 첫사랑을 호되게 앓았을 때, 고모가 웃으며 말했다.

- 아무것도 믿지 마, 다 허상이야.

나는 그 말을 믿을 뻔했다.

절반의 눈

- 어? 집에 간다더니 여기 와 있었네?

할머니 병문안을 마치고 집필실로 들어섰을 때, 나는 정원이 가 그곳에 있는 것에 놀랐다.

- 응, 민우가 갑자기 졸리다 그래서. 왜 주인 없는 방에 허락도 없이 와 있어서 기분 나빠?

보던 책을 엎어 놓고 벌떡 일어나 앉는 정원의 표정이 아까 병원에서 볼 때와는 다르게 침울하다. 민우는 핑계라는 생각이 들었다. 애가 졸리다 해도 차에 태워 가면 그만일 것을, 분명 다른 이유가 있을 것이다.

- 그 사람 왔니?

대뜸 들켜버린 자신의 속마음이 부끄러운지 정원이 배시시 웃는다. 그 사람, 민우의 아버지. 정원이 <제우스>라 부르는 남자.

- 제우스도 여자를 취할 땐 한없이 부드러워지지. 헤라를 취할 때 제우스는 한 마리 순한 비둘기로 변해서 헤라의 품에 안겼대.

그가 처음 정원을 유혹하던 때를 그녀는 그렇게 기억하고 싶어 했다. 그 말에는 지금은 폭군처럼 변해버린 제우스에 대한 원망이 깊게 녹아 있었다.

- 나, 요즘 흔들리는 조각배 같다.

불쑥 내뱉는 말에 물기가 느껴졌다. 정원의 마음도 흔들리고 현실도 흔들린다. 그도 흔들리고 아이도 흔들린다. 그나마 정원의 마음속에서 흔들리지 않기를 바라는 것은 민우에 대한 마음이다. 아이는 곤하게 잠들어 있다. 민우의 머릿결을 쓰다듬던 정원이 지나가는 말처럼 무심하게 한마디 한다.

- 애를 달래.

이미 그리될 것이라는 짐작은 하고 있었지만, 막상 그녀에게서 그런 말을 들으니 가슴이 답답해졌다.

- 왜? 절망적이야?

- 응. 자기 호적에 넣고 싶어해. 본처는 죽어도 이혼은 하지 않겠다 한대.

정원의 목소리가 떨리고 눈가가 축축해졌다.

- 하긴 자기 자식이니까 그렇겠지. 딸만 둘이라며?

제우스의 선택은 정원이 아니었다.

- 난 안 줄 거야.

담담하게 내뱉는 정원의 말에 날이 서 있다. 유부남과의 사랑은 걸림돌이 많았다. 사랑이라는 감정은 눈이 없다.

- 커피 한 잔 타 줄까?

나는 가능한 정원을 자극하고 싶지 않아서 애써 부드러운 목소리로 말한다.

- 믹스?

- 응, 지금은 믹스밖에 없어. 지난번에 네가 사 온 에티오피아 산 드립 커피는 다 마셨는걸.

정원이 또 배시시 웃으며 고개를 끄덕인다. 포트에 물이 끓는 동안 정원은 말이 없었다. 평소 정원이답지 않다. 나와도 눈을 맞추지 않은 채 아까 보던 책을 다시 들고 앉아 있다. 글자를 읽는 걸까? 글자가 눈에 들어오기는 할까? 그녀의 고민이 훤하게 들여다보인다.

<거리가 멀어지면 대상은 어떤 식으로든 점진적으로 흐려진다.

그것은 틀림없이 점진적이다.>

그는 이미 끝내기로 한 정원을 왜 찾아왔을까? 민우에 대한 생각이 바뀌어서일까? 헤어지기로 했을 때 민우는 손대지 않겠다고 약속했다 들었다. 믿을 수 없는 게 사람 마음이다. 더구나 사랑이 끝난 남자의 마음이라니!

달달하고 진한 설탕 냄새가 실내에 퍼진다. 나는 책을 들여다보고 있는 정원의 앞에 믹스커피를 들이민다. 그녀가 생각난 듯이 커피잔을 들어 후루룩 마신다. 평소 믹스커피는 입에도 대지 않던 정원이다.

- 아, 맛있다.

정원은 두 손을 모아 커피잔을 움켜쥐고 있다. 온기를 느끼려는 것일까, 아님 달달하기만 한 낯선 커피에 적응해 보려는 것일까. 에티오피아 산 커피만 마신다던 정원이었다. 심정이 변하면 기호도 변하는 건지. 후루룩대며 커피를 마시는 정원의 애써 웃는 모습이 측은하다.

- 50 대 50.

정원은 암호 같은 소리를 저 혼자 중얼거리고 있다.

- 분명 50 대 50인데, 왜 결과는 50 대 50이 아닌 거야?

나는 말할 수 없다. 그녀의 질문에 대해. 나는 그녀보다 아는 게 없으니까. 더구나 남자, 여자, 그런 문제에는 멍청할 정도로 둔하니까. 내 눈에 보이는 건 Y뿐이다. 간절히 바라는 것도 Y뿐이다.

　- 그래, 절반의 눈이 무슨 소용이야? 절반의 눈은 49퍼센트 눈보다 1퍼센트가 더 좋고, 49퍼센트 눈은 48퍼센트 눈보다 더 좋다. 그 차이는 중요하다.

　정원은 책을 들고 어느 한 페이지를 읽고 있다. 나도 그 책을 보았으므로 그 내용이 어디쯤 나오는지 알고 있다. 스스로 세뇌를 하듯 소리 내어 중얼거리는 정원의 표정은 심각하기까지 하다.

　- 그럼 50 대 50이 중요한 게 아니야. 51퍼센트가 중요한 거지. 내게 민우는 51퍼센트야. 최소한 그 이상이야.

　자는 아이의 머리를 쓰다듬고 볼을 만지작거리면서 정원은 여전히 혼자 결론을 만드느라 애를 쓰고 있다. 결국은 스스로 만든 51퍼센트에 항복할 거면서.

　- 이 아이는 엄마를 더 닮았어. 아빠를 닮은 건 사내라는 것하고 고집이 좀 세다는 정도지. 부드럽고 상냥하고 잘 웃고 피부 하얀 건 나를 그대로 빼닮았잖아. 그런데 왜 지금 와서 그게 문제가 되냐고?

　나는 언제나처럼 그녀에게 할 말이 없다. 갈수록 인생에 대해서 모르겠다. 그녀가 절레절레 머리를 흔들었다.

　- 나, Y를 보았어.

나는 커피를 마시다 말고 툭, 그렇게 말을 던지는 정원을 바라보았다.

- Y를 보았어?

나는 확인하듯 정원의 표정을 살핀다.

- 응, 분명 Y였어.

지독하게 외로워진 영혼의 친구, Y. Y는 물음이며 존재이고 희망이다.

처음 Y를 보았다는 이야기를 했을 때 정원은 나를 비웃었다.

- 이젠 끝까지 가네. 헛 게 보인단 말이지?

나는 정원이 진정 친구라 느껴졌다. 눈물이 조금 났다. Y를 같이 볼 수 있는 친구. 절반의 눈에 대해 깊은 고민을 하는 정원에게 나는 아직 아무것도 해 줄 수가 없다. 다만 Y를 같이 볼 수 있다는 사실에 위안을 느낄 뿐이다. 그녀가 입은 오렌지색 블라우스가 유독 눈에 들어왔다.

- 새삼스럽게 '허(her)'[1]라는 영화를 보았어.

- '허(her)'?

- 응, 전에 너랑 보면서 많은 이야기를 했잖아. 외로운 인간이

---

[1] 《그녀》(2013) 감독: 스파이크 존스, 주연: 호아킨 피닉스, 에이미 아담스, 루니 마라, 스칼렛 요한슨

만들어낸 위안, 사만다. 그런데 그때하고 지금하고 느낌이 달라. 훨씬 절실해.

  - 사만다는 우리의 갈증이 만들어낸 존재일 뿐이야.

  - Y도 그래. 다르지 않아.

  - 그렇긴 하지. 우리는 너무 외로워서 허상을 찾는 거야. 그래도 허상에서 위안을 얻지는 못해.

  - 테오도르가 사만다와 함께할 때는 화면이 붉은 톤으로 펼쳐지는 게 인상적이었어. 붉은색은 인간의 따스한 감정을 표현하는 거잖아. 테오도르가 사만다에게 느끼는 감정은 진실하고 진지해.

  - 뭘 이야기하고 싶어 그래?

  나는 짐짓 그녀의 마음을 모르는 척 물었다.

  - 술 한잔할까?

  믹스커피를 단숨에 마시고 난 정원이가 쓸쓸하게 말했다.

  - 그러자.

  나는 혼자서 홀짝거리던 와인을 꺼냈다. 목이 긴 와인 잔에 와인을 따랐다. 피처럼 붉은 술이 때로 위안이 됐다.

  - 산다는 게 무얼까?

  와인 잔의 긴 목을 잡고 정원이 살랑살랑 흔들었다.

  - 그걸 알면 무슨 고민이 있겠어?

또 하나 비어 있는 잔에 와인을 따른다. 피가 쏟아진다.

- 그렇겠지?

정원이 내 눈을 들여다보다 잔을 높이 들어 올린다.

- 넌 생각이 너무 많아.

- 너 역시.

- 그러니 우리는 같은 종자지. 흐흐.

의미도 없는 웃음을 흘리며 정원과 나는 술잔을 부딪치고 피를 마셨다. 취기가 도움이 될 때도 있었다. 똑바로 보이던 것들이 흐려지고 흔들리고, 그래서 편안해졌다. 저만치에서 나의 Y가 웃었다.

- you only live once. 인생은 한 번뿐이다!

정원의 볼이 붉어지고 혀가 꼬부라지기 시작했다.

- 욜로?

나의 반문에 정원이 고개를 심하게 끄덕였다. 나도 어느 정도 취했다. 세상의 선이 조금 부드러워지기 시작했다. 내가 정원이보다 센 건 술뿐이다.

- 카르페 디엠![2)

나는 술잔을 들어 정원을 부추겼다. 오늘을 즐겨라!

- 욜로!

정원이 잔을 부딪치며 소리를 질렀다. 그 이후 우리는 말이 없었다. 우리는 말없이 술을 마셨고, 인생에 대해 아무런 결론도 내릴 수 없는 쓸쓸한 시간을 죽였다. 창밖으로 기어드는 어둠이 푸르스름했다.

---

2) '현재를 잡아라(영어로는 Seize the day 또는 Pluck the day)'로 번역되는 라틴어(語)다. 영화 《**죽은 시인의 사회**》에서 키팅 선생이 학생들에게 자주 이 말을 외치면서 더욱 유명해진 용어로, 영화에서는 전통과 규율에 도전하는 청소년들의 자유정신을 상징하는 말로 쓰였다.

어머니의 편지를 읽는 동안

할머니가 퇴원할 때까지 어머니는 나타나지 않았다. 어머니는 나에게도 한 마디 하지 않고 떠났다. 서운한 마음이 들지 않는 것은 아니지만, 할머니 밑에서 힘들었던 어머니 생각을 하면 어머니에게도 어머니만의 시간이 필요하다는 생각이 들었다. 아버지도 허락한 일이다. 그래서 서운한 마음을 가라앉힐 수 있었다. 다만 어머니가 어떤 식으로든 연락을 할 것이라는 믿음은 있었다.

아버지는 어머니처럼 떠날 수 없었다. 운동화도 하나 새로 사고 배낭도 하나 마련해서 들떠있던 아버지는 할머니의 사고 이후 발목을 잡히고 말았다.

어머니에게서 처음으로 연락이 온 건 전화 톡이었다.

쉬림프 곤돌리에,- 소렌토 sorrento

굵은 새우와 신선한 야채와 면이 적당히 어우러진 이탈리안 레스토랑의 음식 사진이었다.

어머니가 늘 가보고 싶다던 소렌토.

아, 드디어 그곳으로 가셨구나, 그래서 쉬림프 곤돌리에를 드시고 있구나.

나는 마음이 흡족했다. 어머니가 살아보고 싶었던 이국의 하늘 아래 어머니가 머물고 계시는구나 생각하니, 오히려 떠날 때 용돈이라도 좀 드릴 걸 그랬나 싶은 후회가 밀려왔다.

나는 어머니가 보낸 사진을 보고 바로 답장을 보냈다.

- 엄마, 맘껏 즐기고 오세요. 가끔 소식 주시고요.

어머니에게서는 간단하게 이모티콘만 건너왔다. 즐거운 여행이길 나는 진심으로 빌었다.

나는 새삼스럽게 책장에서 이탈리아 여행 책자를 찾아냈다. 언젠가 어머니가 그랬다. 우리, 나중에 이탈리아로 여행 가자. 물론, '나중에'의 의미는 할머니가 계시지 않을 때를 얘기하는 거였다. 그게 내가 대학교 다닐 때였으니까 벌써 오래전 이야기였다. 결국 그 '나중'은 아직도 실행하지 못한 나중이 되었고, 탈출을 하듯 떠난 어머니에게만 허락된 기회가 되었다. 나는 이탈리아 여행 책자를 훑으며 어머니와 함께하는 여행을 꿈꾸었다. 그런 기회가 올까 하는 의심도 여전했다. 여전히 꿈으로만 남아 있었다. 어머니에게서 사진이 아닌 긴 편지가 오기 시작한 건 3일쯤 지나서였다. 이번엔 메일이었다.

  - 윤서야, 내 예쁜 딸 윤서야. 너에게 이렇게 편지를 쓴다는 것이 참 오랜만이구나, 우리는 늘 같은 공간에 있으면서도 마음을 터놓을 기회는 별로 없었구나. 늘 서로의 일로 바빴고, 집안에서도 서로 다른 곳을 바라보며 살고 있었다는 생각을 하게 되는구나.

  며칠 전에는 쉬림프 곤돌리에를 먹었어. 천천히 이탈리아를 음미하면서. 이탈리아는 언제나 꿈속의 땅이었지. 늘 오고 싶던 곳, 그러나 올 수 없었던 곳, 그런데 나는 지금 그 땅에 와 있어. 살아가는 동안 무언가를 음미하면서 느끼는 일은 쉽지 않아. 우리는 늘 어딘가로 정신없이 가고 있었고, 뭔가를 정신없이 하고 있었고, 누군가와의 관계를 생각하며 궤도에서 이탈하지 않으려고 애쓰며 살고 있었지. 지금 나는 아주 홀가분해. 아주 자유로운 영혼이 되어 홀로 부유하고 있어: 마치 지구를 떠나서 지구를 내려다보는 듯이. 붙박여 있던 내 자리를 떠나 생각해 보는 우리의 삶은 때로 너무나 허망하다는 생각이 많이 드는 요즘이다. 왜 그렇게만 살아야 하는지에 대한 생각도 그렇고, 틀을 벗어나면 낭떠러지인 듯이 살아온 삶도 측은하게 느껴지네. 돌아보면 삶이란, 늘 축축하고 서글픈 부분이 많지. 그 축축함에 대해 우리가 느끼는 감정이란 눈물이나 우울일 수도 있지만, 축축한 생의 그 어디쯤에서 안온한 생각의 싹이 돋아날 수도 있는 거지. 하지만 그런 생각조차 할 수 없이 바쁜 시간을 보내며 살고 있지.

산다는 건 비행이야. 어디로 날아가는지도 모르고 하늘을 배회할 때, 누구든 자신의 위치를 정확하게 알고 있는 자는 없을 거다. 날아가고 있기는 하되, 어디로 날아가는지도 모르게, 그저 날아가고 있는. 그러다 어둠이 내리면 우리는 어딘가로 내려앉지. 그곳은 운이 좋으면 안락하고 따뜻한 장소일 수 있지만, 운이 나쁘면 축축한 습지이거나 쉴 곳도 없는 사막일 수도 있지. 그 자리, 내게 어떤 자리가 허락될지 모르는 일이지만 사는 동안 우리가 선택할 수 있는 부분은 그리 많지 않다고 생각해.

언제 내가 있던 자리로 돌아갈지 모르지만, 아님 아주 먼 훗날 돌아갈지 모르지만 나는 지금 이 순간을 즐기고 싶어. 음미하고 싶어.

　사람들이 이렇게 별처럼 멀어져 있을 때 가끔 너에게 편지를
하마. 별이 아름다운 것은 멀리 떨어져 있기 때문일 거다. 글을
쓰느라 바쁜 틈틈이 어미의 메일을 확인하기 바란다.

　나는 그 메일을 여러 번 읽었다. <이렇게 별처럼 멀어져 있을
때>라는 표현이 이상하도록 아릿했다. 가끔 환하게 웃던 어머
니의 얼굴이 별처럼 떠올랐다. 표정이 별로 없던 어머니의 웃음
은 볼 기회가 많지 않았다. 왜 웃을 수 없었는지 한 번도 생각해
본 적이 없었다. 나는 내 나름대로 나 사는 일로 바빴으니까.

　어머니의 편지를 읽으면서 나는 나의 시간에 대해서 생각해
보기로 했다. 어머니의 편지는 이어졌다.

　- 아버지와 헤어지기로 한 것은 서로의 합의였다. 삶이 누구
를 위한 것인지, 무엇 때문에 사는지도 모르는 채로 허둥허둥
살아가는 일이 의미 없다고 느낀 건 서로가 똑같았지. 인생의 황
혼기라고 말할 수는 없지만 우리가 살아온 시간에 비해 살아갈
시간이 많지 않다는 것을 느끼는 순간, 서로에게 족쇄가 되는
일은 하지 말자는 결론을 내리게 됐지. 그 얘기를 먼저 꺼낸 건
너의 아버지였다. 그동안 우리는 충분히 우리의 역할을 해냈고,

그로 인해 피폐해진 우리의 영혼에 윤기를 주는 삶을 살아야 한다는 생각에 다다랐지.

아버지는 늘 할머니의 태양이었지. 아버지가 할머니를 살게 하는 원동력이었고 삶의 목표였지. 할머니를 원망하려고 이런 말을 하는 건 아니야. 오히려 할머니 인생에 대한 애잔한 슬픔이 있어서 하는 말이야.

할머니는 늘 당신의 생애를 한 서린 목소리로 말씀하셨지. 내가 시어미가 셋이요, 그 세 시어머니를 모시고 살았소. 없는 집 안에 시집와 아들 못 낳은 죄로 벙어리로 살았고 전처소생 애들도 거두고 먹였소….

나는 지금도 어머니의 목소리를 잊지 못한다. 얼마나 한스러웠으면 그 말을 하고 또 하고 했을까. 그 말을 할 때의 할머니를 유심히 본 적이 있니? 그건 제도에 대한 반항이었어. 반항할 수 없는 여자의 반항. 여자가 견디어내야 하는 것들은 덕목이라는 말로 포장되었지. 여자여서 참아내야 하는 불합리한 것들에 대한 반역은 할 수 없도록 제도가 꽁꽁 묶어두었지.

할머니는 오히려 새로운 세상을 사시고 싶은 게다. 그런데도 불구하고 너무도 뿌리 깊게 박혀 있는 여자의 도리를 벗어낼 자신이 없었던 거지. 그래서 아들을 찾는 거야. 당신의 한을 풀어줄 대상은 아들뿐이니까.

윤서야, 어찌 들릴지 모르겠다만 나도 시어머니가 둘이다. 나도 시어머니를 두 분이나 모셨다. 기질 거친 너의 할머니와 눈치 빠르고 반지르르한 작은할머니의 틈새에서 난들 왜 어려운 일들이 없었겠느냐. 나 역시 아들을 못 낳았다는 이유로 죄인처럼 살아야 했는데 나는 그게 억울하고 또 억울했어. 왜 아들을 못 낳는 것이 여자만의 죄란 말이냐. 하지만 나 역시 그런 말은 입 밖에도 못 냈지. 서슬 퍼런 제도의 힘이 나를 누르고 있었던 거지. 여차하면 너 하나쯤, 하듯 시퍼런 제도의 칼이 내 목을 노리고 있었던 거지. 그래서 나는 네 할머니처럼 시어머니들 모시고 운운하는 이야기는 꺼내지도 못했지. 그런 면에서 할머니는 용감한 거지. 그 한 서린 고생을 알기에 나는 꾹 참으며 살았다. 남들은 그러지, 시어머니가 살림 다 해주고 아이 키워주고, 이 선생 팔자는 공주 팔자요 라고. 한 그루의 나무에는 꼭 그만큼의 그늘이 있다는 걸 사람들은 생각지 않아.

다행히 고마운 것은 너희 아버지가 나를 보듬고 다독여주었다는 것이다. 할머니에게는 천하에 몹쓸 놈이 하는 짓거리를 너희 아버지가 하자 끝내는 시앗을 보라는 엄명까지 내렸단다. 당신이 겪어온 그 쓰리고 아픈 길을 나에게도 걸으라 하신 거야. 아직도 할머니는 아들 손자가 필요하시다. 당신의 고행을 인정해주고 두둔해 줄 아들, 바로 손자가 필요한 거야. 내가 너희 아버지와 떨어져 살기로 했다는 사실에 지금 할머니는 속으로 쾌재를 부르고 계실지도 모른다. 어쩜 할머니는 자연스럽게 온 이 기회를 노리고 있었을지도 몰라. 집 안에 들인 간병인. 그게 뭘 이야기하는지 너는 알겠니? 그러나 그조차도 엄마는 잊기로 했다. 너희 아버지가 다른 여인을 보든 말든, 이제 나와는 별반 상관이 없는 일이 되었다. 나는 이제부터 나만을 위한 삶을 살기로 했다. 내가 뿌린 씨는 알맞게 거두었으니 내 인생을 완성하는 게 내 삶을 마무리하는 거라 여긴다. 사랑하는 내 딸 윤서야, 너의 인생에 축복이 있기를. 네가 원하는 바대로 살아가기를!

어머니의 편지를 읽는 동안 나는 숙연해졌다. 어머니의 여행이 어쩜 자신을 치유하기 위한 과정이라는 생각이 들자 나도 내 삶의 주변을 돌아보아야겠다는 생각이 불쑥 들었다.

나는 다급하게 Y를 불렀다. Y, 제발 나에게 와 줘. 온통 그에 대한 생각으로 가득 찼던 시간들이 Y를 부름으로써 더욱 그리워졌다. 그런데 가슴속에선 아직도 둔해지지 않은 예각의 유리 조각이 서걱서걱 가슴을 긁고 있다.

사랑이란, 아, 사랑이란!

덧니- 연숙의 이야기

이가 흔들리기 시작한 지 서너 달쯤 되었다. 통증도 꽤 심하다. 그럼에도 불구하고 연숙은 치과에 가는 일을 미루고 있다. 핑계는 많다. 하지만 정작 병원에 가지 않는 이유는 엄마의 병간호 때문이라는, 다소 엉뚱한 거였다.

엄마는 벌써 일 년째 요양병원에 누워 있다. 한 줌이나 되게, 몸피가 푹 꺼진 엄마가 돌아누우며 한숨을 쉰다.

- 이젠 죽고 싶다.

당뇨를 앓아온 지 삼십 년이 넘는 엄마는 이제 진짜 죽고 싶은 것 같다. 합병증으로 인해 대여섯 번의 수술을 하고 나날이 약이 늘어가는 엄마는 그런 생각이 들만도 하다. 걷는 것도 힘들고, 먹는 것도 힘들고, 소화시키는 일도 힘들고, 온통 힘든 것 투성이다. 살아온 인생이 힘겹고 신산했으니 이제 무슨 희망이 있으랴. 더구나 아버지마저 저세상으로 가고 없는데.

엄마는 가끔 아버지를 떠올렸다.

- 너의 아버지, 저세상 가서도 술 드실까?

- 그러시겠죠.

연숙의 말은 언제나 짧았다. 그러면 엄마의 한숨이 이어졌다. 더 이상 말을 해 보아야 받아줄 것 같지 않은 쌀쌀한 딸의 반응에 엄마는 눈을 감고 말았다.

동생이 모시던 엄마를 연숙이 모셔야 하는 상황이 생긴 건 삼 년 전이다. 천성이 착한 남동생 사정이 어려워졌기 때문이었다.

- 누나, 내가 엄마를 더 이상 모실 수가 없어. 미안해, 누나.

따지고 들자면 그 애가 연숙에게 미안할 일은 아니다. 굳이 따지자면 연숙이 미안해야 하는 것이었다. 박사 아들 만드는 게 엄마의 소원이었는데 정작 박사가 된 아들은 변변한 직장도 갖지 못하고 시간강사로 떠돌았다. 어머니에게는 그 어떤 일보다 가슴 아픈 일이었다. 연숙도 남동생을 생각하면 가슴이 답답했다. 동생의 부탁에 연숙은 선선히 어머니를 모시마 했다. 어찌 됐든 연숙이 맏딸이고 사는 형편으로 보아도 연숙이가 낫다. 그러니 연숙에게 엄마를 맡겨도 그 애가 그렇게 미안한 말을 안 해도 되는 것이다. 그래서 군소리 안 하고 동생의 말을 받아들였다. 하지만 엄마를 직접 돌볼 자신은 없었다. 요양병원에 모시는 걸로 합의를 보고 나서 그 이후 모든 것은 책임지기로 했다. 하나 더 있는 여동생은 막내라는 것을 내세워 엄마를 돌보지 않는다. 요양원 비용이 버거워도 저는 막내니까 해당 사항 없다는 투다. 어려서는 그렇게 곰살맞게 굴더니 아이가 싹 변했다. 객지 생활을 오래 해서일까, 강 건너 불구경하듯 한다. 어쩜 저 자신 살아내는 일로 고단할지 모른다. 탓할 마음도 없다. 연숙의 형편이 엄마 치료비 정도는 낼 수 있는 형편이 되는 것이 다행이다 싶다.

요양병원에서는 엄마를 극진히 보살피는 것 같았다. 간호사는 친절하고 따뜻하고 부지런했다. 적어도 표면상으로는 그랬다. 매달 적잖은 입원비와 치료비가 그들의 친절에 대한 보상으로 지출되니까. 항간에 떠도는 말은 냉혹했다.

- 요양병원에서는 절대 사람을 죽도록 내버려 두지 않는대요. 명이 다 된 사람도 숨은 쉬도록 해 놓는대요. 그게 다 돈줄이니까.

믿고 싶지 않은 말이다. 하지만 그 누구도 보살피려 하지 않는 늙은이들을 보살펴 준다는 것만 해도 감사할 일이다. 남긴 것 없이 늙은 몸은 무용지물이다. 아니 버거운 짐이다. 엄마만 해도 그렇다. 살집이라고는 없이 비쩍 마른 몸뚱이로, 초점도 없이 아무 데나 멀거니 쳐다보는 형상은 허깨비와 다를 바 없다. 가끔씩 오락가락하는 정신도 그렇다. 사람을 앞에 두고도 그 사람을 찾는 걸 보면 더욱 그런 생각이 든다. 인간에게 육체란 무엇일까. 또, 그 몸속을 차지하고 있는 영혼이란 건 뭘까?

엄마는 시간을 정해 약을 먹고, 주사를 맞고, 연숙은 시간을 정해 엄마를 찾아가고 또 등진다. 애잔한 마음도 별로 없이 그냥 습관처럼. 그런 자신이 때로는 소름 돋을 정도로 싫다.

– 저년은 지 애비 닮아서 차가워. 곁을 안 줘.

엄마는 요양원에 들어온 이후로 그 말을 자주 했다. 정신이 온전할 때는 하지 않던 말이다. 가슴 저 밑바닥에 고여 있는 서운한 마음이리라. 그랬을까? 엄마가 그렇게 느낄 정도로 연숙이 차가웠을까?

인생은 순간순간마다 일어나는 잊을 수 없는 일들을, 구슬에 꿰듯 기억 속에 꿰어 소중하게 갈무리하는 일로 대부분의 시간을 허비한다. 그것이 사랑이거나, 혹은 애증이거나, 그도 아닌 서늘한 기억일지라도.

이 서늘한 생각은 어디에서 시작됐을까. 그건 분명 중학교

3학년 때쯤 엄마가 한 말 때문이다. 생각해 보면 이연숙이라는 인간도 참 냉정하다. 그때 엄마가 한 말을 평생 기억하며 곱씹는 걸 보면.

그래서 어머니를 별로 좋아하지 않는다.

중학교 3학년쯤이었다. 이가 아파서 견딜 수 없었던 날,
- 엄마, 사람 이가 몇 개야?
연숙은 입속에서 혀를 굴려 이를 세다가 엄마에게 말했다.
- 이년아, 니 이빨 개수를 나한테 왜 물어?
엄마는 부엌에서 쌀을 씻다가 이를 악물고 연숙에게 말했다. 마치 무슨 큰 잘못이라도 한 것처럼. 연숙은 흠칫했다. 그래도 꾹 참고 다시 말했다.
- 엄마, 나는 이가 다른 애들보다 많은 것 같아.
- 뭐라고?
엄마는 기가 막힌다는 듯이 연숙을 돌아봤다.
- 나는 이가 다른 애들보다 세 개가 더 많아.
연숙은 여전히 자신이 알고 있는 치아와 실제 영구치가 나온 후의 치아 개수에 신경을 쓰고 있었다. 보통은 28개인 영구치가 연숙은 서른한 개였다.

- 이년아, 너는 니 이빨 개수도 제대로 못 세냐?

엄마는 몹시 화가 나 있었다. 쌀을 필요 이상으로 박박 문질러 씻는 걸 봐도 알 수 있었다. 화가 난 걸 참느라 입도 씰룩거렸다. 아버지 때문이었다. 늘 술에 취해 있는 아버지는 때때로 동네 아주머니들과 어울려 술을 마셨다. 그 일이 엄마의 성미를 건드렸다. 엄마는 아버지 때문에 화가 나면 연숙에게 화풀이를 했다. 아버지 때문에 화가 난 건 이해할 수 있었다. 그런데 왜 번번이 화풀이를 연숙에게 하는가. 그건 이상하게도 연숙이 아버지를 빼다 박았다는 이유 때문이었다. 결국 엄마는 아버지에게 화를 내고 있는 거였지만, 연숙은 억울하고 화가 났다. 그렇지만 엄마에게 화를 낼 수 없었다. 엄마가 그렇게 화가 나 있을 때는 그 어떠한 짓도 하면 안 되었다. 죽은 듯이 엎드려 있어야 했다. 냄비 뚜껑이 날아올지, 숟가락이 날아올지, 아님 엄마의 거친 손이 날아올지 알 수 없었기 때문이었다. 그러다 엄마가 펑펑 울기라도 하는 날엔 동생과 쥐죽은 듯 방구석에 구겨져 있어야 했다. 그래도 연숙이보다는 막냇동생이 대처능력이 뛰어나다고 생각했다.

- 언니야, 엄마 화났지?

막냇동생은 언제나 엄마가 화난 것을 연숙의 입을 통해 확인했다.

- 응, 보면 몰라 물어?

딴엔 언니랍시고 막냇동생에게 퉁명스럽게 대꾸했다. 소극적인 화풀이였다. 어린애한테 화풀이라니! 어찌 보면 그 애에게 화풀이하는 것이 연숙이 반항할 수 있는 방법의 전부였기 때문에 그랬을 것이다.

- 언니, 그러면 내가 부엌으로 나갈게.

그럴 때 막냇동생은 얼른 일어나 부엌으로 나갔다. 어깨까지 내려오는 머리칼을 고무줄로 묶고 부엌으로 나간 동생은 엄마 비위를 맞추며 알랑거렸다.

- 엄마, 힘들지? 내가 밥할게. 엄마는 쉬어.

막냇동생이 조그만 손으로 엄마에게서 함지박을 뺐으면 엄마는 신기하게도 목소리가 낮아졌다.

- 들어가라, 어린 게 뭘 한다고.

- 아니야, 설거지라도 할게.

동생은 부엌 바닥에 쪼그리고 앉아 조그만 손으로 설거지를 했다. 달그락 달그락거리는 소리가 소꿉놀이를 하는 것 같았다. 연숙은 동생의 순한 표정이 어여뻐서 동생을 한참 바라보았다.

- 들어가라. 언니란 년은 꼼짝도 않고 있는데 니가 왜.

엄마는 분명 동생과 연숙을 다르게 대했다. 동생에게 부드러웠던 말투가 연숙이만 보면 올라붙었다.

- 오빠랑 언니는 공부하느라 힘들잖아.

동생은 음전하고 속이 깊었다. 눈치도 빨랐다. 어쩜, 엄마가 동생을 편애하는 데는 그만한 이유가 있었을 것이다. 눈치 없고 게으르고 책만 들여다보는 딸년을 바라보는 엄마의 마음을 연숙은 헤아리지 못했다.

- 공부는 얼어 죽을, 기집애가 공부해서 판사가 될 거냐, 변호사가 될 거냐?

엄마의 모든 가치는 그런 수준이었다. 엄마를 좋아하지 않게 된 이유가 거기에 있었다.

- 이년아, 너는 니 이빨 개수도 제대로 못 세냐?

엄마의 그 말은 평생 대못이 되었다. 후일 안 일이지만 연숙이 숫자를 잘못 세어서가 아니라 다른 애들은 나지 않았을 수도 있는 사랑니가 두 개나 있었고 덧니까지 해서 도합 세 개가 더 많은 것이 사실이었다. 견딜 수 없는 치통의 원인도 사랑니 때문이었지만, 엄마는 지겹고 힘든 현실을 살아내는 일로 연숙이 이의 개수 따위는 중요하지도 않았고 치열을 뒤집으면서까지 돋아난 덧니 따위 치료해줄 마음도 없었던 것이다. 연숙의 이의 개수는 분명 서른한 개였다. 나중에 조목조목 따지고 들자 엄마는 아주 성의 없이 말했다.

- 처먹는 것도 부실했는데 남들 안 나는 이는 왜 그리 기어

나와? 사랑니? 필요도 없는 이가 왜 나냐? 쓸데없이 조숙한 것들이나 그런 게 나지.

사랑니로 밤새 끙끙 앓았던 순간에도 엄마는 코를 드르렁거리고 골며 잤다. 연숙은 그 순간, 자신이 받은 대로 엄마에게 갚아줄 생각을 했다.

멜라니 사프카의 노래 <Saddest Thing>에 대한 슬픈 기억. 그 노래는 분명 슬픈 노래지만 연숙에게는 더 슬픈 노래였다. 연숙은 <Saddest Thing>을 처음 들은 후로 멜라니 사프카에 푹 빠졌다. 그건 거의 광적일 정도였다. 존 바에즈의 노래도 좋기는 하지만, 멜라니 사프카의 호소력 짙은 음색이 단연 최고였다. 연숙은 멜라니 사프카의 목소리에 거의 빠져 살았다. 술을 배운 것도 그녀의 노래를 들으면서였고, 세상에 대한 냉소적인 시선도 그녀의 노래를 들으면서 키워갔다. 나나 무스꾸리의 음악에 잠시 위안을 얻기도 했다. 그러나 세상에 대한 연숙의 시선은 멜라니 사프카의 슬픈 음색이었다.

연숙은 떠나고 싶었다. 엄마에게서, 아버지에게서, 또 구질구질한 현실로부터! 늘 책에 코를 박고 사는 무능한 아버지와 현실에 치여 표독스러워지는 엄마를 피해서 세상 끝이라도 좋을 그런 장소를 갈구했다. 하지만 연숙은 붙박이 가구처럼 떠날 수 없었다. 날개도 없고 다리도 없는 그런 존재로 살아야 했다.

아버지의 지식은 그냥 허울이었다. 죽은 지식이었다. 아버지는 현실을 살아낼 능력이 없으니까 책을 보았을 것이다. 아니 책만 보았으니까 현실 능력이 떨어진 걸 수도 있다. 아니다, 아니다. 아버지는 책 속으로 숨은 것이다. 허약한 몸과 마음, 숨을 곳이 거기밖에 없었을 것이다. 그럼에도 엄마는 아버지를 사랑했다. 그게 문제다. 아주 지독한 열병을 엄마는 아버지로 인해 앓게 된 거다.

- 인간이 죽은 후에 향기로운 사람으로 기억될 수 있도록 열심히 심신을 닦아야 한다.

아버지의 말은 그럴듯했다. 아버지는 당신의 말대로 심신을 열심히 닦았을까? 공자 맹자를 읽고 사서삼경을 보고, 이웃을 사랑하고…. 그래서일까, 아버지는 오월에 이승을 뜨셨다. 아카시 꽃향기가 코끝을 어지럽게 할 정도로 진한 오월에. 연숙의 기억에 꽃향기를 남기고.

연숙은 아버지를 닮았다. 생긴 모습도, 성향도. 그게 어머니에게는 견딜 수 없는 절망이었을 수도 있다. 기대고 싶은 맏딸이 무능한 남편과 똑같다는 사실, 그게 연숙에게만 화를 내는 엄마의 속마음이었을 것이다. 동생은 엄마의 속마음을 잘 읽었다. 그래서 그때그때 알아서 엄마의 비위를 맞추었다. 엄마는 동생의 그러한 행동을 어여삐 하셨다.

  - 내 속 알아주는 건 우리 막내밖에 없다.

  엄마는 가끔 그 애만 데리고 시장엘 가기도 했다. 시장에는 엄마가 일거리를 가져오는 한복집이 있었다. 엄마는 집에서 바느질을 했다. 그게 우리 식구의 음식이 됐다. 엄마를 따라서 장에 다녀온 동생은, 엄마가 사 주더라는 말과 함께 캐러멜이나 사탕 같은 것을 종종 내보였다. 그건 사랑의 증거였다. 엄마의 위치에서 행사하는 애정의 폭력이었다. 연숙은 목이 말랐다. 엄마는 가끔 술도 마셨는데 그때는 이런 말도 했다.

  - 너는 니 아비가 다 챙기지 않느냐.

  그러고 보면 엄마는 아주 공평하게 사랑을 나누어 주는 사람 같았다. 막내가 서울로 대학을 가기 전까지는.

  그나마 건강할 때의 아버지는 그리웠다. 때때로.

  술을 마시는 모습도 넉넉했다. 동네 아줌마들을 불러 놓고 마시지만 않았다면. 그랬다면 엄마가 연숙에게 그렇게 화를 내는 일도 없었을 테니까. 사실 그것이 아버지의 잘못이라고만 할 수도 없는 일이긴 했다. 동네 아줌마들에게 아버지는 이상적인 남자였다. 너그럽지, 친절하지, 아는 거 많지, 거기에 인물 좋지….

아줌마들은 잡다하고 소소한 일로도 아버지를 찾아왔다. 우리 애가 아픈데 맥 좀 짚어봐 주세요, 우리 집 애가 결혼하는데 사주단자 좀 써주세요, 송사가 걸렸는데 고소장 좀 써주세요…. 그들이 아버지를 찾는 이유는 참으로 많았다. 그때마다 아버지는 친절했고 세심했다. 마치 내 집안일처럼 동네 아줌마들의 고민을 덜어주었다. 어설프게 침도 놓았다. 연숙은 아버지가 침을 놓을 때 온몸이 오그라드는 것 같았다. 침술사도 아닌 아버지가 책만 보고 익힌 침술을 펴는 걸 보고 저러다 사고라도 나면 잡혀 감옥 들어가는 것은 아닌가 하는 걱정이 앞섰기 때문이었다. 그런데 다행히도 그런 일은 없었다. 아버지 말로는 좋은 마음으로 하는 일은 뒤탈이 없다고 했다. 이상한 믿음이었지만, 그래도 아무 탈 없는 것이 고마웠다. 집에 아버지가 버티고 있다는 믿음은 언제나 훈훈한 마음을 들게 했다. 이러저러한 일을 해결해준 대가로 아줌마들은 인사를 한답시고 술을 사 들고 왔고, 아버지는 마셨고, 그들은 고맙다며 어울렸다. 물론 어울릴 이유가 있다고는 하나, 하하호호, 남의 여인들과 어울린 것이 아버지의 맑은 죄였다. 그런 모습을 엄마는 견딜 수 없었으나 아버지에게 대들 수는 없고, 속에서 끓어오르는 화를 퍼부을 데가 마땅히 없었다. 그때 아비를 꼭 빼닮은 내가 보였으리라. 그러다,

그때마다 엄마의 손에 쥐고 있던 짱돌이 거침없이 내게 날아든 것뿐이었다. 연숙은 그렇게 생각했다.

- 이런 데 처음 나왔죠?

그가 물었다. 연숙은 들고 있던 맥주잔을 놓칠 뻔했다. 그는 나이가 좀 많아 보였고 온화한 표정을 짓고 있었다. 마치 학생으로서 금기된 일을 하다가 선생님께 들킨 기분이었다. 연숙은 자신도 모르게 손이 떨려서 맥주잔을 내려놓다가 탁자에 흘리고 말았다.

- 아, 죄송해요, 금방 닦을게요.

연숙은 탁자에 놓인 휴지로, 허둥지둥 맥주 거품을 닦았다.

- 괜찮아요. 잠깐 여기 앉아 볼래요?

그가 연숙을 바라보며 물었다. 연숙은 고개를 저었다. 얼굴이 홧홧하게 달아올랐다.

- 아가씨 치마에도 맥주가 묻었어요.

연숙은 얼른 치마를 내려다보았다. 아직 꺼지지 않은 맥주 거품이 치맛단에 묻어있었다. 그것이 마치 인생의 부끄러운 얼룩처럼 느껴졌다.

- 학생 같은데, 아르바이트하는 거죠?

그가 연숙을 건너다보며 말했다.

- 아, 네… 아니오.

연숙은 대답조차 갈피를 못 잡고 있었다. 괜히 눈물이 났다. 서러움이 북받쳤다. 치마의 얼룩을 손으로 문지르며 열패감에 당황했다.

- 미스 리. 저기 5번 테이블 주문받아요.

양손에 맥주잔을 받쳐 든 웨이터가 턱짓으로 연숙을 불렀다. 돌아서는 연숙을 그가 붙잡았다.

- 아가씨, 아가씨 이런 일 할 사람이 아닌 것 같은데… .

- 예에?

- 여기 그만두고 다른 일 찾아보세요.

연숙은 그를 똑바로 바라보았다. 여전히 온화한 미소를 짓는 그가 갑자기 궁금했다.

- 며칠 아가씨를 지켜봤어요. 그런데 이런 일 할 사람은 아닌 것 같아 보여서요.

연숙은 휙 돌아섰다. 갑자기 발가벗은 느낌이 들었다. 5번 테이블로 빠르게 걸음을 옮겼다. 가슴이 벌떡벌떡 뛰었다. 그의 시선이 집요하게 따라붙었다. 5번 테이블에 맥주 500 둘, 감자튀김 하나. 주문을 넣어놓고 화장실로 내달았다. 다리에 힘이 풀렸다. 곧 주저앉을 것만 같았다. '이런 일 할 사람은 아닌 것 같다'는 그의 말이 이명처럼 웅웅 울렸다. 변기에 물을 서너 번

내리도록 주저앉아 호흡을 조절했다. 눈물이 자꾸 흘렀다.

- 좋은 일자리가 있어.

그 말을 한 건 옆집 아줌마였다. 엄마 혼자 애쓰는 걸 보다 못한 아줌마가 연숙의 일자리를 알아보겠다 한 일주일 후에 한 말이었다. 연숙은 고개를 푹 숙이고 죽은 듯 앉아 있었다.

- 뭔 일자린데?

엄마의 눈빛에 생기가 돌았다.

- 맥줏집 경리.

그 말에 발딱 고개를 들었다.

- 경리? 애는 상고 출신이 아니야.

그런 말을 할 때 엄마는 따스하게 느껴졌다.

- 상고 출신 아니라도 괜찮대요. 그냥 맥주값하고 안주값 계산할 정도면 된대요.

- 그래?

엄마의 얼굴이 조금 어둡다가 밝아졌다.

- 그래, 인문계 나와서는 취직도 힘들다더라. 우선 가서 일하면서 차츰 좋은 자리 알아보자.

완곡한 표현이긴 했지만 엄마의 말은 명령이나 다름없었다. 연숙은 다시 고개를 숙였다. 가출하지 않는 한 엄마의 명령을 거역할 수 없었다. 옆집 아줌마를 따라, 도살장에 끌려가는 소처럼 맥줏집으로 갔다. 퉁퉁한 맥줏집 사장이 연숙을 한번 훑어보더니 고개를 저었다. 경리를 구했다는 거였다. 아줌마가 사장에게 사정했다.

– 얘, 일 좀 하게 해줘요. 내 딸 같은 애예요. 부탁해요.

아줌마의 부탁에 사장이 한참 생각하는 듯하더니 선심 쓰듯 고개를 끄덕였다.

– 그럼 홀 서빙해 봐요.

– 홀 서빙?

연숙은 그 말이 무슨 말인지 몰랐다. 아줌마가 연신 고개를 주억거리며 사장에게 헤픈 웃음을 날렸다. 연숙을 위한 호의였다.

– 홀에서 맥주 나르는 일이야. 경리보다 수입은 더 많을 수 있어. 손님 잘 만나면 팁을 많이 받을 수도 있거든.

아줌마는 아주 자랑스럽게 고개를 끄덕이며 연숙의 등을 밀었다.

– 싫어요, 술 나르는 건,

연숙은 굳은 표정으로 단호하고 고집스럽게 말했다. 연숙의 말이 끝나기 무섭게 아줌마의 속사포 같은 음성이 귓전을 때렸다.

– 이년아, 니 엄마 생각 좀 해 봐. 니 아부지 저러고 누웠지, 니

남동생은 아직 고등학교도 졸업 못 했지, 에미 도울 사람이 너밖에 더 있냐?

연숙은 그 순간 족쇄를 찼다. 아줌마의 말에 옴짝달싹도 못했다. 마치 밧줄로 몸을 꽁꽁 묶어놓은 것 같았다. 아버지는 병들어 누웠고 허약한 엄마는 일에 지쳐 신경질만 늘었다.

- 저기 저 손님이 미스 리를 찾는데?

화장실에서 나오자 웨이터가 와서 짓궂게 웃으며 말했다. 그는 아직 그 테이블에 앉아 있었다. 그쪽으로 가고 싶지 않았다. 갑자기 세상이 폭풍전야처럼 느껴졌다. 그는 연숙이 가지 않자 한참 더 앉아 있다가 나갔다. 웨이터가 그의 명함을 연숙에게 전했다.

00기업 총무부장 000.

연숙은 한참 동안 그 명함을 들여다보다가 쓰레기통에 버렸다. 그 순간, 멜라니 사프카의 애잔한 음성이 들려왔다. 처음 듣는 음악이었다. 그런데도 너무나 깊이 빠져들었다. 그 음악 들으면서 마음 놓고 울어도 좋을 것 같았다. 그 남자는 그다음 날도 왔다. 마치 연숙의 행동을 살피러 온 것처럼.

일주일 후, 연숙은 세상을 던지듯 그 맥줏집을 그만두고 말았다.

가끔 그가 생각났다. 나쁜 생각보다는 따뜻한 느낌이 들었다. 어쩜 그 남자 때문에 방향을 잡을 수 있었을지 모른다는 생각이 들었고, 멜라니 사프카의 음악을 들으며 그 터널을 빠져나올 수 있었다. 사실 그 남자는 연숙에게 어떠한 위해를 가하거나 기분 나쁘게 한 적도 없었다. 그저 걱정스런 말 몇 마디 해주었을 뿐인데. 그런데 왜 벌거벗은 듯이 부끄러웠을까?

맥줏집에서의 그 일로 엄마와 연숙의 관계는 더욱더 나빠졌다.

그 남자를 다시 만난 건 우연이었다.

- 미스 리?

조그만 사무실에 근무하는 친구에게 취직을 부탁하러 나간 찻집에서였다. 연숙은 사실 그즈음 일을 가리고 말고 할 처지가 아니었다. 무슨 일이든 얻어걸리기만 하면 밥벌이를 해야 할 상황이었다. 그럼에도 불구하고 연숙은 여전히 현실에 대해 무감각했다.

- 아, 네. 안녕하셨어요?

연숙은 건성 인사했다.

- 맥줏집을 그만두었더군.

- 네.

- 잘한 일이에요. 맥줏집에서 일하는 게 나쁜 게 아니라 나쁜

길로 빠질 수도 있어서 그랬던 거예요.

그는 여전히 인자하고 온화한 인상이었다. 하지만 그를 보는 일이 여전히 부끄러웠다. 이유는 알 수 없었다. 만약 그에게 고개를 숙이고 일자리를 부탁하면 그는 자기 일처럼 일자리를 알아봐 줄지도 모른다는 생각이 들었다. 문득 아버지가 생각났다. 아버지라면 충분히 그러했을 것이다. 그런데도 연숙은 그러고 싶지 않았다. 친구에게 아쉬운 부탁을 하러 나왔건만 그에게는 그런 소리를 하고 싶지 않았다.

- 일자리는 구했나?

그의 음성에 다정한 배려가 넘쳐났다.

'세상은 좋은 사람이 더 많은 법이다. 서로 돕고 살아야 한다.' 고 하던 아버지의 말이 잠시 떠올랐다. 하지만 곧 고개를 저었다. 그러고는 또랑또랑한 음성으로 똑 부러지게 말했다.

- 아니오. 내년에 대학 가려고 공부하고 있어요.

- 음, 그렇군, 잘 생각한 일이네.

거기까지. 그 남자와의 인연은 거기까지였다. 거짓말을 능청맞게 하고 난 후에도 연숙은 여전히 일자리를 찾지 못하고 놀고 있었지만, 그런 상황에서도 연숙은 엉뚱하게 대학엘 가야겠다는 결심을 해서 엄마의 화를 돋우었다.

연숙은 이 때문에 엄마에게 혼이 난 후부터 혼자 있을 때 이의 개수를 세는 버릇이 생겼다. 분명 연숙의 이는 다른 애들보다 많다. 중간에 사랑니를 하나 빼기는 했지만, 그래도 두 개나 더 많다. 그 사실이 연숙은 받아들이기 힘들었다. 별종인가, 하는 생각도 들었다. 이의 개수가 정체성의 혼란으로까지 이어졌다. 엄마에 대한 차가운 마음도 그로 인해 일어났다.

만약, '엄마, 나는 이가 다른 애들보다 많은 것 같아.' 했을 때, '잘못 센 거 아니니? 다시 한 번 세어봐.' 했다거나, 기가 막힌다는 듯이 한심한 표정으로 나를 돌아보지 않았다거나, '이년아, 너는 니 이빨 개수도 제대로 못 세냐?'라고 말하지 않고 조금 친절하게 말했더라면 가슴속에 얼음 강이 생기지는 않았을 것이다. 보통은 28개인 영구치가 나는 서른한 개라고 말했다고 해서, 그렇게 매정하게, 숫자도 제대로 못 세는 아이로 몰아붙이지 않았더라면 엄마에 대한 연숙의 감정이 조금은 따듯해지지 않았을까?

물론 안다, 얼마나 사는 일이 힘들었으면, 얼마나 아버지에 대한 마음이 사무쳤으면 그러했을까, 하고. 억지 같지만 아버지에 대한 원망과 지나친 사랑이 연숙을 미워한 이유일 거 같다. 아버지를 쏙 빼닮은 외모가 아니었다면 그러지 않았을까 생각도 해 본다.

연숙의 추측으로는, 엄마는 아버지를 너무 사랑한 게 맞다. 먼 산만 바라보는 아버지를 해바라기하는 일이 너무 힘겨워서 그 화풀이를 연숙에게 했을지도 모른다. 사랑이란 무릇 서로 마주 보아야 애틋한 것을, 아버지는 너무 먼 데만 바라보고 있었다. 엄마가 연숙을 그렇게 미워한 것도 사실은 아버지의 잘못 때문이었다….

아버지는 잘못한 것이 무지무지 많은 사람이다.

- 큰애야, 나 죽으면 니 아부지 옆에 묻지 마라.

엄마는 요양원으로 오면서부터 헛소리가 많아지기 시작했다. 아버지가 옆에 와 있다고도 하고 할머니가 보인다는 말도 했다. 그럴 때마다 그냥 웃어넘겼다. 치매가 오는 징조일 수도 있고, 치매가 아니라도 나이가 들면 헛것이 보일 수도 있으려니 여겼다.

- 느그 아부지가 조금 전에 와서 돈을 주고 갔어. 근데 그 돈이 없어졌어.

며칠 전, 그 말을 들었을 때도 헛것을 본 모양이라고 생각했다. 하지만 엄마의 표정은 사뭇 진지했다. 그러고는 같은 말을 되풀이하기 시작했다.

- 느그 아부지가 조금 전에 와서 돈을 주고 갔어. 근데 그 돈이 없어졌어.

- 무슨 소리야?

엄마의 헛소리는 계속됐다. 그러다 정신이 말짱해지면 물이 썬 바다처럼 눈빛이 쓸쓸해졌다. 그러고는 늘어진 테이프처럼 천천히 말했다.

- 나는 아무것도 마음 안 둘란다.

엄마의 목소리에 풀기가 느껴지지 않았다.

- 엄마, 왜 그래?

연숙은 두려워지기 시작했다.

- 느그 아부지가 조금 전에 와서 돈을 주고 갔어. 근데 그 돈이 없어졌어.

돈에 굶주렸던 엄마는 늘 돈타령이었다. 어디선가 아카시 냄새가 나는 것도 같았다. 얼른 핸드폰을 켜서 날짜를 꼽아보았다. 음력으로 사월 스무날. 아, 아카시가 흐드러지게 필 시기인 게 맞다. 아버지 기일이 다가온 것이다.

- 어제는 니 아부지가 딴 여자 데리고 꽃놀이 가는 꿈을 꾸었다. 저승 가서도 여자가 많은 게야….

엄마의 눈가가 함초롬히 젖어들었다.

- 아버지가 친절하기는 하지만 그건 아니야. 제삿밥 얻어 드시려고 현몽하신 걸 거예요.

연숙은 아버지를 두둔했다, 아니 엄마를 두둔하고 싶었다.

- 아니긴. 그 양반, 온 동네 여자들한테 다 친절했잖아. 어제는 니 아부지가 딴 여자 데리고 꽃놀이 가는 꿈을 꾸었다. 저승 가서도 여자가 많은 게야….

엄마의 표정은 조금 지쳐 보였고 목소리는 힘이 없었다. 먼 데를 바라보는 눈빛에 깊은 그늘이 져 보였다. 엄마의 기억은 뱅뱅이를 돌았다.

- 친절했을 뿐이잖아.

연숙의 목소리는 다소 딱딱해졌다.

- 다 헛것이다 싶다.

모든 걸 내려놓으려는 엄마의 마음이 안쓰러웠다. 그럼에도 불구하고 연숙은 자신의 덧니를 자꾸 생각하고 있었다. 덧니는 어머니와 연숙의 감정에 골을 만들었다. 며칠 전, 의사는 덤덤하게 말했다.

- 마음의 준비를 하시는 게 좋을 것 같습니다.

그 말이, 저 멀리에서부터 몰려오는 비바람 소리처럼 서늘했다.

- 사막을 헤매다 신기루만 본 것 같다.

엄마는 직감적으로 무언가를 느끼신 것일까? 전에 없이, 엄마의 말에 눈물이 핑 돌았다. 그날은 엄마의 말이 명치에 걸렸다.

이가 또 욱신거리기 시작한다. 사랑니가 또 말썽을 일으킨 거다. 진통제로 치통을 달래다 결국엔 병원으로 갔다. 의사는 아주 무덤덤하게 말했다.

- 필요도 없는 거, 고생하지 마시고 빼세요.

연숙은 의사에게 다시 물었다.

- 덧니도 뺄 수 있나요?

의사가 말한다.

- 뺄 수는 있지만 지금 치아교정하기에는 늦었죠. 치아교정을 하려면 어릴 때 했어야죠. 불편하지 않으시면 그냥 사세요.

의사의 말은 이해할 수 있다. 그 속뜻을 안다. 다 늙어서 왜 덧니가 신경 쓰이냐는 말이렷다? 연숙은 속으로 발끈해서 사나운 표정으로 의사를 쏘아보았다.

'당신이 내 마음을 알아요? 덧니에 대한 내 마음을 알기나 해요?'

그러나 마음뿐. 겉으로 드러나지 않는 마음은 그늘에서 서늘하고 축축하기만 하다. 거울을 앞에 두고 이를 점검해 본다. 덧니가 그 어느 때보다 도드라져 보인다. 그것이 신경 쓰여서 거울 보는 일이 잦다. 치과 가는 일도 잦다. 병원 가는 일이 잦으면 늙은 거라더니, 틀린 말이 아니다. 새삼스럽게 덧니가 자꾸 신경에 거슬린다. 엄마를 자주 보는 탓이다. 덧니를 살펴보다가 한숨이 샌다.

사랑니는 뺄 수 있어도 덧니는 뺄 수 없다. 그것을 빼버리면 차가운 속마음이 그대로 드러날 것이다. 채워지지 않은 허전한 속마음이 그대로 다 보일 것이다. 겨우 가리고 사는 이 냉랭한 마음, 천지에 다 알려질 것이다.

이가 계속 욱신거리던 날, 연숙은 의사에게 말한다.

- 꼭 사랑니를 빼야 해요?

의사가 의아하다는 듯이 연숙을 쳐다본다.

- 그거, 왜 안 빼려고 하세요? 아무짝에도 쓸모없는 치아인데.

아무짝에도 쓸모없는 치아…. 덧니도 그렇긴 하지.

- 다음에 와서 뺄게요, 허전할 거 같아 그래요.

의사가 다시 말한다.

- 사랑니는 안보이니까 허전하게 느껴지는 건 며칠뿐이에요.

그 며칠 동안을 견딜 수 없을 것 같다. 덧니가 빼버릴 수 없는 운명인 것처럼, 사랑니 또한 없으면 허전할 것을.

병원을 등지고 나온 것이 벌써 몇 번째인지.

혼자 있을 때 습관처럼 혀를 굴려 이를 센다. 하나, 둘, 셋, 넷….

엄마의 얼굴이 떠오른다. 사각의 무덤 속, 엄마는 지금 무얼

하고 있을까? 멀거니 천장을 바라보고 있거나, 보이지도 않는 아버지를 바라보며 헛소리를 하고 있을 것이다.

서둘러 몸을 일으킨다. 사각의 무덤 속에 사는 거는 엄마나 연숙이나 똑같지만 그래도 연숙은 아직 건강하다. 건강한 이가 허약한 이를 돌보는 것은 당연한 일이다. 오늘도 병원에 갈 준비를 한다. 아주 게으르고 느리게.

멜라니 사프카의 음반을 걸어 놓고 <The Saddest Thing>을 틀어놓는다. 방안 가득 퍼지는 우울이 연숙을 짓누른다. 엄마가 조금만 더 친절했었더라면 엄마를 사랑했을 것이다. …사랑했을까?

- 세상에서 가장 슬픈 일은 사랑하는 사람에게 안녕이라고 말하는 거예요.

연숙은 그녀의 흉내를 내며 조용히 입술을 달싹거린다.

그녀의 호소력 짙은 슬픈 음색이 몸 전체를 휩싼다. 어디선가 흘러든 진한 아카시 향이 잠시 머리를 어지럽게 한다. 그때 진동 모드로 돌려둔 휴대폰이 부르르 떤다.

- 302호 환자 보호자 되시죠?

사무적이고 기계적인 말투에서 연숙은 두려움을 느낀다.

- 네, 그런데요?

목소리가 떨린다.

- 얼른 병원으로 오십시오, 환자분께서 위독하십니다.

- 위, 위독?

말이 끝나기도 전에 전화가 끊긴다.

연숙은 요양병원으로 가기 위해 부지런히 차를 몰았다. 혀로
는 여전히 이를 세면서….

Y에 대하여

어떤 의미에서 정원은 나의 이면이었다. 그만큼 서로에 대한 이해가 깊었다. 그래서 할 말 안 할 말 가리지 않고 서로의 속을 다 헤쳐 놓고 공감했다. 하지만 주로 이해를 해주는 쪽은 정원이었다. 나는 정원에게 어리광을 부리듯, 혹은 투정을 부리듯 그렇게 기대었다. Y를 빼고는 오직 그녀에게만 기대었다. 남자의 허상에서 벗어나는 순간에도, 남자의 환상에 빠져 있던 순간에도, 내 곁엔 정원이가 있었다. 생물학적으로 유전자를 같이 타고난 친 동기보다 그녀가 더 깊고 더 친근하고 더 푸근했다. 그녀는 나의 고백소이고 나의 안식처였다. 그녀 또한 그러했다. 그녀에게 나도 고백소이고 그늘이고 안식처였다.

그러나 사람이 저마다의 개체인 것은 각자 다른 영혼의 색깔이 있기 때문일 것이다. 결코 동일할 수 없는 영혼의 다른 색채. 그걸 느끼는 순간, 나는 끝도 없는 어둠 속으로 떨어져 내렸다. 겉으로 보기에는 그녀나 나나 특별하게 외롭거나 특별하게 드러난 존재도 아니었다.

그즈음 우리는 신화에 빠져 있었다. 조셉 캠벨의 '신화의 힘'을 읽었고 신화의 원형에 대해 궁금증을 갖기 시작했다. 언제나처럼 우리의 출발은 같은 방향을 향해 가고 있었지만, 결국엔 조금씩의 차이를 보이며 의견이 갈라졌다.

- 신화의 원형은 남자일까, 여자일까?

의문은 같았지만 생각은 달랐다. 나는 여자, 정원은 남자라고 말했다. 그러다 우리는 모종의 음모를 꾸미듯 똑같은 답을 찾아냈다.

- 자웅동체.

그러고는 둘이 똑같이 음흉하게 웃었다. 자웅동체는 의심의 결과다. 그럼에도 불구하고 그런 결론을 내린 것은 서로가 가진 마음의 색깔이 비슷하다는 이야기였다.

- 모든 생명은 물에서 시작하지만 그 물을 품는 건 여자야.

남자들은 물을 뿜어내지만 여자는 품는다는 사실이 여신의 신화를 만들어가는 거지.

　나는 자웅동체에서 조금 더 발전하여 그렇게 주장했다. 그건 어쩜 모계사회로의 회귀를 그리워하는 건지도 몰랐다. 때로 나도 주장하는 일이 있었다. Y의 존재에 대한 경우도 그렇다.

　그이기도 하고 그녀이기도 한, 그의 이니셜은 Y다. 내가 찾아낸 최고의 자궁이며 모성이며 생의 원천이기도 하다. 존재하고 있는 것이 모두 그러하듯이, 어머니의 자궁을 빌려 이 세상에 나오는 순간, 그 곁에는 Y가 존재한다. 존재하는 모든 것이 그러하듯이, 나는 상처받고 슬퍼하며, 가끔은 맑은 하늘도 보면서 허망한 존재의 의무를 다하고 있다.

　- 영혼의 무게가 '21그램'[3]이라는 말 들은 적 있어?

　정원이 말했다.

　- 그럼, 그런 제목의 영화도 있었잖아, 우리가 몇 생을 사는가 하는 화두를 던진….

　- 21그램은 진짜 영혼의 무게일까?

---

3) 《21그램》(21Grams, 2003) 개요: 범죄, 스릴러, 드라마 2004.10.23 개봉 126분 미국, 청소년 관람 불가 감독: 알레한드로 곤잘레스 이냐리투

나는 고개를 저었다. 영혼이 가슴에 있는 것이 아니라 뇌 속에 있다는 말에도 나는 고개를 강하게 저었다. 팔딱거리는 가슴 한 언저리, 거기에 영혼이 깃들어 있다는 내 생각은 고집이었다. 그 고집이 Y를 보게 했다.

Y는 나와 한 몸인 것처럼 친했다. 마음도 그러했다. 어쩜 Y는 지독한 유대감으로 내 곁에 있었다. 그것은 더없이 쓸쓸하고 외로운 영혼의 친구였다. 그 누구도 떼어낼 수 없는…. 내 안에 그가 산 지는 꽤 오래되었다.

나는 그의 이름을 Y라고 정했다. why? 궁금증에서 시작된 이름에 나는 흡족했다. 여성의 이미지에, 의문에 대한 자문자답이 가능한 존재를 드러내는 Y. 신화의 출발이면서 종착점인 존재…. 그건 내 영혼의 세계에서만 존재했다. 보이는 자에게만 존재했다. 존재하면서 아주 더디게 자라는 존재.

내가 처음 Y의 존재를 이야기했을 때, 정원은 피식 웃었다. 믿음이 갈라지는 순간이었다. 서로의 영혼이 다른 생각을 하고 있다는 증거였다. 그러던 정원이 드디어 Y를 보았다니. 눈물이 날 만큼 가슴이 아팠다. 기어코, 아니 드디어, 그 아프고 아픈 존재를 보고야 말았구나. 차라리 나를 비웃고 말았으면 좋았을 것을….

그럼에도 불구하고 나는 그녀가 Y를 보았다는 것에 안도하고 있었다.

- '델마와 루이스'⁴⁾를 보았지?

- 그럼.

- 난 그 영화 보면서 속이 시원했어.

- 여자라면 다 그랬을 거야.

- 살고 싶은 생과 살아야 하는 생은 너무도 달라.

- 그렇지. 그런데 델마와 루이스의 마지막 결정이 그런 방법밖에 없었을까?

- 자유를 향한 마지막 몸부림?

- 눈물이 나서 참기 힘들었어. 마지막 결정의 순간, 그 두 사람의 행복한 얼굴을 잊을 수 없어.

정원의 눈에 눈물이 슬쩍 어리었다.

- 그래. 그게 그들의 꿈이었을 거야.

나는 가능한 냉정하게 말했다.

- 난 지금도 가끔 그 영화를 되풀이해서 본다. 여자들의 삶에 대해서.

---

4) 《델마와 루이스》(Thelma &Louise)는 리들리 스콧 감독이 제작하고 수전 서랜던과 지나 데이비스가 주연한 1991년작 미국 영화다. 로드 무비의 전형으로, 평범한 두 여성이 겪는 사건들을 통하여 여성주의적인 요소를 표현하여 이후 여성주의 영화의 아이콘이 되었다. 1991년 칸 영화제의 폐막 초대작으로 상영되었다.

- 그래도 그런 결정은 하지 마. 그 시대의 영상물을 너무 심취해 보지는 마. 지금은 세상이 많이 달라졌잖아.

나는 여전히 냉정해지려고 애쓰고 있었다.

- 그래도 본질적인 문제는 여전하지.

먼 데를 바라보는 정원의 젖은 눈이 아련했다. 그녀의 눈 속에 끝도 없는 벼랑이 펼쳐져 있는 것 같았다.

갑자기 무언가를 키우고 싶다는 생각이 나를 휩쓸었다. 생명을 깃들이게 한다는 것은 마음뿐 아니라 공간적 유대감도 있어야 한다. 함께 웃어주고 보듬어주고 외롭지 않도록 애써주어야 한다. 그것이 상당히 부담이 된다. 강아지는 유난히 외로움을 타니 키울 수 없고, 고양이도 어느 만큼은 배려를 해야 하겠기에 책임감 때문에 키울 수 없다.

존재하는 모든 것은 그 대가를 바란다. 사랑하는 모든 존재 또한 그에 합당한 대가를 원한다. 가장 가벼운 대가를 치르고 키울 수 있는 존재. 며칠을 고민하다 찾아낸 것이 물고기를 키우는 것이었다.

- 물고기는 외로움을 모를 테니 괜찮을 거야.

그런 생각을 하며 물고기를 키우기로 마음을 정한다. 어떤 상황에서도 자신이 함께할 존재에 대한 책임을 져야 한다.

마트에 들러 수족관이 있는 곳으로 향한다. 적당한 수질과 적당한 불빛 아래서 물고기들이 활발하게 움직인다. 많은 개체가 들어있는 수조에서는 물고기의 움직임도 활발하다. 살아내기 위한 몸부림으로 읽힌다. 그러나 아름답다.

- 구피 주세요.

나는 대책 없이 그렇게 말할 뿐이다. 아무것도 모르고 움직임에만 이끌려 왔으니.

- 어항은 있습니까?

어항 속 수초를 살피던 남자가 묻는다.

- 네, 뭐, 유리병에다 키우려구요. 그냥 관상용으로 몇 마리 주세요.

나는 심드렁하게 말한다.

- 그렇게 책임 없이 말하시면 안 돼요. 물고기도 엄연한 생명입니다. 적당한 환경과 수질을 만들어주셔야 해요. 물 온도도 맞추어 주어야 하고 물갈이도 신경 써야 하고요.

나는 그렇게 열심히 이야기하는 남자를 낯설게 쳐다본다. 물고기에 대해 그렇게 애정을 가지고 이야기하는 남자를 본 적이 없어서다.

- 구피 네 마리만 주세요. 암수 두 마리씩.

나는 아주 공정한 마음으로 그리 말한다.

- 어허, 그러면 안 됩니다. 그러면 물고기가 스트레스를 받아요.

남자가 손사래까지 쳐가며 고개를 젓는다.

- 뭐라고요? 물고기가 스트레스를 받는다고요? 왜요? 사이좋게 짝을 지어주는데.

난생처음 듣는 소리에 나는 그 남자를 신기하게 바라본다.

- 그거는 사람들 생각이죠. 개체 수로 측정하면, 진화적으로 안정된 성비는 수컷 하나에 암컷 둘입니다.

그는 음흉하게 웃으며 구피 여섯 마리를 건넸다. 수컷 두 마리, 암컷 네 마리.

- 불공평하게도 소수의 수컷이 암컷들을 독점하는 하렘 제도를 가지고 있는 여러 종에서는 50 대 50의 성비를 주장하는 거는 무의미하죠.

그의 말은 대학 강단에서나 들을 말이었다. 불공평한 성비? 하렘?

- 하렘요?

- 한 마리의 수컷이 여러 마리의 암컷을 거느리는 경우 그 암컷들을 이르는 말이죠.

나는 다시 남자를 올려다본다. 그는 여기에 근무할 사람이 아니다. 물고기나 팔고 있을 사람이라 하기에는 너무 유식하다.

- 그냥 주세요.

나는 그의 말을 더 이상 듣기가 싫다.

- 분명히 맞는 말입니다. 인간은 사회적 질서를 위해 일부일처제를 만든 겁니다. 동물에게 50 대 50의 성비를 주장하는 거는 무의미하죠. 영국의 위대한 진화학자 존 메이너드 스미스의 말은 비경제적인 것처럼 보이죠.

남자는 자신의 말을 무시하는 듯한 나의 태도에 화가 났는지 끝까지 진지한 표정으로 고집스럽게 설명한다.

나는 그 남자를 다시 한 번 쳐다보고 그가 내미는 물고기를 받아들었다.

수컷 두 마리, 암컷 네 마리.

- 물 갈아주실 때도 온도에 신경 쓰셔야 합니다. 온도계나 수포 발생기, 이런 거 다 있어야 합니다. 공간이 너무 좁아도 안 되고….

나는 남자의 말을 무시하고 돌아선다. 그들도 그들의 운명이 있나니! 나는 내 맘대로 생각하고 마트를 빠져나온다. 비닐봉지에 담긴 구피들이 자신의 운명도 모른 채 좁은 생을 유영하고 있다.

한동안 정원은 열대어를 뚫어질 듯이 쳐다보고 있었다. 난생처음 열대어를 본 듯이 눈을 떼지 못했다. 사실 그것은 시선을 집중하는 것이 아니라 오히려 회피하는 것이었다. 어디에도 시선을 줄 데가 없으니 그냥 한 곳만 바라보고 있는 것이었다. 할머니가 병원에 입원해 있는 동안 정원은 거의 내 집필실에서 지내다시피 했는데 어떤 땐 아들 민우를 데려와 자고 가기도 했다. 조금 불편한 생각이 들어도 그 애가 처한 상황을 알고 있기에 참았지만, 물고기만 들여다보고 있는 모습은 불편했다. 마치 그들의 일상을 집요하게 파헤칠 듯한 눈빛이었다. 정작 사 온 건 난데 물고기에 정신을 파는 건 정원이었다. 그녀는 먹이도 주고 그들의 유영을 유심히 살폈다. 아름다운 지느러미를 뽐내며 암컷 주위를 맴도는 구피를 뚫어질 듯이 바라보았다.

- 얘네들은 새끼를 아주 많이 낳는다며?

- 그래?

- 더러 제 새끼를 잡아먹기도 한다던데?

먹이를 주며 정원은 유리병을 톡톡 치거나 '밥 줄게'하며 소통의 방식을 찾았다. 나와는 아주 다른 소통의 방식이었다. 나는 사다만 놓았을 뿐 물비린내가 싫어서 근처에 가지도 않았다. 조그만 유리병에 물고기를 키우기 시작한 일은 생각보다 상당히 불편한 일이 많았다. 물을 갈아 주는 일이나 먹이를 주는 일도 번거로워 생각 없이 덜컥 물고기를 사 온 것이 후회스러웠다.

나는 우선 물비린내가 싫었다. 물비린내를 싫어하면서 물고기를 사온 것도 즉흥적인 결정이었다. 때로는 먹이를 너무 많이 주거나 때로는 일주일 이상을 아무것도 주지 않았다. 물은 곧 뿌예져서 탁해지고, 그러다 미친 듯이 수돗물을 받아서 하룻밤 재워두지도 않고 물을 갈아주기도 했다. 마치 구피를 의도적으로 학대하거나 무슨 실험을 하는 거는 아닌가 싶을 정도로 일관성 없이 굴었다. 애정이 없다는 증거였다. 일관성이 없을 뿐 아니라 지속적이지도 않았다. 그저 마음 내키는 대로였다.

구피는 세상을 몰랐다. 그저 꼬리를 하느작거리며 좁은 공간을 헤엄칠 뿐이었다. 헤엄은 아름다운 게 아니었다. 처절한 본능일 뿐이었다. 민우를 돌보는 일에 어딘가 구멍이 난 것처럼 허술해 보이기 시작한 정원도 나만큼이나 감정적 기복을 겪고 있었다. 어느 날은 으스러질 듯이 아이를 껴안고 비비대다가, 어느 날은 마치 모르는 아이를 바라보듯이 나 몰라라 했다. 웃다가 울다가, 또 웃다가, 골똘하게 생각에 빠져 허우적대다가….

곁에서 지켜보는 내가 오히려 힘들었다. 그녀가 내 집필실에서 머무는 동안 나는 Y를 전혀 만나지 못했다. 슬슬 화가 나기 시작했다. 마음 같아서는 정원을 나가라고 하고 싶을 정도로 나는 부글부글 끓어오르고 있었다. 인간이 그리운 것은 적당한 거리를 두었을 때다.

- Y가 말이야⋯. 내게 말했어.

어느 날 정원은 구피를 바라보다가 내게 말했다. Y라고? 나는 눈이 번쩍 뜨였다.

- 뭐라고?

물비린내 때문에 나는 그즈음 코를 자주 막았다.

- Y가 내게 말했어.

- 뭐라고?

나는 조금 지쳐 있었다. 목소리가 나도 모르게 갈라졌다.

- 인생은 내 맘대로 되는 게 아니라고.

- Y가?

- 응. 내 몫의 인생이 있는 거라고.

나는 그것이 Y의 대답이 아니라 정원이 내린 결론이라는 걸 알았다. 정원은 스스로 결론을 내렸다.

- 민우를 그 사람에게 돌려주기로 했어. 마음은 아프지만 잘 키워주리라 믿어⋯.

나는 아무런 말도 할 수 없었다. 타인의 삶에 대해 어설픈 조언을 하는 건 안 하느니만 못하다는 걸 나는 알고 있었다. 내가 아는 Y는 그런 존재가 아니었다. 정원이 말하는 Y는 그녀의 조작이었다.

민우를 제 아버지에게 돌려주고 나서 그녀는 밤낮으로 술을 마셨다. 걸음조차 제대로 걷지 못할 정도로 술에 절어 있다가 어느 날 내가 없는 사이 구피를 모두 변기에다 쏟아버렸다고 했다.

　- 책임질 수 없는 것들을 곁에 두지 말자.

　나는 그녀의 문자를 가만히 쓸어보았다. 그녀가 보낸 문자가 연두를 지나, 푸른 물이 뚝뚝 떨어질 듯한 시퍼런 초록으로 짙어졌다.

　- 머리 좀 식히고 올게.

　곧이어 온 문자에 나는 정신이 들었다. 그녀는 도시를 떠났다.

　진정 Y가, 그녀의 위로가 될 수 있기를 나는 간절히 빌었다.

　나는 아무도 없는 고요한 방에서 모처럼 책상 위에 앉았다. Y가, 내 곁에서 어른거렸다. 나는 Y를 기다렸다. Y가 나에게도 위로가 되길 바랐다. 또한 Y와 함께 정원이를 기다렸다.

딸

- 엄마. 오늘은 택시 타고 와.

아침에 딸아이는 그 말을 몇 번이나 하며 희숙의 손에 오만 원짜리 지폐를 쥐여 주었다.

- 알았다.

말은 그렇게 했지만 희숙은 택시를 탈 마음이 없다. 돈을 벌면 얼마나 번다고, 하는 말이 목젖까지 차올랐지만 희숙은 애써 참았다. 10분마다 한 대씩 시내 가는 버스가 있는데 쓸데없이 택시라니.

딸아이는 마음이 엉뚱한 데 가 있어 출근하는 발걸음이 허둥지둥했다. 그런 딸아이를 보며 희숙은 걱정스런 눈길을 떼지 못했다.

눈이 먼다는 것은 뭘까?

가끔 조용한 시간이 날 때마다 혼자 해보는 질문이다. 아무리 생각해도 답이 나오지 않는다.

시계가 12번을 친다. 고물 시계는 고장도 나지 않고 제 역할을 다하고 있다. 내키지 않는 걸음이지만 이제는 일어서야 한다. 1시 약속이니 버스를 타고 갈 시간을 생각하면 이쯤에 나서야 한다. 어떤 놈이 딸아이의 마음을 훔친 건지. 딸이 사 준 진분홍 원피스를 입고 그 위에 꽃무늬 스카프를 둘렀다. 가짜 진주 목걸이를 하고 진주알 반지도 끼었다. 개 발에 편자가 아닌가 싶게 자신의 모습이 어색하기만 하다. 치장하는 일은 잊은 지 오래. 몸에서 생선 냄새나 안 날까 그것이 걱정일 뿐이다. 몇 번이나 샤워를 하고 향수도 뿌렸는데 마음속에는 생선 좌판에 앉아 있는 이희숙만 있다. 생선 장사를 그만둔 지 몇 년이 지났는데도 늘 쿰쿰한 생선 냄새가 나는 것 같다.

밖으로 나오니 바람이 차다. 버스를 기다리는 동안 거울을 꺼내어 얼굴을 다시 다듬는다. 그리고 혼자 어색해서 주위를 둘러본다. 아무도 없는데.

- 썩을 놈!

한 번씩 자신도 모르게 튀어나오는 말. 해 놓고도 흠칫한다.

- 엄마, 제발 이제 그 말 좀 그만해.

딸아이는 그 말만 하면 신경질을 부렸다. 얼마나 한스러웠으면 그러랴 싶다가도, 그 말 할 때의 어미 얼굴을 보면 딴 사람 같다는 것이다. 독기와 원망이 가득한 저주의 눈빛. 아마 그 썩을 놈은 희숙의 저주 때문에 어디서든 편하게 살지는 못할 것이다. 뒈졌거나 노숙자가 되었거나. 그도 아님, 불치의 병을 앓고 있거나. 생각만 해도 이가 앙다물어지고 주먹이 불끈 쥐어진다. 30년도 넘은 세월 저편의 일인데도!

벌써 서른넷이나 된 은경이 오늘 사귀는 남자를 소개하고 싶다고 했다. 말이 소개지, 그녀 마음에는 이미 결혼까지 결정이 나 있는 상태 같다.

- 엄마, 나, 남자친구 소개하고 싶어.

어느 날, 큰 결심을 한 듯이 말을 꺼내는 은경의 모습은 낯설었다.

- 뭐? 남자?

희숙은 불에 덴 것처럼 놀랐다.

- 응. 벌써 사귄 지 2년 됐어.

그 말을 하는 은경의 표정은 이미 어미의 의견을 묻는 단계가 아니었다.

- 그만큼 사내 조심하라 일렀거늘.

희숙은 가슴이 벌벌 떨렸다. 저것이 이제는 어미 말조차 듣지 않는구나 싶어 화도 났다.

- 엄마, 내 나이가 몇인지 알아요? 왜 그래요, 대체!

화를 내는 것은 오히려 은경이었다. 두 눈을 똑바로 뜨고 어미를 향해 소리치는 은경은 이미 어미를 떠날 준비가 된 여자였다.

여자…. 서른넷….

희숙은 서둘러 버스를 탔다. 텅 빈 버스는 몹시 흔들거렸고 희숙은 어색한 하이힐 때문에 뒤뚱거렸다. 엉덩방아를 찧듯 의자에 털썩 앉아 자신도 모르게 내뱉은 말은 또 '썩을 놈'이었다.

그 썩을 놈을 만나건 스물이 되던 해 봄이었다. 한창 꽃이 피고 새 학기에 대한 기대에 부풀어서 미풍만 불어도 하늘로 날아오를 것 같던 때였다. 새 학기 등록을 마치고 친구들과 어울려 학교 앞 양품점들이 모여 있는 거리를 걷고 있을 때였다. 한 양품점 앞에서 뚫어지게 원피스를 살피던 수지가 그녀를 들쑤셨다.

- 희숙아, 저 원피스 너한테 딱 어울리겠다. 안 살래?

망설이는 희숙의 팔을 이끌며 수지가 말했다.

- 하나씩 사 입자. 곧 남자애들 만날 일도 많을 텐데.

- 남자애들?

- 응. 무용과 미숙이가 미팅 주선한댔어. k대 영문과 애들.

경희가 들떠서 말했다.

- 우와, k대 영문과 애들이면 기본은 넘는 애들이잖아. 머리, 집안, 실력.

- 그래도 가장 중요한 건 얼굴인데.

- 야, 얼굴까지 챙기다가 바람둥이 만날라.

- 아직은 얼굴을 무시할 수 없지. 우린 겨우 대학교 2학년이잖아. 즐길 수 있을 때 인물 잘난 남자도 만나 봐야지.

친구들은 키득대며 아직 마련되지도 않은 미팅에 기대가 넘쳐났다. 희숙도 싫은 건 아니었다. 시골에서 부쳐오는 하숙비와 등록금을 받을 때마다 마음이 무거워서, 엄마가 염불처럼 외는, '딴짓하지 말고 공부나 열심히 해라'라는 말을 지키려고 애썼다. 어머니의 '딴짓하지 말고'라는 말에는 늘 뜨끔했다. 고등학교 때 잠시 가출을 해서 방황하며 속을 썩인 기억이 있기 때문이다. 하지만 새봄이 되자 조금 들뜨기 시작했다.

- 그래, 대학생이 미팅 한 번 못해 보는 것도 웃기잖아? 흠, 미팅한다고 다 사귀는 것도 아니고.

엄마에 대한 반발심이 슬쩍 생겨난 그날, 희숙은 결국 초록색 원피스를 하나 사고 말았다.

- 야, 정말 잘 어울린다.

친구들은 희숙을 부추겨 하늘로 올릴 듯했다. 희숙도 기분이 좋았다. 엄마에게는 전공 책 두어 권 더 사야 한다고 거짓말을 하면 될 것이다. 지방에서 올라온 아이들치고 부모에게 거짓말을 하지 않는 아이들은 없을 것이다.

- 우와, 아가씨. 원피스가 정말 잘 어울려요. 봄 처녀 같아요.

봄 처녀? 그 말에 돌아보았다. 포장마차가 있었고 거기 한 청년이 희숙을 보며 웃고 있었다.

- 어머머머, 저 남자 웃긴다. 봄 처녀라니. 요새 그런 말을 쓰는 남학생도 있나?

친구들이 와르르 웃으며 그 청년을 쳐다봤다.

- 차 한 잔들하고 가세요. 카페보다 싸고 양도 많이 드려요.

그가 손짓하는 매대에는 커피 병이 여러 개 놓여 있었다.

- 야, 우리 한 잔씩 사가지고 요 앞 공원 가서 마시자.

언제나 앞장서는 수지가 청년에게 냉커피를 주문했다. 친구들도 우르르 커피를 주문했다.

- 봄 처녀는 안 드시나요?

청년은 싱글싱글 웃으며 희숙을 바라보았다.

- 봄 처녀는 오늘 비싼 원피스를 사서 돈이 없어요. 우리 다

샀는데 한 잔 서비스하면 안 돼요?

수지가 나서서 수작을 걸었다.

- 음, 좋습니다. 한 잔 서비스하죠. 그 대신 다음에 또 오셔야
해요.

청년은 시원스럽게 고개를 끄덕이고 나서 금세 커피 한 잔을
만들어 내밀었다.

- 아니에요. 다음에 사 먹을게요.

희숙은 손사래를 쳤다. 겨우 버스비만 남기고 탈탈 털어 원피
스를 깎아 산 터에 커피라니!

- 정 부담스러우면 다음에 지나가다 주세요.

청년의 길고 흰 손이 코앞에 다가와 있었다.

- 어마, 남자 손이 뭐 그렇게 고와요? 피아노 치세요?

수지가 넋이 나간 듯이 청년을 바라보며 물었다.

- 아닙니다. 경영학 전공입니다. 이 장사도 경영학을 실제로
적용해 보려는 거고요.

- 어마마마, 너무 멋지다. 이것도 인연인데 경영학과 학생들하
고 미팅 주선 좀 하면 안 돼요?

수지가 청년에게 눈길을 고정한 채 입을 다물지 못했다.

- 아, 안됩니다.

그가 단호하게 거절했다.

- 왜요?

수지가 샐쭉하며 입을 삐죽거렸다.

- 저는 수업 없을 때 장사하고 공부도 해야 하기 때문에 미팅 같은 거 안 합니다. 할 시간이 없습니다.

그는 정중하게 거절하고 씩 웃었다.

- 야, 진짜 멋지다.

수지는 냉커피를 마지막 한 방울까지 쪽쪽 빨아먹고는 빈 컵을 그에게 내밀었다. 그녀의 눈에 그에 대한 선망이 가득하다는 것을 알 수 있었다. 하지만 그뿐이었다.

S 호텔 로비에서 희숙은 옷차림을 다시 한 번 살폈다. 딸아이가 신신당부한 것이 신경 쓰여서였다. 오늘 만날 청년에 대한 기대가 없는 것은 아니나 왠지 불안한 마음이 가시지 않았다.

- 엄마, 여기.

카페 입구에 들어서자 은경이 반색하며 손을 흔들었다. 맞은편에 앉아 있던 청년이 벌떡 일어나 목례를 보냈다. 키가 훤칠하니 인물이 좋았다. 순간, 눈살이 절로 찌푸려 들었다.

- 처음 뵙겠습니다.

청년은 공손하게 인사하고 희숙이 앉기를 기다렸다가 자리에 앉았다.

희숙은 청년의 인사를 받는 둥 만 둥 하고 손부터 살폈다. 희고 긴 손가락. 자연스럽게 '썩을 놈'이 생각났다. 저절로 몸이 움츠러들었다. 그녀에게, 희고 고운 남자의 손은 '썩을 놈'과 동의어였다. 책임감 없고 게으르고 겉모습만 번드르르한. 그런 놈에게 딸을 줄 수는 없다.

- 무슨 일을 하세요?

불편한 마음을 애써 누르고 목소리를 가다듬어 가장 먼저 물어본 말에 은경이 난처한 표정을 지었다.

- 아, 저는 제일 그룹 다닙니다. 영업부에 근무하고요, 그래서 해외출장이 좀 잦습니다.

제일 그룹이라면 대기업이다. 누구나 다니고 싶어 한다는. 그런데 하필 집을 자주 비울 영업부인가.

- 음, 부모님은요?

- 제가 고등학교 때 두 분 모두 돌아가셨습니다.

- 저런, 어쩌다?

말은 그렇게 했지만 속으로는 고개를 젓는다. 조실부모했으면 뭘 보고 배웠으랴 하는 생각에 속이 몹시 불편하다.

- 그럼 혼자 삽니까? 왜 아직 결혼을 안 하셨는지?

청년이 잠시 당혹스런 표정이었다가 금세 웃는 모습으로 대답했다.

- 누님과 같이 삽니다. 어머니같이 저를 보살펴주신 분입니다. 결혼이 늦은 것은 은경 씨 만나려고 그런 것 같습니다.

청년의 그 말에 은경이 손으로 입을 가리고 배시시 웃었다. 넉살까지. 희숙은 잇몸을 질끈 깨물었다.

- 결혼하면 살 집은 있소?

희숙이 생각해도 첫 만남에 할 질문은 아니다 싶었으나 일부러 어깃장을 놓듯 굴었다. 그러는 모습을 은경이 마땅찮아 할 것을 알지만 희숙 역시 앞에 앉아 있는 청년이 마땅찮았다.

- 엄마! 왜 그래?

은경이 신경질적으로 희숙을 쏘아보며 낮게 소리쳤다.

- 아, 네. 작은 아파트 하나 마련해 두었습니다.

- 몇 평이오?

- 스물세 평입니다.

- 전세요, 자가요?

그쯤 되자 청년의 표정에도 웃음기가 사라졌다.

- 엄마, 왜 그러는 거야? 처음 만나는 자리에서 이건 예의가 아니잖아!

은경의 목소리는 낮았지만 불만과 짜증은 더없이 깊었다. 희숙은 은경의 말을 묵살한 채 청년에게 말했다.

- 초면에 미안하오만, 딸 가진 어미라 걱정이 많다오.

애써 웃어 보이며 목소리를 누그러트렸다. 청년은 여전히 웃는 표정으로 앉아 있었지만 어색하고 불편한지 희고 긴 손가락을 마주 비비고 있었다.

- 엄마, 그만 우리 밥 먹자, 얘기는 천천히 하고.

은경이 서둘러 식사를 주문했다. 미리 예약을 해 놓은 듯 주문하자마자 양송이 수프가 나오고 곧이어 비프스테이크가 나왔다. 호텔식이라는 음식이 도통 식성에 맞지 않았다. 조그만 고깃덩어리 한쪽 올려놓고 야채 몇 가지 데커레이션 해 놓고 몇만 원을 받을 테지. 건성으로 수프를 몇 숟가락 뜨다가 수저를 놓았다. 속이 거북했다.

- 입에 안 맞으십니까?

희숙은 고개를 끄덕거리며 물이 담긴 잔을 연거푸 비웠다. 청년이 걱정스러운 표정으로 희숙을 건너다보았다. 희고 고운 손에 대한 트라우마가 불쑥 또 고개를 들었다. 이 결혼을 막아야 한다는 생각이 물밀듯 밀려왔다. 떨리는 손으로 나이프와 포크를 들고 고기를 썰어 한 점 입에 넣었다. 꼭꼭 씹으며 마음을 다잡았다. 목숨보다 귀하게 여기며 키운 딸이 제 애비 같은 놈을 만나는 건 허락할 수 없다. 청년의 말끔한 모습조차 미덥지 않았다. 젊은 날의 자신처럼 살게 될까 봐 두렵고 불안했다. 사내놈들은 다도둑놈이다. 시장통의 사내놈들도 틈만 나면 집적거렸다. 그런

놈들에 대한 불신이 청년에게까지 옮아간다는 것을 알면서도 희숙은 그 자리가 불편하고 마땅찮았다. 점심을 먹는 둥 마는 둥 하고 허둥지둥 그곳을 빠져나왔다.

어머니에게 S.O.S를 보냈다. 새 학기라 책 사야 할 것이 많아서 죄송스럽지만 돈을 조금 더 보내 주십사 했다. 어머니는 당장 편지와 함께 우편환을 보내왔다.

- 희숙이 보아라. 요즘 엄마도 어렵다. 네 언니가 결혼을 앞두고 있어 돈이 많이 들어가는구나. 많이 못 보내서 미안하다. 아껴 쓰고 공부 열심히 해라.

아껴 쓰고 공부 열심히 해라…. 어머니가 늘 하는 소리였다.

언니는 대학 졸업하고 고등학교 영어 선생이 됐다. 엄마는 온 동네가 시끄럽게 자랑을 했다. 공부 머리는 당신을 닮은 모양이라고 더 신나서 떠들어댔다. 어머니는 초등학교밖에 못 나왔지만 일등을 놓친 적이 없다고 늘 자랑했다. 어머니는 두어 평 되는 아주 좁은 가게에서 한복집을 했는데 단골이 꽤 많아서 수입이 쏠쏠했다. 언니가 졸업해서 취직하면 일을 쉬엄쉬엄해야겠다 하시더니 그 일도 쉬워 보이지는 않았다. 직장을 잡고 서너 해 만에 시집을 가겠다고 나선 언니가 어머니는 꽤 서운하신 모양이었다.

- 니 언니가 너의 학비를 좀 보탤 줄 알았더니…에휴, 이제는 눈도 어둡고 힘도 드는구나. 손님도 많이 줄고….

간간이 듣는 어머니의 투정이지만 희숙은 언니가 그 일을 할 것이라 여기고 있었다. 막내니까 그런 의무에서는 벗어나 있다고 생각했다. 그러면서도 어머니가 보내온 돈은 넙죽넙죽 잘 받아썼다. 쌀을 사고 책도 사고 반찬거리도 사다가, 어느 날 갑자기 그 청년 생각이 났다. 아, 맞다. 외상값!

공짜로 안 먹겠다 했으니 갚는 게 맞을 것 같았다. 학교 가는 길에 그 포장마차를 찾았지만 포장마차가 보이지 않았다. 잠시 궁금했다. 수업을 하고 돌아오는 길에도 보이지 않았다. 아침보다 조금 더 궁금해졌다.

- 희숙아, 그 커피 총가, 요즘 안 보이지?

수지가 어느 날 물었다.

- 그러게. 나도 커피값 갚으려고 갔는데 안 보이던걸.

- 흐흐, 공짜라 그랬는데 왜 자꾸 갚으려고 그래? 너, 딴생각 있는 거 아냐?

수지가 장난스럽게 물었다.

- 아니야, 딴생각은. 나, 요즘 아르바이트 일자리 찾느라고 바빠.

희숙은 수지의 말에 정색을 하고 대꾸했다.

사실 희숙은 그즈음 풀이 좀 죽어 있었다. 언니를 시집보내기 위해 힘들어하는 엄마를 보는 것이 편찮았다. 결혼이 아니라 시집보내는 거였다.

'언니는 교사 생활이 몇 년인데 돈 모아 놓은 것도 없나?'

괜히 언니에게까지 서운한 마음이 들었다. 이래저래 희숙은 힘이 빠졌다. 일자리를 알아보는 것도 쉽지 않았다. 시급이 괜찮다 싶으면 힘을 써야 하는 일이고, 일이 편하다 싶으면 시급이 형편없었다. 학생 과외를 하는 게 가장 편하고 대우받는 일이지만 희숙이 다니는 대학이 그리 좋은 대학이 아닌 터라 그런 일자리는 꿈을 꿀 수 없었다.

일자리를 구하기 위해 며칠을 돌아다니던 어느 날, 희숙은 지친 걸음으로 집으로 향했다. 그동안 비싼 하숙을 그만두고 산동네 허름한 쪽방으로 이사했다. 언덕배기를 힘겹게 오르고 나서 밭은 숨을 내뱉을 때, 어디서 낯익은 목소리가 들렸다.

- 봄 처녀, 오시네.

그였다. 희숙은 그를 보자 얼른 주머니를 뒤져 돈을 꺼냈다.

- 아, 네. 커피값 갚으려고 몇 번 갔는데, 근데 여긴 웬일이세요?

희숙이 내미는 돈은 쳐다보지도 않은 채 그는 싱긋이 웃으며 희숙을 바라봤다.

- 이 동네 사는 친구 보러 왔는데 없네. 그래서 맥이 빠져 앉아 있는데 봄 처녀가 오시잖아요. 봄 처녀 제 오시네 새 풀 옷을

입으셨네….

그는 희숙을 바라본 채 노래를 흥얼거리고 있었다. 괜히 얼굴이 화끈했다.

- 저 이거…. 커피값요.

희숙은 황급히 그에게 돈을 내밀었다.

- 돈은 됐고, 내 이름은 하민수요. 라면이나 한 그릇 얻어먹을 수 없을까? 점심을 못 먹어 배가 고파서요.

그는 배를 그러잡고 지친 표정을 지었다. 희숙은 망설였다. 커피값 대신 라면을 끓여 달라? 그런데 낯선 남자를 방에 들여도 되는 걸까?

- 안 되면 가고요. 커피값은 됐어요. 그거 그냥 서비스에요.

그는 쓸데없는 말을 한 것을 후회하듯 얼른 일어섰다. 휘파람을 불며 언덕을 내려가는 그를 잡아서는 안 되는 일이었다. 그것은 그녀의 운명이 곤두박질치는 지름길이라는 걸 그때는 알 수 없었다.

퇴근해 온 은경은 집안으로 들어서자마자 팔팔 뛰었다.

- 도대체 엄마는 왜 그러는 거야? 딸 처녀 귀신 만들려고 작정했어요?

희숙은 은경의 눈을 피해 주방으로 들어가며 야멸찬 소리를 내뱉었다.

- 기집년이 사내한테 홀려서 그러다 큰일 나지.

어쩜 자신에게 퍼붓는 소리일 수도 있었다.

- 엄마, 다른 집 엄마들은 남자 소개를 못해 난리라는데 엄마는 골라온 신랑감도 왜 타박이에요? 그 사람 능력 있고 탄탄한 사람이에요.

- 그걸 어찌 알아? 겉모습만 멀쩡해가지고….

- 그럼 겉모습이 멀쩡하면 안 돼요? 찌그러진 깡통 같아야 해요?

은경의 목소리에 날이 서 있었다.

- 아무튼 그놈은 안 돼. 여자 여럿 후리겠더라.

그 말에, 은경이 팔짝팔짝 뛰다가 희숙의 가슴에 못 박는 말을 하고는 팽하니 바깥으로 나가버렸다.

- 이젠 진저리나, 엄마 얘기. 엄마가 남자 잘못 만나 고생한 걸 왜 나까지 남자를 못 만나게 해? 오죽하면 아빠가 집을 나갔을까. 이젠 징그럽다!

희숙은 독화살처럼 내뱉는 은경의 그 말을 듣고 주방 바닥에 주저앉았다. 저것이, 저것이! 내가 저를 어찌 키웠는데 대가리 커지니까 엄마 말에 대거리야?

생각 같아서는 달려나가 머리채를 휘어잡고 쥐어뜯고 싶었다.

하지만 다리에 힘이 풀려 한 걸음도 움직일 수 없었다. 천정이 빙그르르 돌았다. 저년, 저년을! 이가 앙다물어지고 온몸이 부들부들 떨렸다.

간호대학을 졸업하자마자 외지의 대형병원으로 발령받을 것 같다고 들떠있는 은경을 주저앉힌 것은 희숙이었다.

- 먼 데 가지 마라. 집 근처에 있어라. 세상이 얼마나 험한데.

- 엄마, 대형병원 취직하기가 얼마나 힘든데 그래요? 월급도 많고 대우도 좋고.

- 네가 버는 돈, 손 안 댈 테니 멀리 가지 마라.

- 싫어요. 나는 큰 병원 가고 싶단 말이에요!

- 안 된다. 절대 안 된다. 나는 너 떼놓고 못 산다.

그렇게 말하는 희숙을 바라보는 은경의 눈빛이 착잡했지만 고민 끝에 집 근처 개인병원에 취직하는 걸로 희숙의 불안감을 덜어주었다. 그때까지는 어미의 뜻을 따르던 은경이었다.

- 남자는 다 도둑놈이다. 누구라도 실실 웃으며 다가오는 놈은 무조건 경계를 해야 해.

- 예.

- 특히 반지르르한 놈은 더욱 조심해야 해.

- 예.

- 남자 사귈 생각도 하지 마라. 너의 짝은 엄마가 구해 줄 때까지 가만히 있어라.

- 예.

그렇게 순종적이던 딸이었다. 어미 말이라면 뭐든 예, 예, 하고 고개를 숙였다. 그러던 것이…. 이제는, 엄마 말이라면 자다가도 일어나 고개를 끄덕이던 딸이 아니었다.

은경은 어제 들어오지도 않았다. 그놈이랑 붙어 있었을 게 뻔하다. 하지만 그놈을 찾아 나설 수는 없다. 딸년이 하도 부탁해 그놈 보러 나가느라고 어제 하루 분식집 문을 닫았기 때문이다. 하루만 문을 닫아도 찾는 손님들은 아우성이다. 아줌마, 왜 문 안 열었어요?, 떡볶이 먹으러 왔는데 허탕 쳤잖아요. 그런 말들은 희숙을 일으켜 세우는 말이기도 했다.

춘희 분식. 두어 평 되는 초라한 분식집이다. 그래도 희숙에게는 더없이 자랑스런 일터다. 분식집이라 하지만 밥을 대놓고 먹는 시장 상인들이 있어서 수입은 쏠쏠하다.

그 가게를 마련하던 날은 얼마나 울었는지 모른다. 간판을 걸어 놓고 한없이 울었다. 덩달아 은경이도 울었다. 너무 자랑스러워서 수지와 경희를 불렀다.

- 봄 처녀 분식이라 하지.

잊으려 했던 기억을 수지가 되살렸다.

- 봄 처녀나 춘희나. 봄 춘 자에 계집 희 자일 테니 그게 그거지.

경희가 희숙의 속을 야멸차게 긁어댔다.

- 방이 딸려 있어 따로 방을 얻지 않아도 되겠다.

수지가 가게를 둘러보며 위로했다. 누가 뭐래도 희숙은 자신이 꾸려온 인생이 기특했다.

'이 썩을 놈아, 너 없이도 딸 잘 키웠다.'

서운한 감정은 그 썩을 놈한테만 있는 게 아니었다. 언니와 부모님까지 모두 원망스러웠다.

라면을 끓여준 후로 그는 자주 희숙의 집을 찾았다. 집주인 할머니는 그를 보고 참 잘 생겼구먼, 하며 눈을 찡긋했다.

희숙은 일을 하느라 자주 늦었고 그는 빈방에서 희숙을 기다리고 있기도 했다. 그러다 불덩이가 된 그가 희숙을 안던 날, 희숙은 그의 뜨거운 체온에 홀린 듯 빨려 들어갔다. 첫 경험이었고 첫사랑이었다. 하늘이 무너진다 해도 그를 떠날 수 없었다. 그가 희숙의 방에서 머무는 날이 많아지면서 희숙은 오히려 행복했다.

- 식도 안 올리고 그럼 못 써. 여자가 손해여.

눈치를 챈 주인 할머니가 걱정스럽게 말했지만 희숙은 그 말조차 묵살했다. 홀렸다고 해도 좋았다. 그것이 죄라면 지옥에 간다고 해도 괜찮을 것 같았다. 그의 숨결이 느껴지는 공간이면 그곳이 어디라도 상관없었다. 그러다 덜컥 아이가 들어섰다. 임신했다는 소식에 그는 희숙을 끌어안고 등을 도닥여주었다. 하지만 진심으로 기뻐한다는 생각은 들지 않았다. 아마도 부담이 되어서일 거라고 생각했다.

- 우리 이제 결혼해야 하는 거 아니에요?

그렇게 말했을 때 그는 졸업하고 나서, 라고 했다. 이미 희숙은 학교를 그만두었고 그것도 모르고 송금해오는 등록금을 손대기 시작했다. 방학에는 일을 한다는 이유로 집에도 내려가지 않았다.

- 요즘 장사 안 해요?

뭔가 느낌이 이상해서 물어보았을 때, 그는 소문에 휩싸인 희숙을 생각해 장소를 다른 대학 앞으로 옮겼다고 했다. 그런가 보다 했다. 그러다 또 아이가 들어섰다. 희숙을 한참이나 뜨악한 눈길로 내려다보던 그가 말했다.

- 우리 형편에 둘은 힘들어. 이번 아이는 지워요. 내가 돈 많이 벌면 그때 하나 더 낳읍시다.

희숙은 그의 얼굴을 멀거니 바라만 볼 뿐 아무 말도 하지 않았다. 야속하기도 했다. 그러나 그의 말을 듣기로 했다. 그도 어쩜, 너무 일찍 두 아이의 아빠가 될 자신의 미래에 대해 심란한 생각이 들었을지도 모른다는 생각이 들었다. 괜히 미안했다.

하민수가 젖을 먹이는 희숙을 물끄러미 내려다보았다.

- 왜 그렇게 봐요?

희숙의 말에 잠에서 깬 듯한 표정을 짓던 그가 아주 작은 목소리로 중얼거렸다.

- 미안해.

그러고는 또 희숙을 뚫어질 듯 바라보고 은경을 찬찬히 들여다보았다.

- 왜 그래요? 무슨 일 있어요?

전과는 다른 행동에 조금 불안했다.

- 아니야, 무슨 일은. 나, 일하러 갈게. 잘 있어.

그것이 끝이었다. 그날이 그를 본 마지막 날이었다. 사라진 이유도 없고, 간 곳도 모른 채로 그는 사라졌다. 마치 연기처럼. 경찰서를 찾아다녔고, 그가 다닌다는 대학에도 찾아가 봤고 심지어는 시골집까지 찾아갔다. 부모는 모두 돌아가시고 일가친척도 모두 도시로 떠난 황량한 시골, 먼 친척 아저씨가 혀를 차며 말했다.

- 그놈이 대학교를 다녀? 저런, 썩을 놈. 거짓말은 여전하군. 찾지 마소. 여기서 중학교까지 다녔는데, 그놈 인간 말종이었소.

희숙은 악몽을 꾸는 거라 생각했다. 그 부드럽고 따스하던 사람이. 아니야. 아니야. 그런데 무엇 때문에 흔적도 없이 사라진 거야?

희숙은 너무 혼란스러웠다. 은경이 울고 보채도 주검처럼 누워서 정신을 놓았다. 할머니가 미음을 끓여 아이를 거두면서도 내내 혀를 찼다.

엎친 데 덮친다고, 희숙의 행동을 이상하게 여긴 어머니가 기별도 없이 들이닥쳤다. 눈앞에 펼쳐진 기막힌 현실을 본 어머니는 한숨부터 내쉬고는 아무 말도 못 하고 서 있었다. 한참 동안 말이 없던 어머니가 싸늘한 목소리로 말했다.

- 너는 내 딸 아니다. 나는 너 같은 년, 학비 댄 적 없다. 다시는 볼 생각도 말고 집 근처에 얼씬거리지도 말아라.

어머니의 목소리는 얼음장처럼 싸늘했다.

- 허허, 그래도 어찌 그렇게 모진 말을 하오. 여기 앉아 보오.

할머니가 우는 아이를 어르며 말했지만 어머니는 뒤도 안 돌아보고 가버렸다. 당황한 건 오히려 할머니였다.

- 어머니가 너무 기가 막혀 저러시는 거다. 서울로 공부하라고 보낸 딸, 이런 꼴을 보니 얼마나 기가 막히겠느냐. 그러니 무조건 잘못했다고 빌고 집으로 내려가서 살 방도를 찾아라.

인정스러운 할머니는 넋을 놓고 앉은 희숙을 달래고 도닥

였지만 어머니와의 재회는 허락되지 않았다. 그걸로 집안과의 관계도 끝이었다. 희숙은 창피한 딸, 집안에 부끄러운 딸이었다. 하다못해 언니라도 올 줄 알았지만 아무도, 아무도 나타나지 않았다.

그 절박하고 무서운 생의 터널을 지나는 동안, 희숙은 오기 같은 것이 생겼다. 그게 희숙을 버티게 해 준 힘이었을 것이다.

- 그래도 산다!

- 안녕하세요, 사장님.

서글서글한 목소리에 하던 일을 멈추고 돌아보니 우식이 총각이다.

- 벌써 밥때가 됐나? 잠시 앉아 기다려. 금방 해 줄게.

- 예, 어제는 문을 안 여셨대요.

- 그래, 집안에 일이 좀 있어서.

희숙은 우식의 눈을 피한 채 반찬을 챙기고 시래깃국을 데웠다. 반찬은 콩나물무침에 고추조림, 소시지를 넣은 감자볶음에 돼지불고기다.

- 부탁이 있어요.

우식이 총각이 조심스레 말을 건다.

- 뭔데?

- 여기선 좀 그렇고요, 이따 요 앞에 찻집에서 뵀으면 좋겠어요. 바쁜 시간 지나서요.

- 그래, 그러지. 나쁜 일은 아니지?

- 그럼요.

밥을 한 공기 뚝딱하고 국 국물까지 싹 비운 후에 우식은 분식집을 나갔다. 불룩한 배를 가리고 나가면서도 돌아서 깍듯이 인사를 하고 간다. 나이 서른에 정비소를 차린 걸 보면 참 착실한 사람이다 싶다. 하지만 곧 고개를 젓는다. 한동안 은경의 짝으로 생각했던 적도 있다. 은경이가 팔팔 뛰지 않았다면 밀어붙였을지도 모른다. 성실하다는 거 하나만 보고.

- 망할 년.

자신도 모르게 붙어버린 욕설은 이제 희숙의 말버릇이 됐다. 누가 그녀를 대학물 먹은 여자라 하겠는가. 무식하고 거칠고 사납고 막무가내고. 세월이 그렇게 만들었다고 하면 갑자기 서러워진다. 떡볶이를 사러 온 야채장사 아줌마, 어묵을 먹고 가는 아가씨 두엇, 김밥 열 줄 팔고 나니 오후 두 시가 넘었다. 맞은편 찻집을 보니 우식이 이쪽을 건너다보며 기웃거리고 있다. 희숙은 앞치마를 벗고 머리를 매만진 후에 잰걸음으로 찻집으로 갔다. 우식이 선 채로 희숙을 맞았다.

- 무슨 일이야? 찻집에서 다 보자 하고?

- 우선 앉으세요, 뭐 드실래요?

- 그냥 커피. 아메리카노. 그게 젤 싸잖아.

- 맛있는 거로 드세요. 제가 살게요.

공손하면서도 뭔가 희숙의 눈치를 보고 있다.

- 그럴까? 오랜만에 고급 커피를 먹어봐?

- 그러세요.

- 그럼 캐러멜 마키아토.

희숙은 그 말을 하고는 우식의 눈을 똑바로 바라보았다. 무슨 말을 하려는 걸까?

향기로운 커피 냄새를 음미하는 동안 우식은 몹시 불안해하다가 마침내 입을 열었다.

- 저… 아버지 좀 만나주세요.

- 아버지? 왜?

치근덕대던 신 사장의 얼굴이 스쳤다.

- 아버지가 저보고 다리 한번 놔보라고 부탁하시더라고요.

- 뭔 다리?

- 아버지가 사장님 좋아하시는 거 아시잖아요. 울 아버지 혼자되신 지 십 년이 넘었고 그걸 보고 있는 제 마음도 쓰려요. 저도 곧 결혼을 할 것 같은데 아버지 때문에 맘이 편찮아요.

희숙은 그 말을 듣자마자 커피잔을 거칠게 내려놓았다. 신

사장으로 불리는 남자, 대머리가 벗겨진, 시장에 점포가 몇 개
있다고 자랑하던 남자. 가끔 밥을 먹으러 오고, 또 가끔 장짐을
날라주기도 하며 실실대던. 또 가끔 희숙을 '춘희 씨'라고 부르
던 남자.

- 남자라면 진저리가 나는데 뭐라고?

희숙은 불쑥 성질을 낸다. 민망해진 우식이 머리를 긁적대며
어색하게 웃었다.

- 잠꼬대도 하세요. 춘희 씨 춘희 씨 하며….

- 내 이름은 춘희가 아니야!

희숙은 소리치며 벌떡 일어섰다.

아무에게도 알려주지 않은 이름, 이희숙. 희숙은 시장에서 은
경이 엄마, 아니면 좌판 댁이었다. 그러다 <춘희 분식>이라는
분식집을 내니 그녀의 이름이 춘희인 줄 알았던 게다.

- 화내지 말고 앉아서 얘기나 합시다. 나, 정식으로 춘희 씨 사
귀고 싶어요.

카페 출입문이 열리며 신 사장이 맞춘 듯이 들어섰다. 어색한
표정을 감추지 못하며 들어서는 신 사장을 향해 희숙은 사나운
눈길을 보냈다.

신 사장이 덥석 희숙의 손을 잡았다. 희숙은 어림도 없다는
듯이 그의 손을 뿌리치고 우식을 향해 소리 질렀다.

- 너, 내일부터 밥 먹으러 오지 마!

　시계를 보니 열한 시다. 신 사장 때문에 불편한 속이 저녁 내
내 메슥거렸다. 거실을 서성거리다 전화통을 집어 들었다. 그러
다 놓고, 또 집어 들고. 화가 나서 견딜 수 없다. 세상에 배신당
하는 기분이 이럴까. 세상이 다 나를 배신하고 등 돌린다 해도
너는 그러면 안 되지, 내가 너를 어떻게 키웠는데.

　희숙은 냉장고에 들어있던 소주병을 꺼내 병 채로 마시기 시
작한다. 서러움이 밀려온다. 혼자 앉아 서러움을 안주 삼아 꺼
이꺼이 울면서 소주를 마신다. 흔들흔들 세상이 흔들리기 시작
한다.

- 이년아, 세상이 다 뒤집어져도 너는 그러면 안 된다. 내가 어
떻게 살았는데, 너를 어떻게 키웠는데.

　세상이 흔들리자 어머니 얼굴도 보이고 할머니 얼굴도 보인
다. 그래도 그리운 건 희숙을 감싸주던 주인 할머니다. 어머니
도 버린 자식을 당신의 자손인 양 보듬어 주셨던 분, 아이를 봐
주고 일자리를 얻어 주고, 힘내서 살라고 다독여 주시던 분. 그
분마저 세상을 달리한 후에는 오직 딸이 희망이고 의지할 상대
였는데.

　순간 절해고도에 유배된 것처럼 무섭고 외롭고 두렵다. 두려움이

몰려오니 몸이 덜덜 떨렸다.

아아, 내 인생, 불쌍한 내 인생. 그러다 드는 생각이 어머니가 느낀 배신감과 절망감이 이 같을까 생각하니 어머니께도 미안했다. 처음으로 느끼는 감정이었다. 어머니에게 쌓인 원망이 산 같았는데 딸의 배신에 어머니를 생각하게 되다니, 그리고 미안한 생각까지 들게 되다니.

희숙은 목을 놓아 울기 시작했다. 눈물이 앞을 가리고, 세상은 제멋대로 흔들렸다.

- 혼자 뭐 하는 거야? 이젠 대놓고 술이야?

자정이 되어서야 찬바람을 묻히고 들어서는 은경에게서도 술 냄새가 폴폴 난다.

- 이년, 너 어제 그놈이랑 잤지?

- 그랬으면 어쩔 건데? 요즘 세상에, 서른 넘어 남자랑 못 자는 게 흉이지.

너무도 당당하다. 두 눈 똑바로 뜨고 희숙을 내려다보는 은경이 어이없다. 또박또박 말대꾸하며 반항하는 딸이 너무도 낯설다.

- 아니 이년이!

희숙은 화를 참지 못하고 들고 있던 소주병을 은경에게 내던졌다. 절제할 수 없는 분노와 다잡을 수 없이 흔들리는 세상,

깨부수고 싶었다. 어미 말을 거역하는 딸년의 면상에 생채기를 내고 싶었다.

- 아악!

은경의 비명소리가 높다. 눈물로 뒤범벅된 눈으로 바라보니 딸의 볼에서 피가 흘렀다. 마음으로는 얼른 일어나 상처를 닦아주고 미안하다고 말하고 싶은데 몸은 더 패악을 부리고 있었다.

- 나가 죽어라, 이년아, 사내새끼가 그렇게 좋으면 나가 버려! 음탕한 년!

어디서부터 몰아닥치는 분노일까, 희숙은 절제할 수 없는 자신을 진정시키지 못하고 바닥을 뒹굴던 술병 하나를 또 내던졌다.

- 엄마, 미쳤어?

은경의 악쓰는 소리가 밤을 헤집었다. 피범벅이 된 은경이 발작하듯 동동 뛰는데 현관문이 열리며 신 사장이 불쑥 뛰어 들어온다.

- 은경아, 어서 엠브란스 불러라. 어머니가 많이 취한 모양이다.

신 사장은 안절부절못하며 희숙의 주위를 맴돌았다.

- 아저씨는 문밖에서 서성거리시더니 우리 엄마 보러 왔어요? 아님 우리 엄마 만나고 가는 거였어요?

기가 차다는 듯이 빈정대는 은경의 시선은 아랑곳하지 않고 신 사장은 희숙을 덥석 부둥켜안고 어쩔 줄 몰라 하고 있었다.

- 사내새끼들은 다 도둑놈들이야!

희숙은 신 사장의 손길을 거칠게 걷어냈다. 파도처럼 밀려오는 까만 어둠 속에 어머니의 슬픈 얼굴이 둥둥 떠 있다.

- 엄마, 미안해….

희숙은 그제야 꽁꽁 얼었던 몸을 놓아 통곡하기 시작했다. 은경의 전화기가 뽀로롱 뽀로롱 울었다. 즐거운 새의 울음소리. 은경이 전화를 받는다.

- 응, 자기야. 나 지금 집에 들어왔어요, 걱정 말아요. 사랑해요.

얼씨구, 부드럽고 다정한 목소리에, 따뜻하고 질퍽하게 설탕이 녹는다. 어미의 통곡은 무시한 채로 은경의 볼이 붉어진다.

어둠이, 희숙의 울음을 잔인하게 덮었다.

회전목마

어머니의 편지는 이어졌다. 마치 그동안 닫혀 있던 말문이 터진 것처럼.

- 프랑스의 회전목마는 아름답다. 회전목마가 주는 따듯한 느낌은 바로 따뜻한 가정이다. 나도 비교적 안온하고 평화로운 가정을 꾸렸다고 생각한다.

회전목마가 있으면 도시의 중심이라는 뜻. 대부분의 도시에 회전목마가 있단다. 나는 회전목마를 보면서 노천카페에 앉아 커피를 마신다. 너를 생각한다. 또 윤미를 생각한다. 할머니를 생각하고 네 아버지를 생각한다. 아름답던 추억들이 떠오르고 그 그림들이 오래된 영화의 한 장면처럼 스친다. 너도, 윤미도, 따뜻하고 행복한 가정을 꾸려주었으면 좋겠다. 모든 어미의 마음이 그럴 것이다.

니스 해변에서 햇볕을 쬐었다. 옷차림은 가볍고 햇살은 부드럽다. 파도가 철썩이는 해변은 많은 사람들로 붐볐고 패러글라이딩하는 젊은이들의 모습에서 자유를 읽었다. 나도 조금만 젊었으면 해 볼 걸 하는 생각이 뭉클뭉클 솟았으나 그건 말 그대로 마음뿐이었다. 그들은 모두 행복한 표정이다. 니스 해변은 세계적으로 유명한 해변인 만큼 기억에 남을 조형물도 많았다. 하트 모양의 커다란 조형물과 해변의 중간지점쯤에 삐딱하게 서 있는 위태로운 의자가 인상 깊었다. 의자의 각도가 인생을 삐딱하게 보는 사람의 시선 같아서, 똑바로 보려고 내 몸을 기울여 의자에 맞추어 보았다.

오늘은 에스프레소 한 잔 곁들여서 꼬꼬뱅을 먹었다. 튀긴 닭에 소스를 얹은 남프랑스 요리란다. 지독한 커피의 향이 나를 진저리치게 만들었지만 그걸 쾌감으로 느낀다. 맥주를 한잔

할까 하다가 그만두었다. 날이 스산해서 카페에 갔지. 파두를 듣고 싶었어. 파두를 가장 멋지게 듣는 방법은 비 오는 날 술집에 앉아 창문을 닫고 불을 끄고 촛불을 켜 둔 채 듣는 거란다. 어디선가 들었던 파두 듣는 방법을 꼭 흉내 내 보고 싶었거든. 생각이 있다면 너도 파두를 들어보렴, 그러면 너와 나는 다른 공간에서 같은 생각으로 교감할 수 있는 거야. 바다로 나가 돌아오지 못한 영혼들을 위로하는 음악인 파두가 왜 한스런 여인들의 음악으로 들리는지. 한을 풀지 못하고 가슴에 쌓이면 독이 된다. 그 독은 사람의 영혼을 병들게 해.

사랑하는 딸, 너를 위해 살아라, 후회 없이! 그 방법이 어떤 것일지라도 너 자신을 위해! 회전목마는 아름답고 평화롭지만, 너 자신을 희생하면서까지 바라볼 풍경은 아닌 것이다.

오늘은 리스본이다. 여기 사람들은 '리스보아'라고 하지. 익숙하지 않은 것에 대한 기대가 리스본을 아름답게 보이게 한다.

오늘은 바깔라오를 먹었다. 대구살을 듬뿍 넣어 만든 볶음밥의 일종인데 무척 맛있더구나. 대구라는 생선이 새롭게 만난 생선 같은 생각이 드는 건 내 의식이 한국을 떠나있기 때문인 것같다. 더구나 한 마디씩 배우는 새로운 언어의 상큼함이란!

마~ 하면 더 달라는 소리. 잘생긴 뽈투갈- 우리가 포르투갈이라고 발음하는 것을 이 사람들은 이렇게 발음한다- 남자가 다가와 환하게 웃으며 듬뿍 얹어주는 바깔라오! 바깔라오를 배부르게 먹은 후 후식으로 에그 타르트도 먹었다. 리스본이 원조인 에그 타르트! 한국에서 먹을 때와는 그 기분도 달랐다. 사람들이 얼마나 많은지 삼십 분을 기다려 겨우 살 수 있었다. 길가에 쭈그려 앉아 먹는 모습도 전혀 궁색해 보이지 않았다. 오히려 자유롭고 신선했다. 이조차 기분 탓일 것이다.

어머니의 편지는 종종 그렇게 왔다. 남프랑스를 지나 포르투 갈까지! 어머니의 행보는 가볍고 즐겁고 행복해 보였다. 나는 어머니를 부러워하기까지 했다. 그리고 언젠가는 반드시 나도 어머니처럼 자유롭게 떠나리라고 다짐했다. 어머니의 편지를 읽는 내내.

어머니의 세상과 할머니의 세상이 조금씩 조금씩 변해 갈 것이다. 세상은 조금씩, 조금씩 변해 갈 것이다. 인생은 친절하지도 않고 특별히 불친절하지도 않다. 인생의 행, 불행은 우리들의 성급한 판단일 뿐이다.

우아한 여자

명절을 앞두고 인자는 마음이 바빴다. 며칠 전부터 장을 봐 두고 아이들이 오기를 기다렸다. 아들 둘에 딸 하나 있는 거 다 짝짓고 나서 모처럼 그득하게 명절을 치를 생각을 하니 기분마 저 흡족했다.

큰아들은 벌써 결혼한 지 5년째, 슬하에 밤톨같이 이쁜 손 자가 하나 있다. 하나 더 낳았으면 좋으련만 저희들끼리는 벌써 약속이 된 듯 하나로 못을 박는다.

- 자식 키우기가 얼마나 힘든데요. 둘은 못 키워요. 저희도

거기에 올인하고 싶지 않구요. 저희도 저희 인생을 즐길 시간을 만들어 놔야죠.

틀린 말은 아니지만 그 말을 들으니 서운하기 짝이 없다.

너희만 아이 키우냐? 나는 셋 키웠다. 너희 할머니는 몇을 키운 줄 알아?, 하다가 침을 꿀꺽 삼킨다.

서운한 생각이 없는 건 아니지만 자신의 욕심만 채울 수도 없는 노릇이라 입을 다물었다. 집을 친정 근처에 얻은 것도 조금 속이 상한 일이지만, 사회생활을 하는 며느리 입장에서는 그게 편할 테니 그것도 양보하고 말았다. 하긴 양보하고 안 하고가 어디 있는가. 요즘은 여자 의견대로 굴러가는 터이니 '시'자 붙은 사람들은 입도 벙긋 못 한다. 혹여 시시콜콜 간섭하고 참견했다가는 사네 마네 하는 경우가 허다하지 않은가. 아들이 하는 말이 그게 어디 아들 생각이랴. 대개는 며느리가 하고 싶은 말이다.

며느리는 초등학교 선생을 하다가 '아이가 학교 갈 때까지만'이라는 단서를 달아 휴직을 하고 있다. 인물도 그만하면 됐고 성품도 그만하면 됐고 요즘 며느리치고 시어른들에게도 잘하는 편이다. 한 달에 두 번, 토요일이나 일요일에는 꼭 장을 봐와서 저녁을 한다. 기특하다. 말도 조곤조곤하고 행동거지도 조신하다. 명절 때도 인상 찌푸리지 않고 일을 잘 거든다. 아직 혼자 일을 척척 해낼 정도는 아니지만 그만하면 불만이 없다. 동서가 들어오자 그래도 맏이라고 이것저것 동서를 가르치는 모양새도 믿음직하다. 하지만 작은며느리는 큰며느리와는 다르게 불만도 많고 말도 많다.

－ 어머니, 명절에 힘들게 음식 하지 말고 사서 하면 안 돼요? 요즘 시장 가면 파는 데도 많고 맞춤도 된다던데요.

철이 없는 건지, 철이 없는 척하는 건지. 불쑥 내뱉어놓고 눈치를 보는 건지. 결혼 첫해부터 그런 말을 해대는 걸 보면서 마음이 퍽 불편했다.

－ 동서, 어찌 그런 말을….

큰며느리는 안절부절못했다. 마치 자기가 동서를 잘못 가르쳐서 그런 듯이.

그러면 작은며느리는 금세 헤헤 웃으며 얼버무렸다.

－ 좀 편하게 살자구요. 형님도 사실 그러고 싶잖아요.

사실 그럴지도 모른다. 시어머니의 어머니, 인자 어머니 이야기를 결혼 전부터 들어온 며느리는 그런 말을 감히 하지 못한다. 한 동네 살면서 인자 어머니의 얘기를 들어왔으니, 이것도 시집살이라고 생각하면 안 된다는 생각을 하는지 모른다. 그러나 작은며느리는 달랐다. 조금 철이 없다 싶게 발랄하고 명랑한 그녀를 처음 보았을 때 큰며느리와는 다른 어여쁜 면을 보았다.

- 저만하면….

키도 적당했고 얼굴도 예뻤다. 무용을 해서 몸매도 예뻤다. 인자는 두 며느리를 데리고 다니며 자랑할 일을 상상하면 나름 즐거웠다. 사는 형편도 어렵지 않고 품행도 반듯하고. 우아하고. 세상에 나만큼 만족한 며느리를 얻기도 쉽지 않을 거라고 흡족했다. 인성 좋고 어여쁘고 상냥하고… 그럴 때마다 어머니 생각이 났다. 어머니를 생각하면 인자는 더욱 자신의 처지가 다행스럽다. 아홉이나 되는 자식을 건사하는 일에, 철철이 제사에, 늘 일에 쫓겨 살아온 어머니의 인생을 생각하면 며느리들은 그런 말을 하면 안 된다. 하지만 그런 말이 통하는 세상이 아니지 않는가.

- 동서! 어머니 앞에서 그런 말 하면 안 돼.

큰며느리가 작은 소리로 작은애를 꾸짖었다.

- 왜요? 잘못된 제도는 바꾸어야 하고 비효율적인 일은 효율적으로 고쳐야죠.

따박따박 말대꾸를 하면서도 얼굴 표정은 생글생글. 불만은 많아도 말 한마디 못 하고 살아온 세월에 대한 원한을 얼마나 많이 보아왔는가. 그래서인지 인자는 작은며느리가 그리 밉지 않다. 큰며느리가 인자의 눈치를 보며 작은며느리를 쿡 찌르는데도 작은며느리는 얼굴 표정 하나 달라지지 않고 당당했다.

첫해는 그렇게 지나갔다. 작년에는 큰며느리가 시키는 대로 제법 일을 잘했다. 명절 지나고 나서 아프기는 했지만 그래도 별 탈 없이 지나가서 다행이었다. 명절증후군이라던가, 듣도 보도 못한 병이 요즘 여자들에게 전염병처럼 번져 있다 하여 인자는 조금 걱정이 되기도 했다. 하기야 인자 자신도 슬슬 꾀가 나는 판이다. 어머니 살아온 걸 보면 숨소리도 내지 말아야 할 터이지만, 어머니가 그렇게 살아왔다고 해서 반드시 그 시절대로 살라는 법도 없다. 인자는 때로 불만스러웠다가, 때론 그래도 명절인데 여자가 그만한 수고야 해야지 하다가, 갈팡질팡이다.

어머니는 하루도 빤한 날이 없이 바빴다. 마치 황 씨 집안의 일을 하기 위해 태어난 사람 같았고, 아이를 낳기 위해 시집온 사람 같았다. 인자의 기억으로는 어머니는 늘 배가 불러 있었다.

- 우리 엄마 배는 꺼질 날이 없었어. 늘 배 속에 아이가 들어 있었거든. 그뿐인가, 철철이 제사에, 병든 시어머니 수발에 작은 시어머니 시중까지. 울 엄마 같은 사람한테 왜 효부상을 안 주나 몰라. 난 그래서 자식을 낳지 않으려고 했어. 결혼도 안 하려고 했어.

- 나도 결혼 안 할 거야. 엄마처럼 안 살 거야.

언니들과 몰려 앉아 이야기할 때는 늘 그런 불만을 토했다. 우리 자매들의 꿈은 '어머니처럼 살지 않기'였다.

- 어머니, 동서한테 전화해 볼까요?

정오가 지나도록 작은며느리가 나타나지 않자 큰며느리가 불안한 목소리로 인자에게 물었다.

- 오겠지. 너도 좀 쉬어라. 나물 손질도 다 해 놨고 작은애 오면 같이 전만 부치면 되잖니.

너그러운 시어머니가 되기 위해 인자는 한껏 부드러운 음성으로 말했다. 요즘은 시어머니 노릇 하기가 옛날 며느리 노릇보다 힘들다는 말을 들었다. 잘 해야지. 남의 집 귀한 자식 데려왔는데. 그런 생각을 할 때도 어김없이 어머니가 떠오른다.

- 그럼 차 한 잔 탈까요?

큰며느리도 반가운 듯 물 묻은 손을 닦으며 표정이 환해졌다.

- 그러려무나. 지난번 하동에서 보내온 우전 한 잔 마시자.

어머니가 보시면 기절초풍을 하실 게다. 명절 준비 바쁜데 어디 여자가 한가하게 차를 마셔? 그럴수록 인자는 어머니를 역행했다.

- 이왕이면 우아하게 한 잔 마시자.

일부러 그러고 싶어서 큰며느리에게 그렇게 말했는데 큰며느리도 생각이 같았던 듯, 다구를 꺼내 격식을 차리고 한껏 우아한 모양새로 차를 달이고 따라냈다.

넓은 창으로 들어오는 햇살이 따사롭다. 지금쯤 어머니는 정신없이 일을 하실 게다, 올케언니는 무표정하게, 아니 조금은 짜증스럽게 로봇처럼 전을 부치고 나물을 무치고 탕국을 끓이고 갈비 재고, 정신없이 어머니 따라 일을 하고 있을 게다. 그에 비하면 우리는 우아하게 명절을 지내고 있는 거지. 내일 오후쯤 어머니를 뵈러 가면 되고. 올케는 명절 뒤에 찾아오는 시누이들 때문에 친정에도 못 가고 한껏 사나워진 심사로 오라비를 들들 볶겠지. 참 딱한 풍경이다. 결혼하고 나서 명절에는 한 번도 친정에 가 보지 못한 올케는 명절만 되면 신경이 곤두서 날카로웠다. 그래도, 일 끝나면 좀 보내주지, 하면 어머니 불호령이 떨어졌다. 출가외인이 명절에 어딜 가? 그러면서도 당신의 딸들은 오기를 기다렸다.

- 어머니, 저 왔어요.

작은며느리는 미안한 기색도 없이 오후 두 시가 넘어서 나타났다. 우아하게 차를 마시고 있는 걸 보더니 냉큼 앉아서는, 형님, 저도 한 잔 주세요, 한다. 웃음이 난다. 철이 없다고 해야 하는지…. 작은아들은 제 형수에게 고개만 까딱하고 방으로 들어가 버린다.

- 우아하게 차 한잔하시게. 서방님도 나와서 차 한잔하세요. 그리고 우아하게 전을 부칩시다.

큰며느리가 웃으며 그렇게 말했을 때 작은아들이 들어간 방을 힐끗거리며 작은며느리가 말했다.

　- 아, 명절만 되면 머리가 아파요.

　작은아들은 대꾸가 없었다.

　- 별로 하는 일도 없으면서 무슨 그런 말을?

　큰며느리의 말에는 자신만 먼저 와서 일하는 불평이 조금 녹아 있는 듯하다.

　- 하는 일이 왜 없어요. 기름 냄새 맡으면서 전 부쳐야죠, 설거지해야죠. 아버님 손님 오시면 접대해야죠.

　- 그거 안 하는 여자가 어디 있어?

　- 왜 없어요? 내 친구는 명절에 친정엄마가 친정 가정부를 시댁으로 보내서 딸 일 안 시킨대요.

　인자는 찻잔을 내려놓았다. 점입가경이다. 나름대로는 며느리를 편하게 해주려 애를 쓴다고 믿고 있었는데, 좀 지나치다는 생각이 들었다.

　- 작은애야, 말이 좀 지나치구나.

　생각 같아서는 호되게 야단을 치고 싶지만 억눌러 참으며 말한다.

　- 뭐가요? 왜 명절에는 여자만 일해야 해요? 남자들은 탱탱 놀면서?

작은아들이 들어가 있는 방 쪽으로 시선을 돌린 채 고개를
바짝 들고 하는 말이 벼르고 하는 말 같다.

- 너희들 싸웠냐?

오자마자 방으로 쑥 들어가는 아들의 뒷모습에서 느꼈던 불
편함에 이유가 있는 것 같았다. 보나 마나, 가네 마네 하면서 다
투다 온 게 분명했다. 그때 방문이 열리면서 작은아들이 나와
소리쳤다.

- 야, 너. 시어머니 앞에서 말 나오는 대로 지껄이냐. 겨우 하
루 왔다 가는 게, 겨우 하루 일 하는 게 그렇게 힘들고 싫어?

이미 집에서부터 싸우고 온 게다. 이 불편한 상황을 인자는
어찌 처리해야 할지 난감했다.

- 나는 일 못 한단 말이야. 일하기 싫단 말이야!

작은며느리도 지지 않고 바락바락 대들었다.

- 일하기 좋은 사람이 어디 있냐? 형수님은 일을 하시는데 너
는 왜 못 해?

형수에게 미안해서일까, 유난히 형수를 싸고돈다.

- 그거야 형님 사정이고! 난 싫어!

그 말에 큰며느리의 얼굴 표정도 일그러진다.

- 동서, 무슨 말을 그렇게 해?

비교적 온순한 큰며느리의 목소리도 가늘게 떨고 있다. 인자는

찻잔을 내려놓고 조용히 일어섰다. 불이 날 때 기름을 끼얹을 수는 없다. 물로 꺼야 한다. 인자는 말했다.

  - 작은애는 머리가 아프다니 들어가 쉬어라. 큰애 너도 들어가서 쉬어라. 별로 할 일도 많지 않으니 쉬엄쉬엄 나 혼자 하마.

  - 어머니, 그게 아니고요. 죄송해요.

큰며느리가 얼른 일어나 고개를 숙인다. 작은애는 여전히 독오른 얼굴로 제 남편을 노려보고 있다. 우아하고 상냥하던 모습은 간데없다. 이 꼴을 어머니가 봤으면…. 하지만 어머니 식으로 살아갈 수는 없다.

  - 나도 좀 쉬고 할란다. 전도 전처럼 많이 부칠 것 없으니 이따 저녁때 해도 된다. 명절이 흩어져 있는 식구들 만나 반가운 날이지 불편한 날이 아니지 않느냐.

인자는 앞치마를 벗으며 주방 문을 닫았다.

  - 어머니, 죄송해요. 제가 할게요.

큰며느리가 사색이 돼서 허둥지둥 갈피를 못 잡고 허둥댄다. 그러면서 작은애의 등을 밀며 눈짓을 한다. 하지만 작은애의 표정은 여전히 새파래서 씩씩대고 있다. 제 남편을 노려보고 선 꼴이 가관이다.

  - 서방님, 여기서 이러지 말고 동서 데리고 들어가서 쉬게 하세요.

- 죄송합니다, 형수님.

작은아들이 제 형수를 향해 머리를 조아린다. 인자는 눈앞에 펼쳐진 풍경이 낯설고 불편하기 짝이 없다. 저질스런 막장 드라마를 보고 있는 것 같다. 애써 감정을 누르고 작은며느리의 등을 방으로 민다. 못 이기는 척 방으로 들어가는 작은며느리를 본 큰며느리가 얼른 주방으로 들어가 에이프런을 두른다. 인자는 다리에 힘이 빠지는 걸 느끼고 한참 소파에 앉았다가 주방으로 들어선다.

- 죄송합니다, 어머니, 제가 다 할게요.
- 아니다. 너만 할 일이 아니다. 하지만 이 땅에 사는 한 여자들이 벗어날 수 없는 일 아니냐. 큰애야, 내년엔 정말 전도 시장에서 조금 사다가 할까?
- 아니에요, 어머니. 그건 아니에요.

큰애는 고개를 절레절레 저으며 부산하다. 그런 모습을 지켜보자니 딱하기도 하다. 인자는 큰며느리의 손을 마주 잡았다. 어머니의 얼굴이 겹쳐졌다.

- 엄마, 우리 며느리들 우아하죠? 멋지죠?

어머니에게 자랑을 늘어놓을 때 어머니가 덤덤하게 말했다.
- 우아? 그래, 우아하구나. 나는 우아하다는 게 정확히 어떤

건지 모르겠지만, 우아한 여자 며느리로 들여서 좋냐?

어머니의 눈빛이 마땅찮다는 걸 느끼며 인자는 대꾸했다.

- 그럼요. 둘 데리고 나가면 다들 부러워하는 걸요. 얼굴 이쁘죠, 맘씨 이쁘죠, 옷맵시 이쁘죠. 나무랄 데가 없어요.

- 그래, 좋겠다.

어머니의 반응은 심드렁했다.

- 난 내 며느리들 데리고 우아하게 살 거예요.

그 말을 한 건 어머니가 살아온 삶에 대한 지겨움 같은 것 때문이었다.

- 그러시게나.

어머니는 더 이상 이렇다 저렇다 말은 없으셨지만 인자의 말을 들은 체 만 체 돌아앉았다.

- 엄마는 내가 이렇게 예쁜 며느리 본 게 배 아파요?

인자는 어린 양하듯, 어머니에게 말했다.

- 그럴 리가 있겠느냐. 니가 좋으면 좋은 거지. 다만 그 마음 변하지 마라.

어머니로서는 꽃처럼 차려입고 우아하게 앉아 있는 손주 며느리들이 익숙하지 않은 풍경이었을 것이 틀림없다. 그래도 인자는 두 며느리의 손을 잡고 마냥 행복했다. 그러는 인자를 물끄러미 바라보던 어머니가 일침을 놓았다.

- 제발 계속 우아하게 살아라.

그때의 풍경이 왜 갑자기 떠오르는지 알 수 없는 일이었다.

전을 부치다 말고 큰며느리가 말했다.

- 어머니, 이제 동서 깨울까요?

혼자 일하는 게 억울해서 그러는 거 같지는 않았지만 그냥 계속 작은애만 쉬라고 하기에도 큰애에게 미안한 노릇이었다.

- 그러려무나.

- 근데 어머니, 동서 임신한 거 아닐까요?

큰며느리의 말이 몹시 조심스러웠다. 그 말에 인자는 무릎을 쳤다.

- 맞다, 그런가 보다. 그렇게 상냥하고 싹싹하던 애가, 신경이 저렇게 날카로울 리가 없지.

인자는 그 말을 듣자 오히려 헤아리지 못한 자신의 실책 같아 미안한 마음마저 들었다. 얼른 일어나 아들 방문을 두드렸다. 한참 조용했다. 또 한 번 두드렸다. 그제야 아들이 방문을 열었다.

- 얘는 어디 갔니?

- 화장실 간 모양이죠.

- 화장실? 나오는 거 못 봤는데?

- 어머니랑 형수는 주방에 계셨으니 못 보셨겠죠. 배가 아프다 하던데. 늘 골골해요. 진짜 아픈 건지 엄살인지. 지겨워 죽겠어요.

아들이 인상을 북북 그으며 고개를 저었다.

- 혹시 임신 아닌가 모르겠다. 신경이 그렇게 날카로운 걸 보니 그런 것 같다. 여자들은 임신하면 신경이 날카로워지거든. 너도 이제 아버지 될 모양이다.

인자는 어리둥절해서 고개를 갸웃거리는 아들을 보고 웃었다. 그런가?, 그러면서 약간 고개를 갸웃거리던 아들이 화장실 문을 두드렸다. 만약, 임신이라서 신경이 날카로워져서 그런 거라면 이해할 수 있다는 듯한 표정이었다. 조용했다. 또 두드렸다. 여전히 조용했다. 세 번을 두드려도 기척이 없자 아들이 화장실 문을 벌컥 열었다. 화장실 안에는 아무도 없었다.

- 이게 도대체 어찌 된 일이냐?

인자는 당황해서 안절부절못했다. 아들이 한참 생각하다가 신발을 꿰었다.

- 어디 가니?

- 배 아프다 했으니 약국에 갔는지도 몰라서요. 요 앞 약국에 가보고 올게요.

아들의 표정은 많이 풀어져 있었다. 임신했을지도 모른다는 이야기에 마음이 누그러진 것 같았다.

- 도대체 얘가 어디로 갔단 말이오? 그것도 명절 음식 하다가

어디로 사라져?

뒤늦게 집으로 돌아온 남편이 그간 사정 이야기를 듣고 벌컥 화를 냈다.

- 화내실 일은 아니고요….

인자는 남편의 화를 진정시키기 위해 그를 소파에 앉혔다.

- 집안에도 없고 동네 약국에도 없고. 친정에 전화해 봤소?

그는 신문을 펼쳐 들며 인상을 북북 그었다.

- 설마 친정에야 갔겠어요? 아무리 철부지라 해도….

인자는 상상조차 할 수 없는 말을 하는 남편이 오히려 이상했다.

- 아님 어딜 갔단 말이오? 하늘로 솟았나? 땅으로 꺼졌나?

남편의 말에 아들이 초조한 표정으로 거실이 좁은 듯 왔다 갔다 했다.

- 야, 처가에 전화해 봐라.

화가 난 남편의 목소리가 쩌렁쩌렁했다.

- 아버님, 아무리 그래도 그건 좀…. 괜히 동서가 없어진 걸 사돈댁에서 아시면 ….

- 시끄럽다. 전화 넣어봐!

큰며느리의 말을 들은 둥 마는 둥 남편은 여전히 화난 목소리로 아들을 재촉했다.

- 설마….

인자도 남편의 기우이기를 바랐다. 그러나 전화를 거는 아들의 인상이 험악해지면서 사태를 파악할 수 있었다.

- 네, 장모님, 접니다. 아, 예. 저… 혹시 집사람 거기 안 갔습니까? 배가 아프다던 사람이 갑자기 안 보여서요.

그럴 경우, 대개는 이보게, 자네 안사람을 왜 친정에서 찾나? 더구나 명절에, 할 것이었다. 그런데 전화기를 통해 들려오는 목소리는 놀랍게도 차분하고 차가운 말투의 안사돈이었다.

- 그렇네. 여기 있네.

그 목소리는 너무나 차분했다.

- 예에? 거길 왜 갔답니까?

오히려 당황하고 놀란 건 아들이었다.

- 배가 아파서 왔다네. 마누라가 아픈지 어쩐지도 모르고 자네는 뭐 하는 사람인가?

안사돈은 오히려 아들을 나무라고 있었다. 인자는 불쑥 화가 치밀었다. 이게 무슨 경우 없는…! 그랬다면 전화라도 해야 옳지 않은가.

- 배가 아프면 저한테 이야기해서 병원에 갈 일이지, 거길 왜?

아들도 화가 나고 어이없는지 목소리가 높아졌다.

- 지금 병원에 입원해 있네.

- 예에?

아들만 놀란 게 아니었다. 남편도 인자도 큰며느리도 놀랐다. 놀란 것만이 아니라 송구하기도 했다. 며느리 아픈 것도 모르고 방치해서 친정까지 가게 만든 죄, 피할 수 없었다. 아들은 서둘러 병원으로 가고 명절 음식을 준비하던 집안은 폭격 맞은 전쟁터처럼 어수선해졌다. 일이 손에 걸릴 리 없었다. 인자는 소파에 털썩 주저앉아 이 상황을 어떻게 해결해야 할지 갈피를 잡을 수가 없었다. 그러다 벌떡 일어나 큰 며느리를 불렀다.

- 아무래도 내가 병원에 가 봐야겠다. 음식 할 생각 말고 그냥 있거라.

- 그래도 어머니….

- 지금 음식이 문제가 아니다. 아무래도 작은애가 임신을 한 모양이다, 그런데 우리가 몰라서 그랬다면 미안한 일이지. 가서 보고 오마. 상황이 어떤지. 제사도 없는 차례상인데 전 부치는 게 문제가 아니다.

인자는 서둘러 집을 나섰다.

병실 문 앞에서 인자는 숨을 가다듬었다. 1인실이었다. 문정아. 명패에, 작은며느리의 이름이 낯설게 꽂혀 있었다. 문정아…. 한 번도 문정아로 불러준 적이 없었다. 아가, 작은애야,

라고만 불렀다. 병실 앞에서 인자는 다시 한 번 심호흡을 했다. 만약 안사돈이 병원에 와 있다면 어떻게 사죄를 해야 하나. 안에서는 아무런 소리도 들리지 않았다. 아들이 와 있을 텐데 어찌 이리 조용한가. 인자는 조심스럽게 문을 밀었다. 안사돈의 우아하고 고상한 얼굴이 단번에 들어왔다.

  - 안사돈 오셨습니까.

  일어나지도 않은 채로 안사돈이 고개만 까딱했다. 그 뒤 의자에 앉아있던 아들이 약간 인상을 그으며 일어섰다. 제 어미에 대한 불손한 태도에 대해 화가 난 게 분명했다.

  - 어이구, 이게 뭔 일이랍니까? 죄송합니다. 제가 잘 알아서 살펴야 하는 건데, 죄송합니다.

  인자는 들어서자마자 무조건 고개를 깊이 숙여 안사돈에게 사죄했다. 정아는 침대에 누워 있다가 마지못해 몸을 일으키며 고개를 까딱했다. 그런데 일어나려는 며느리를 안사돈이 막았다. 누워 있거라. 안사돈은 너무도 당당했다. 딸 가진 죄인이라는 말은 애초에 없던 말처럼 느껴졌다. 작은며느리는 일어나는 척하다가 제 어미의 손길에 다시 누웠다. 안사돈은 인자의 사과에 대꾸도 없이 여전히 우아하고 거만한 자세로 인자를 내려다보았다.

  - 그래, 몸은 괜찮으냐? 그렇게 아팠으면 이야기를 하지 않고….

인자는 작은며느리를 향해 다가가 부드럽고 따스한 목소리로 말했다. 아들은 여전히 불만스런 표정으로 장모와 제 아내를 바라보고 있었다.

- 병원에서는 뭐랍니까?

임신이니 몸조심하라고, 원래 초기에는 위험하다고 말했겠지.

- 쉬랍니다. 원체 몸이 약해서 얘는 일을 못 합니다.

장모의 그 말에 아들이 벌떡 일어났다.

- 남의 집에 시집와서 그만한 일도 못 하면 장모님이 데려가 모시고 사십시오. 저는 그렇게 못 합니다.

이미 뭔가가 두 사람 사이에 사달이 나 있는 것 같았다.

- 목소리 낮추게. 교양 없이. 나는 시집을 보낸 게 아니네. 결혼을 시킨 것이지.

그 말에 인자도 가만있을 수는 없었다.

- 안사돈, 말이 지나치십니다. 교양이 없다니. 누구 보고하시는 말씀입니까?

인자의 목소리도 자연 커졌다.

- 내 딸, 그 집에 일 시키려고 보낸 거 아닙니다.

시대가 변했다 하지만 그래도 이건 아니지 싶었다. 사돈끼리의 예의는 고사하고, 도도하다 못해 꼴불견이었다.

- 아니, 무슨 일을 그렇게 했다고, 물론 임신한 애를 몰라보고

전이라도 구우라고 한 건 제 실숩니다만….

속으로는 화가 치밀어도 일단은 예를 갖추어야 한다. 인자는 여전히 공손한 자세로 안사돈의 감정을 건드리지 않으려고 애를 썼다.

- 임신? 엄마, 이 사람 임신 아니에요.

작은아들이 고자질하듯 소리쳤다.

- 아니야? 그럼 왜 말도 없이 나왔는데?

인자는 이제 안사돈을 무시하고 작은며느리를 향해 목소리를 높였다. 부글부글 끓어오르는 화를 진정시키기가 힘들었다.

- 신경질 나서요. 일하기 싫어서요.

침대에 누운 채로 눈을 내리깔고 또박또박 말대꾸를 하는 작은애를 인자는 더 이상 두고 볼 수가 없었다.

- 세상에나, 이런 경우 없는 경우가 있나? 내가 진짜 일이라도 제대로 시켰으면 하늘에서 벼락이 칠 거다. 너, 내가 너를 딸처럼 아끼고 사랑한 걸 몰라서 이러느냐?

목소리가 떨려 나왔다.

- 어머니는 잘 해 주신다고 했지만 저는 정말 일하기가 싫었어요. 그리고 딸처럼 여기시는 건 맞지만 딸은 아니잖아요.

인자는 자신의 가슴을 치며 아무 말도 할 수 없었다. 고요하게 흐르던 강물이 역류하는 느낌이었다.

- 잘 해 주신다는 게 명절에 몸 약한 아이 불러서 전 부치라 하십니까? 더군다나 올해는 따님도 결혼해서 일손이 더 줄었다면서요?

인자는 차갑고 우아하게 말하는 교양 넘치는 안사돈을 마주 보고 있을 수가 없었다. 마주 대하기도 싫었다. 헉, 헉, 숨을 쉬기 어렵게 가슴에 둔통이 일었다.

- 임신도 아니면서 온다 간다 말없이 사라진 애를 꾸짖지는 못할망정 지금 두둔하고 계십니까, 사부인?

인자는 그 순간 또 어머니를 떠올렸다. 어머니는 우아한 며느리 자랑에 들떠 있던 나를 왜 그렇게 못마땅하게 바라보셨던 걸까.

- 왜 며느리라고 그래야 합니까? 나도 귀하게 키운 딸입니다. 우아하고 고결하게 살게 하고 싶다는 말입니다. 설거지하며 기름 냄새 찌들게 하고 싶지 않다는 말입니다.

- 어허허, 누가 들으면 애 잡도리한 줄 알겠습니다.

- 잡도리가 별건가요? 하다못해 명절에는 사람이라도 하나 쓰시면 우리 애가 그렇게 험한 일 안 해도 되잖습니까? 고만한 형편도 안 되십니까?

안사돈은 고개를 빳빳하게 치어들고 인자를 나무라듯 말했다.

- 장모님! 말씀이 지나치십니다! 제가 공주마마 모셔온 줄 아십니까?

작은아들이 더는 못 참겠다는 듯이 소리를 질렀다.

- 자네는 입 닫게. 연애할 때는 간이라도 빼 줄듯이 그러더니, 식모 들인 줄 아는가?

인자는 더 이상 그 자리에 있을 수가 없었다. 자신이 당하는 치욕보다 아들이 당하는 수모가 더 견딜 수 없었다.

- 장모님도 생각해 보십시오, 명절 앞두고 해외로 골프 치러 가자는 여잡니다. 그걸 안 가겠다고 했더니 울고불고 난리를 치고 ….

아들도 감정에 치받쳐 목소리가 갈라지고 있었다. 놀라운 건 그 말을 듣고도 차분하게 대꾸하는 안사돈이었다.

- 왜, 명절에 해외 가면 안 되는가?

- 장모님!

- 나도 억울한 인생 살아서 내 딸 그렇게 살게 하기 싫으네.

참 기가 막힐 노릇이다. 어떻게 얼굴색 하나 변하지 않고 그런 말을 할 수 있는지. 이건 남존여비, 뭐 그런 문제가 아니다. 인자는 더 이상 이야기해 봐야 나아질 것이 없는 대화라고 느꼈다.

- 세상이 변한다 변한다 해도 이렇게 변하는 건 아니지요.

가자! 더 이상 여기 있을 필요 없다.

　다음에 어떤 행동을 해야 할지 그런 건 생각조차 할 수 없었다. 그런 생각을 할 겨를이 없었다. 어떠한 결과가 온다 하더라도 다 감수할 생각이었다. 인자는 아들의 팔목을 거칠게 잡아끌었다. 아들도 씩씩대다가 인자를 따라 나왔다. 일그러진 보름 전야, 달도 찌그러져 있었다.

　- 그래, 어찌 우아한 며느리들은 다 안 데리고 왔느냐?

　어머니는 큰며느리만 데리고 온 인자를 살피며 그렇게 물었다. 큰며느리는 단아한 한복에 올림머리를 해서 더없이 우아하고 고상해 보였다. 거기에 나긋한 입매에 감도는 은은한 미소라니. 완벽하게 아름답고 우아한 여인이었다.

　- 작은애는….

　어머니에게 드리려고 가져온 선물을 내밀며 인자는 말끝을 흐렸다.

　- 됐다. 변명할 거 없다. 나도 다 들었다. 세상이 변하는 속도가 생각보다 빠르구나. 억울한 인생을 살아서는 안 되지. 하지만 여자의 희생 없이 옳은 가정이 이루어지더냐?

　인자는 할 말이 없었다. 큰며느리도 죽은 듯 무릎을 꿇고 앉아서 고개를 푹 숙였다. 마치 작은애가 그런 것이 제 허물이기라도 한 듯이.

- 편하게 앉아라. 무릎 꿇지 말고.

어머니가 자애로운 목소리로 말했다.

- 내 시절 이야기는 더 이상 의미가 없다. 강요해서 되는 게 아닌 것이 세월이다.

인자는 어머니의 주름 패인 얼굴을 찬찬히 들여다보며 눈물을 흘렸다. 이제는 홀로되신 어머니. 그 곁에 아무도 없다. 덩그렇게 높은 나무에 붙어 있는, 매미껍질….

우아한 여자를 며느리로 들이는 것은 처음부터 잘못된 계산이었다. 그녀의 욕심일 뿐이었다. 세월의 욕심일 뿐이었다.

틀니

눈을 뜨니 창이 훤하다. 벌써 해가 중천임이 틀림없다. 길주는 벌떡 일어나 앉았다. 시계가 9시를 가리키고 있다. 이런, 허둥허둥 옷을 갈아입고 머리를 매만진다. 오늘은 집터 앞 텃밭에 거름을 뿌려야 한다. 고추를 심어 수확을 하려면 그조차 게을러서는 안 된다. 점점 게을러지고 몸뚱이 움직이는 게 힘들어지는 걸 보니 나이 탓을 아니 할 수 없다. 여든이라는 나이가 낯설다. 옛날 같으면 땅속에서 썩어 문드러져 흙이 되고도 남았을 세월이다. 그저 살아있는 것이 고맙기는 하나 하루하루 견디어

내는 일이 쉽지만은 않다. 더구나 다리를 접질리고 나서부터는 일이 두렵다. 병원에서 나온 후로 게으름을 피우다 보니 시간만 저만치 가 있다.

인생 백세시대! 징그럽다. 살아온 세월이 징글징글하다. 여필종부, 여자는 세 남자를 따라야 한다든가. 아버지, 남편, 아들. 그게 법도라, 길이라, 입 다물고 살아온 세월이다. 죽은 듯 살아온 세월이다. 아니 죽지 않으려고, 살아남으려고, 이를 악물고 살아온 세월이다. 길주는 고개를 절레절레 흔들며 일어선다.

일이 두려워진 것은 처음이다. 쌍둥이 할머니를 부를까 생각했지만 곧 고개를 젓는다. 인생은 어차피 제 자신의 몫이다. 그것은 냉정한 현실이다. 누구도 자신의 생을 살아줄 수는 없다. 판단을 잘못한 것이든, 성격이 물러터져서이든, 쌍둥이 할머니의 처지도 동정으로 해결될 일이 아니다. 어제도 집 근처를 빙빙 도는 쌍둥이 할머니를 보았다. 눈치 봐서 뭔 일이라도 얻어서 할 생각인 것 같았다. 하지만 이제는 그럴 생각이 없다.

아침은 그냥 우유 한 잔으로 때우고 집 밖으로 나선다. 이가 부실해서 임플란트인지 뭔지를 해야 한다지만, 드릴로 잇몸을 뚫고 나무에다 못 박듯 하는 그 짓을 하고 싶지 않아 버티고 있는 중이다. 으슬으슬하다. 다시 들어가 털 조끼를 입고 나온다. 늘 여명이 밝아올 때 일어났는데 이즈음은 그게 안 된다. 물론 하는 짓이 수상쩍어 일어난 일이긴 하지만, 괜히 나이 탓을 하고 마는 것이다.

- 오늘 거름 하신댔지유?

대문 앞에서 서성대던 김 씨가 고개를 조아리며 히죽 웃는다. 오갈 데 없는 신세로 어쩌다 보니 예까지 흘러들어왔다는 사람으로 가끔 길주네 집일을 도와준다. 지난번에도 그가 아니었으면 더 큰 일을 당했을지 모른다.

- 그래요, 오늘 일 없으면 도와주시려우?

그가 집 앞에 와 얼찐거리는 걸로 보아 이미 그의 머릿속에는 길주네 일을 하기 위해 계산이 앞서 있다는 걸 알지만 애써 모른 채 청한다. 발목을 다쳐 병원 신세를 지고 난 후에는 뭐든 움직임이 많은 건 겁이 난다.

- 그럼요, 암요.

그가 고개를 심하게 숙이면서 환하게 웃는다. 그 역시 빠진 앞니가 횅하다.

전 같으면 그런 사람 아무리 얼찐거려도 길주 혼자 일을 해냈을 것이다. 많은 땅도 아니고 한 오백 평 남짓한 땅에 일거리가 무에 그리 많겠는가. 길주에게 그거는 일거리도 아니었다. 하지만 이즈음은 달랐다. 몸도 몸이지만 정신이 딴 데 가 있으니 일이 손에 걸리지를 않는다.

- 그럼 수고 좀 해 주시우. 거름은….

- 압지요, 압지요. 마님은 집안에서 쉬셔유.

그가 허리를 굽신굽신 숙이며 집 뒤쪽 창고로 향한다. 마님이라고? 그 소리에 길주는 피식 웃고 만다. 60년대 영화를 보는 느낌이다. 천하에 하찮기로 버금가라면 서러운 길주가, 길에서 주워왔다 하여 이름이 길주인 내가, 마나님 소리를 듣다니. 허허허, 웃음이 난다.

충청도 어디가 고향이라던 그는 이 동네에 온 지 서너 해나 되었다. 무슨 사고를 당했는지 알 수 없지만 한쪽 다리를 심하게 절었다. 나이는 한 오십 중반이나 되었을까, 다행히 건강은 괜찮아 보였다. 그런데도 아직 머물 집이 없어 경로당 관리를 해 주며 잡다한 물품들을 넣어두는 골방에 얹혀살고 있다. 그러다 보니 동네 일꾼이나 마찬가지다. 경로당 일을 하는 사이사이, 이 집, 저 집, 일을 거들어주고 푼돈이나 벌며 소일하는 사람이다.

그가 벌써 거름 포대를 내온다. 힘은 아직 쓸 만해서 두 포대를 어깨에 둘러메고 나오는데도 거뜬하다. 다행이다. 사는 형편이 어려운 사람이 힘까지 없으면 어쩌겠는가.

- 참, 아까 어떤 어른이 집 앞을 왔다 갔다 하시던데요.

거름 포대를 땅바닥에 내려놓으며 김 씨가 지나가는 말처럼 한다.

- 어른이요?

길주는 집으로 들어가다가 말고 돌아본다.

- 예, 마님 연세 정도는 돼 보이시던데 집 앞에서 한참 서성거리시다가 가셨구만요.

- 집을 찾는 사람이었겠지.

- 아마 그런 것 같았어요. 아주 점잖아 보이시던데….

점잖거나 말거나 상관없는 일이지만, 그의 말투로 보아 그런 점잖은 인물은 길주의 집을 찾아오는 손님이 맞을 거라는 느낌을 준다. 근동에서는 길주네 집만큼 너른 집이 없으니까. 길주는 그의 말을 묵살하고 집으로 들어서며 한마디 한다.

- 점심은 국수를 말까?

동네 모든 사람이 하대를 하니 길주도 자연스럽게 그리했다.

- 좋죠, 좋구 말구유. 애호박 숭숭 썰어 넣고 멸치 국물에 양념장 얹어 먹으면 그냥 술술 넘어가지요. 두 그릇도 문제 없시유. 히히.

딴에는 그냥 하는 말이라 지껄이지만 그의 말 속엔 자신의 요구가 다 들어 있다. 다시 국물을 내란 말이렷다? 애호박을 넣으면 좋겠다는 말이렷다? 길주는 싱긋이 웃으며 집 안으로 들어선다. 하긴 이가 없으니 훌훌 넘어가는 국수가 먹기는 좋겠지.

길주는 부엌으로 들어가 냄비에 물을 얹는다. 가스 불을 켜고 냉장고에서 멸치 한 줌 꺼내어 냄비에 넣는다. 다른 냄비에 맹물을 얹고 호박과 양파를 하나씩 꺼내 놓는다.

사실 국수는 길주 자신이 더 좋아하는 음식이다. 가난하던 시절, 애호박 얹은 국수 한 그릇은 허기를 잠재워 주었다. 건어물집에 있을 때 주인 여자에게 배운 솜씨다. 주인 여자는 호박과 양파를 기가 막히게 잘 볶았다. 너무 무르지도 않고 기름지지도 않게. 그걸 배웠다. 어미가 삶아주던 국수와는 차원이 달랐다. 희멀건 국물에 간장 종지만 놓여 있던, 밀가루 냄새가 진동하던 국수와는 비교할 수 없는 별미였다. 까닭 없이 속이 허할 때는 건어물 주인이 해주던 호사스런 국수를 생각하며 길주 역시 호사스런 국수를 만들어 그렇게 먹었다.

멸치 냄새가 구수하다. 다른 한쪽 냄비에 국수를 넣고 삶기 시작한다. 늘 식구 수보다 넉넉하게 삶는 버릇이 있다. 한 주먹 더 넣어 휘휘 젓는다. 나누어 먹기에 가장 좋은 것이 국수 아니던가. 길주는 경로당 식구들을 생각하다가 곧 고개를 젓는다. 1시까지 읍내에 나가려면 모여 앉아 수다 떨 시간이 없다.

서둘러 국수를 건져내어 찬물에 씻는다. 사리를 지어 보니 서너 명은 충분히 먹겠다. 김 씨가 2인분은 먹을 것이고 길주 자신도 좀 과하게 먹을 것이다. 그래도 너무 많이 삶았나 싶다.

허기진 세월에 대한 보상 심리일지도 모르겠다. 국수를 삶을 때
는 꼭 그만큼 넘치게 삶아서 결국 굴리다 내버리거나 아예 남은
걸 김 씨에게 줘버린 적도 많았다. 밤에 출출할 때 드시오, 그러
면 그는 그것도 감지덕지해서 허리가 굽도록 인사를 했다.

- 아짐씨.

마님이랬다가 아짐씨랬다가. 고개를 돌려 보니 그가 주방 입
구에서 고개를 숙이고 있다. 벌써 배가 고픈가?

- 왜? 배고픈가?

- 아니유, 거름 거의 다 뿌렸는데유.

배도 고프리라. 일이야 척척 해치우는 솜씨니 말할 것 없고,
보나 마나 아침을 안 먹었을 터이니 배가 고픈 게다.

- 다 됐소, 조금만 기다리우.

길주는 그가 측은해 보여 국수를 서둘러 만다.

- 그게 아니고유…손님이 찾아오셨는데유. 아까 오셨던 그분
이유.

손님? 올 사람이 없는데? 일손을 멈추고 서둘러 밖으로 나간
다. 거기, 중절모를 쓴 노신사 한 명이 단장을 짚고 서 있었다.

- 뉘시오?

길주의 그 말에 노신사의 얼굴에 경련이 일더니 눈에는 눈물
까지 고였다.

- 그러니까 댁이 장금주란 말이오?

길주는 믿을 수 없다는 듯이 앞에 앉은 노신사의 얼굴을 찬찬히 뜯어보며 말했다.

- 그렇다니까.

노인은 답답하다는 듯이 가슴을 퍽퍽 쳐댔다.

- 그런데 나를 왜 찾아오시었소?

길주의 음성은 차갑고 차가웠다. 노인의 얼굴에 아까보다 더 심한 경련이 일었다. 자세히 보니 손까지 미세하게 떨고 있었다.

- 마님, 그래도 오라버니신데 너무 심한 거 아뉴?

국수를 먹고 나서도 밍그적대며 앉아 있던 김 씨가 시건방지게 끼어들었다.

- 남의 집 일에 참견 말고 김 씨는 가소!

길주는 김 씨를 향해 사나운 표정을 지었다. 주방 식탁에는 아직 국수사리가 남아 있었다. 거기에 미련이 있는지 김 씨는 자꾸 주방 쪽을 기웃대었다.

- 다 싸가시오, 꾸미도 다 가져가고.

그 말에 김 씨의 행동이 다람쥐처럼 빨라졌다. 서랍에서 비닐봉지를 찾아내어 국수와 꾸미를 다 함께 털어 넣어 감싸 쥐고는 고개를 숙이고 사라졌다.

김 씨가 나간 이후로 침묵이 흘렀다. 생각 같아서는 통곡이라도 할 것 같은데 오히려 분한 마음만 치밀었다.

금주도 말이 없었다. 길주가 팔려가던 날 집에서 나올 때 아랫목에서 자고 있던 오라비였다. 몰랐다고는 못 할 것이다. 혹, 그때는 몰랐다 하더라도 찾으려면 그 세월이 얼만데 이제야 나타나 오라비라는 걸 밝히는가. 길주의 냉랭한 태도에 당황한 그는 고개를 숙인 채 쓰고 온 모자만 만지작거리고 있었다. 이미 머리가 훤히 벗어졌다. 애써, 옷차림으로 점잖은 태를 내고 있기는 했지만 볼품없기는 아버지와 똑같다. 하긴 그 씨가 어디 가겠는가.

그런데 이상한 것은 몇십 년 만에 만난 오라비 앞에서 아무런 감정이 앞서지 않는 것이었다. 왜 눈물도 안 나오는가? 펑펑 울면서 원망하고 통곡하고 욕을 하고 난리를 쳐야 할 것 같은데 왜 마음은 얼음덩이처럼 차갑고 차가운지.

오히려 변명조차 못 하는 금주가 불쌍해 보였다.

- 그래, 나 버리고 살기는 잘 살았소?

길주의 말에는 여전히 가시가 돋아 있었다.

- 원망 많이 했으리라 생각한다. 그렇지만 우리도 사정이 있었단다.

- 흥, 왜 나 하나 입 덜면 고대광실에서 떵떵거리면서 잘 살 줄 알았는데 왜?

길주의 머릿속으로 어머니가 받아 챙기던 누런 봉투가 생생하게 떠올랐다.

- 너 밑으로 여동생이 하나 더 태어났어.

- 없는 형편에 금슬은 좋으셨던 모양이네. 책임 값도 없이!

생각 없이, 되는대로 지껄였다.

- 난 네가 좋은 집에 입양돼 간 줄 알았어.

- 지금 그럴 변명이라고 해요? 그렇다 칩시다. 근데 뒤늦게 낳은 아이는 지금 어디 있소?

그 애도 길주처럼 팔아버렸을까 생각하니 측은했다. 딸로 태어난 죄였다.

- 미국.

- 미국?

길주의 눈이 휘둥그레졌다.

- 그 애는 첫돌 지나고 미국으로 입양돼 갔어.

- 기가 차서 말도 안 나오네. 아이들 팔아먹을 장사라도 하신 게로군.

혀 안에서 가시가 뽀족뽀족 마구 돋았다.

- 길주야!

- 그렇게 부르지도 마오. 길에서 주운 아이가 동생이라니 부끄럽지도 않소?

- 화나는 건 알겠다. 억울하고 원망스러운 것도 알겠다. 하지만 너를 보내놓고, 자식들을 뿔뿔이 흩어놓고 부모님 마음은 편하였겠느냐.

- 듣기 싫소. 그쪽은 부모의 보호를 받으며 잘 살아왔으니 고마울지 모르겠지만 나는 아니오, 나는 죽어도 부모의 처사를 이해할 수 없소!

길주는 어느새 이를 악물고 두 주먹을 불끈 쥐고 부르르 떨고 있었다. 눈물은 나오지 않았다. 금주가 한숨을 내쉬며 고개를 떨어트렸다. 그러고 한참 있다가 품속에서 사진 한 장을 꺼내 길주 앞으로 내밀었다. 환하게 웃고 있는 소녀의 사진이었다. 열대여섯쯤 돼 보이는, 빨강 원피스에 단발을 한 청순한 소녀의 얼굴, 어딘가 길주를 닮은 듯도 했다.

- 이 애가 우리를 찾느라 30년을 헤맸다네.

그의 목소리에 물기가 배어들었다.

- 라디오 방송에도 내고 이산가족 찾기 때도 나가고, 여기저기 수소문을 해서 우리를 찾았다네.

- 흥, 갸륵하구랴. 버린 부모를 그리 애타게 찾다니!

길주의 모든 말은 가시가 돋아 있어 건드릴 수 없을 만큼 따가웠다. 그 아이의 처신을 이해할 수 없었다. 나를 버린 부모를 왜 찾아? 뭣 때문에?

- 양부모 밑에서 공부를 해서 대학 들어가자마자 우리를 찾 겠다고 했대.

- 배은망덕한 것!

- 양부모님이 적극 도와주었대. 그래서 재작년에야 만나게 됐 단다. 그 애가 양부모랑 한국에 나온 거야.

- 그 얘길 왜 나한테 하는 거요? 찾지 않았다고 날 원망이라 도 하려고 하는 거요?

- 길주야. 너에게 무슨 말을 하랴. 그런데….

금주가 말을 멈추고 눈가를 훔쳤다.

- 그런데?

- 그 애가 너를 꼭 보고 싶다는 게야. 언니를 꼭 만나고 싶다고.

순간 길주의 눈가에도 눈물이 맺혔다. 길주는 고개를 들어 천정을 보며 눈을 껌벅거렸다. 한 번도 본 적 없는 길주에게 거 침없이 언니라 부른다는 아이를 생각하니 참았던 눈물이 터져 나올 것만 같았다. 그 애는 원망도 없는가.

- 잠깐만, 잠시만.

길주는 애써 태연한 척하면서 자리를 털고 일어났다.

- 내가 가스 불에 뭘 얹어 놓고….

금주를 뒤로하고 돌아서는 순간, 참았던 눈물이 봇물처럼 터졌다. 볼을 타고 흐르는 눈물을 애써 닦지 않은 채 주방으로 들어간 길주는 뒤편으로 난 창고 문을 활짝 열어두고 주저앉았다. 흐려오는 시야로 저만치 아직도 거름을 하고 있는 김 씨가 보였다.

꽃이 핀다
인고의 시간을 견디고
뜨거운 태양을 받아들이고
온 힘을 다해
피워 올리는 저 숭고한 희망
그러나 아무렇지도 않은 듯이
야단스럽지도 않게
꽃이 핀다
꽃을 피운다.

주방 식탁 위에 놓인 노트에 지난밤 끄적거려 둔 시가 보인다. 그걸 시라고 써놓고 쑥스럽기 짝이 없다. 그러나 숙제니 어쩔 수 없이 제출해야 한다. 거칠고 메마른 자신의 마음을 다독여 보려고 마을회관에서 하는 자서전 쓰기 수업을 신청했는데 선생님은 대뜸 시부터 한 수 써오라 했다.

<꽃>이라는 제목으로, 마당에 핀 청매를 보고 쓴 것이고,

거기에 자신의 힘든 인생을 담았다. 지극히 가여운 자신의 인생이 기특하기 그지없다. 시야를 가리는 눈물에 청매의 포롬한 꽃 이파리가 떠오르며 가슴 언저리가 축축해졌다.

- 여러분들의 인생은 모두 소설감입니다. 흔히들 말하지요. 내가 살아온 인생을 말하면 소설책 서너 권은 쓸 수 있다고요. 그겁니다. 가슴에 응어리진 인생의 애환, 이제는 정화하는 작업을 해봅시다. 떠나기 전, 내 인생을 차분하게 정리해 보자는 겁니다. 분노하지 말고 객관적인 시각으로 우리 인생을 바라봅시다.

흰 머리칼이 유난히 멋진 시인 선생은 달관한 사람처럼 보였다.

- 내 인생을 객관화한다?

길주는 그 말이 무척 마음에 걸렸다. 내 인생을 객관적인 눈으로 바라본다? 아직 그 말뜻이 정확히 뭔지는 알 수 없지만 마음은 편안해지는 느낌이 들었다. 분노가 빠진, 미움이 빠진 무연한 마음으로 들여다보는 누군가의 인생. 그게 나여도 좋고, 옆집 친구여도 좋고, 저 멀리에 사는 모르는 사람이라도 좋은. 그러면 너그러워질까?

- 선생님은 언제부터 시를 쓰셨어요?

자신을 시인이라고 소개한 자서전 쓰기 선생은 길주의 말에 씩 웃으며 가난한 어린 시절부터 시를 썼다고 했다. 가난이 사무쳐서, 무능한 부모에 대한 원망이 사무쳐서 그걸 이겨내기 위해 시를 썼노라 했다.

　사람을 그렇게 존경하는 눈으로 바라본 건 처음이었다. 사람에게서 빛이 난다는 느낌을 받은 것도 처음이었다. 얼핏 깊은 우물 같은 선생의 눈매가 참 따스해 보였다. 그 따스함은 길주가 절대 흉내 낼 수 없는 것이었다.

　- 죽음을 앞에 두고 우리 인생을 정리하기 위해 자서전 쓰기를 하는 겁니다. 3개월 동안 완성이 안 되면 또 3개월… 우리에게 아직 시간은 많아요.

　너그럽고 깊고 우아한 눈빛. 그런 눈빛을 아직 본 적이 없었다. 그래서 열심히 따라가고 있는 중이었다. 매주 금요일 오후 1시. 길주가 달라지는 시간이다.

　- 우리 손녀도 작가라우.

　내 자랑은 할 것이 없어 손녀 자랑을 했는데 선생은 그러냐며 손녀가 할머니를 닮은 모양이라고 칭찬을 아끼지 않았다. 빈말이라는 걸 알면서도 우쭐했다. 그래, 윤서가 얼른 원하는 목표를 이루어야 할 텐데. 나도 부지런히 마음을 비우고 자서전을 써서 내 인생을 담담하게 정리해야지 싶었다. 하지만 그건 마음이 평온할 때의 일이고, 난데없이 불쑥불쑥 치미는 분노나 상황 앞에선 여전히 독사 같은 마음이 쳐들고 올라왔다. 오라버니 앞에서도 마찬가지였다. 길주는 시인 선생의 말을 기억하며 마음을 다독이고 오라비 앞으로 나갔다.

- 그래, 나는 어찌 찾았소?

아까보다는 많이 누그러진 목소리였다.

- 내가 퇴직하고 나서부터 너를 찾아다니기 시작했다. 나는 그동안 외국에 탄광 노동자로 가 있었거든.

- 탄광?

- 그래, 우리는 어찌도 그리 가난했는지. 그 시절엔 대부분이 다 그랬지만….

- 어딜 가 있었소?

- 독일에 광부로 갔었지. 거기서 니 올케도 만나고.

- 국제적인 가족이구랴. 미국에, 독일에….

그 말에도 가시는 그득했다.

- 허허, 그런 셈이지?

금주 오라버니는 오히려 허탈하게 웃으며 대꾸했다.

- 널 찾으면서 새롭게 안 게 하나 있다.

- 뭔데요?

- 니 이름이 아주 좋은 뜻으로 호적에 올라 있더구나.

그는 양복 주머니에서 곱게 접은 종이를 꺼내 길주 앞에 내밀었다. 장길주라는 이름 밑으로 한자가 적혀 있었는데 길주로서는 한자를 읽을 수 없었다. 겨우 이제 한글을 뗐을 뿐이니….

- 길할 길, 기둥 주.

그가 눈치를 챘는지 얼른 읽어준다. 보이나 안 보이나 안 보이는 건 마찬가지. 순간, 길주의 눈매가 사납게 올라붙었다.

- 장에서 오다가 길에서 낳아 주운 아이라면서요?

- 길주야!

- 오라버니처럼 귀한 이름이 있겠소. 금 금 자에 기둥 주라고, 아버지가 늘 말씀하셨어. 금 기둥이라고. 집안을 일으킬 금 기둥이라고.

- 허허, 금 기둥 노릇 하느라 나도 힘들었다. 어머니가 너희들 보내놓고 마음의 병이 들어서 오랫동안 정신병원에 계셨다. 매달 송금하며 잘 살고 계시려니 했는데 한국에 돌아와 보니 나도 못 알아보시고….

- 정신병원?

- 그래, 마음의 짐이 너무 크셨던 것 같더라.

- 그래서 정신병원에서 돌아가셨소?

- 아니다. 니 올케가 한 3년 모셨다. 니 올케가 간호사였거든. 지극정성으로 모셨어. 불쌍한 어른이시라고. 이게 돌아가시기 전 사진이다.

금주는 품속에서 또 한 장의 사진을 꺼냈다. 앞니가 빠져 초라하기 짝이 없는 깡마른 노인. 풀기 하나 없이 퍼석한 눈빛이 바람만 불어도 곧 바스러질 것 같았다.

- 이라도 좀 해드리지….

생각도 하지 않았던 말이 터져 나왔다.

- 왜 아니 그랬겠느냐.

한숨 섞인 오라비의 말이 눅눅했다.

- 그런데?

- 극구 사양하셨어. 딸을 둘이나 팔아먹은 년이 무슨 호사냐고, 가당치도 않다고.

- ….

마음속에서 얼음덩어리 부딪치는 소리가 쩡쩡 아프게 울렸다.

모처럼 옷을 차려입었다. 큰손녀 결혼식 때 마련한 한복이었다. 그새 세월이 오 년이나 흘러 새 옷이라 할 수는 없지만 길주 그녀의 옷 중에서는 가장 고급이고 귀한 옷이었다. 새 옷은 윤서 결혼 때나 하나 마련해 입을 생각이었는데 그 애는 결혼 생각이 아예 없는 것 같았다. 하긴 결혼이라는 것이 여자에게 불리한 조건이 많으니 요즘 젊은것들은 비혼(非婚)을 선호한다들었다. 혼인을 안 한다? 그것도 나쁘지는 않을 것이다. 그러나 길주는 윤서가 좋은 남자 만나 결혼을 해서 제 얼굴 쏙 빼닮은 아들 하나 낳았으면 싶다. 어쩔 수 없이 아들 타령은 손주 대에서도 이어진다. 욕심을 버릴 수 없다. 며느리가 딸만 셋 낳더니 손녀도 아들이 귀할 듯하다. 또 아들을 낳는다 한들 남의 씨 아닌가. 아비가 누군지도 말하지 않는 당돌한 윤미의 뱃속에는 뭐가 들었을까? 아쉽기 그지없다. 그런데 눈치 없는 윤경이는 미안한 맘도 없는지 딸 자랑에 입이 마른다.

　- 할머니, 얘가 보석이에요. 얼마나 이쁜 짓을 하는지 아들에 비할 것이 못돼요.

　저런 푼수 같으니라고. 윤경의 말에 길주는 한숨을 삼키며 돌아앉고 만다. 그나마 덜 서운한 것은 외손이라는 사실 때문이다. 그저 길주의 소원은, 구남이가 술김에라도 여자 하나 품어 고추 하나 딱 낳았으면 하는 것이었다.

　- 시절이 다르니 우짜겠노.

　그것이 최대한의 양보. 하지만 아직 욕심을 접은 것은 아니다. 슬쩍 집 안으로 들여앉힌 간병인이 떠오른다. 간병인이던 베트남 여자를, 집안일 도와달라고 집으로 불러들인 것은 길주의 욕심이 담긴 일이었다. 식구도 별로 없는 집에 할 일이 많은 것도 아니건만, 그녀를 집으로 들인 길주의 속마음은 따로 있었다.

　길주가 발목을 다친 이후로 아들은 집에 있는 날이 많았다. 어쩜 팔십 넘은 노모를 불쌍히 여긴 탓이 아닐까. 언제 돌아가실지도 모르는 노인을 두고, 저 하고 싶은 대로 살려고 작정을 했다가 나중에라도 후회하고 가슴 칠 일이 생길지도 모르니 우선 양보를 한 것일까. 그래도 아들의 귀밑에 허옇게 자리 잡은 흰 머리카락을 보면 마음이 싸했다. 어쨌거나, 우선은 아들을 옆에 끼고 있으니 길주로서는 더없이 흡족한 일이다. 늘 우울한 얼굴을 하고 서재에서 책만 보고 있지만, 또 모르지, 어느 날에는… 저도 사낸데…. 열 계집 마다하랴.

그런 생각을 하면서 혼자 실실 웃기도 한다.

- 춥지 않겠니?

길주가 입은 옷을 보고 금주가 말한다.

- 이까짓 게 무슨 추위라고. 한겨울 얼음이 쩡쩡 언 방안 윗목에서 잔 세월이 얼만데.

길주의 마음속은 아직 시퍼렇다. 금주가 움찔하며 코트 깃을 세운다. 큰손녀가 5월에 결혼을 했으니 계절로 치면 옷이 약간 얇은 감이 있다. 그러나 까짓것 정도야. 길주는 용감하게 밖으로 나섰다. 발목을 다친 후로 걸음이 영 불편하지만 그런 정도는 얼마든 견디어 낼 수 있다. 그러나 걸을 때마다 발목이 시큰거려서 오래 걸을 수는 없다. 이렇게 시들시들 늙어가는구나 싶으니 서글픈 마음에 콧등이 시큰했다. 쑤언이 재바르게 따라 나와 길주를 부축했다. 보면 볼수록 아쉽다. 대문까지 따라 나와 공손하게 인사하는 쑤언을 길주는 아쉬운 듯 바라보았다.

대문 앞에서 음성댁이 얼쩡거리는 모습이 오늘따라 불편했다. 쑤언이 오기 전까지, 그래도 간간이 음성댁을 불러 일을 시켰었다. 그에 대한 미련 때문에 음성댁이 문 앞을 서성거리는 모양이다. 길주는 눈길도 안 주고 그 앞을 지나쳤다.

- 언니.

길주는 자신의 귀를 의심했다. 언니? 난생처음 들어보는 호칭이다, 어색하기도 하고 기분이 괜찮기도 하다.

- 언니, 보고 싶었어요.

중년의 여인이 길주 쪽으로 다가와 그녀를 덥석 안았다. 은은한 향수 냄새가 싫지 않았다. 적당한 몸피에 길주보다는 키가 좀 작다.

- 이름이 뭐냐?

이미 오라버니 금주한테 들어놓고도 괜히 어색해서 이름을 묻는다.

- 장민주.

살짝 드러나는 덧니가 귀엽다.

- 결혼은? 아이들은?

어색해서 묻는 것들이 너무나도 구태의연하다. 눈도 둘 자리를 못 찾고 허둥댄다.

- 남편 있고요. 베이비 둘이에요.

그녀는 밝다. 이상하다. 어찌 밝을 수 있는지.

- 베이비?

- 아들 둘이란다. 남편은 미국인인데 마켓사업을 한대.

금주가 통역하듯 자매의 대화를 중재한다.

- 음. 장사를 한단 말이지?

- 응, 언니. 이번에 언니랑 오빠랑 같이 미국 가요. 제가 모시고 갈게요.

- 애들은 다 컸겠구먼.

- 토니는 서른다섯, 결혼했구요. 데이빗은 서른둘인데 아직 싱글이에요.

민주는 손가락까지 꼽아가며 제 식구 설명하기에 여념이 없다. 그러다 생각난 듯이 사진 한 장을 꺼내 길주에게 내밀었다. 가족사진이었다. 건강한 흑인 남자와 민주, 그리고 두 아들과 조그만 한국 여자가 환하게 웃고 있는 사진이었다.

- 여기 있는 거 며느리에요. 한국 앤데 미국에서 공부하고 있어요.

- 애 어미가 공부를 한다고?

- 그럼요. 지금 박사학위 공부 중이라 우리 가족 모두가 도와주고 있어요.

길주로서는 낯설고 어색하고 이해할 수 없는 말들이었다. 하지만 인상을 찌푸리지는 않았다. 가족이라는 말이 조금 낯설었지만 나쁜 기분은 들지 않았다. 갑자기 이가 욱신욱신 쑤시기 시작했다. 간헐적으로 쑤시던 것이, 골절사고 이후로 부쩍 통증이 잦아졌다. 모든 뼈가 약해질 대로 약해진 탓이리라. 의사도 말했다. 할머니 뼈는 건드리기만 해도 부서질 정도로 약해져 있어요. 뼈에 구멍이 숭숭 뚫려 있다고요. 골밀도가 엉망이에요. 걸음도 조심조심 걸으셔야 해요.

그 말을 생각하며 길주는 손으로 이를 가리고 잇몸을 이리저리 눌러보았다. 몹시 아팠다. 혀로 슬쩍 밀었더니 이가 힘없이 쑥 빠졌다. 어머, 이를 어째. 순간 당황했지만 힘없이 빠진 이는 손바닥에 떨어졌다.

- 쓰지도 못할 이, 끼고 있음 뭐 합니까? 아프기만 하지. 빼고 틀니 하세요. 요즘 틀니 좋아요. 틀니가 마음에 안 드시면 임플란트 하시든지요.

며칠 전에 아들이 하던 말이다.

- 뭐 임, 뭐?

- 임플란트요. 잇몸에 기둥을 박고 이를 박아 넣는 겁니다. 못 쓰게 된 이는 빼고 새로 만든 이를 넣는 거예요. 새것이 되는 거지요. 틀니에 비해 좀 비싸지만 거의 영구적이랍니다.

- 다 늙은 게 영구적인 건 뭐 하누? 얼마나 살 거라고….

- 그거야 모르지요, 어머니가 저보다 오래 사실지.

- 이 양반아, 그걸 덕담이라고 하는 게야?

그러자 구남이 헐헐 웃었다. 길주는 구남이 웃는 것만 보아도 기분이 좋아졌다. 구남이 옆에 있는 것만으로도 세상사 부러울 게 없었다. 거기에 그놈 쏙 빼닮은 아들 하나만 있으면… 죽어야 사라질 욕심이 불쑥불쑥 길주를 괴롭혔다.

그때였다. 금주 오라버니가 온몸을 진저리치듯 떨더니 재채기를 요란하게 하기 시작했다. 엣취, 에에취, 애췟!

뭔가가 오라버니의 입에서 툭 떨어졌다. 가치(假齒)였다. 당황한 오라버니가 얼른 가치를 집어 입속으로 밀어 넣었다. 길주도 빠진 이를 뒤로 감추며 물었다.

- 오라버니는 왜?

- 어머니 생각이 나서 틀니를 못 하겠더라고. 이가 하도 아파 빼기는 했는데. 우선 보기 싫어서 가치만 해 달라고 했더니 이런 불상사가 생기네, 미안하다, 흉한 꼴 보여서.

그때, 갑자기 민주가 자지러지게 웃기 시작했다.

- 잇몸 약한 것도 유전인가 봐. 나도 벌써 임플란트 했어요.

- 뭐 벌써?

길주는 허전한 잇속을 감추며 어눌하게 말했다. 잇몸 사이로 시린 바람이 들락거렸다.

- 유전인 모양이네요, 호호호. 나는 그게 기분 좋아요. 우리가 한핏줄이라는 증거가 되니까.

민주는 그조차 기꺼워서 행복한 웃음을 지었다.

- 너는 별게 다 기분 좋은 일이구나.

오라버니가 어색하게 웃으며 민주를 바라봤다. 따뜻한 눈빛이었다.

- 그럼요, 이렇게 같은 형질의 사람이 내 가족이라는 거, 무지 기분 좋은 일이거든요. 호호호. 우리는 어쩔 수 없이 같은 형질을 타고난 가족이라고요, 우리의 DNA가 같다는 말이지요.

길주는 갈갈대며 즐거워하는 민주를 보고 조금 머쓱해졌다. 저 애는 어찌 저리도 밝은지. 버려진 건, 저나 나나 똑같은 처지였을 텐데, 아니 오히려 먼 땅으로 버려져 피부색 다른 사람들과 살아내기가 더 힘들었을 텐데…. 얼마나 힘들었을까. 오히려 길주보다 더 힘겨웠을 수도 있었을 것이다. 그럼에도 불구하고 저 해맑고 밝은 웃음은 어디에서 오는 것인지. 그녀가 웃는다. 그러나 그 웃음에는 길주가 모르는 절절한 눈물이 배어있을 것이다.

길주는 안쓰러운 마음에 슬그머니 민주의 손을 잡았다. 손은 거칠었으나 따뜻했다. 세상 풍파를 겪은 손이었으나 얼음이 녹아버릴 만큼 따뜻했다. 그녀가 겪은 힘든 세월은 거친 손에서 느껴졌으나 누구도 흉내 낼 수 없는 환한 웃음은 자신을 믿는 힘에서 나오는 것 같았다, 그것이 길주에게는 없는 민주만의 힘이라 여겨졌다.

- 미국 가기 전에 이를 해 넣고 가자. 합죽 할멈처럼 하고 갈 수는 없잖아.

금주 오라버니가 헐헐 웃으며 입을 가렸다.

길주는 빠진 이를 한동안 들여다보았다. 썩어서 군데군데 구멍이 나 있고 형체도 울퉁불퉁했다. 관리하지 않고 내버려 둔 이에서도 고생한 흔적이 고스란히 드러났다.

- 언니, 내가 해줄게, 오빠도 내가 해줄게. 아는 닥터가 한국에도 있어요.

무엇이 그리 기쁘고 즐거운지 민주는 내내 밝은 얼굴로 금주와 길주의 손을 만지작거리며 즐거워했다. 길주는 그제야 진정 혈육에 대한 안쓰러운 마음이 들었다. 약한 치아 구조만으로도 확인할 수 있는 혈육.

참 기가 막힌 동질성이었다.

장진주사나 읊어라

구남은 모처럼 낮술을 마셨다. 허전하기도 하고 쓸쓸하기도 하던 차에 마침 비가 부슬부슬 뿌리자 술 생각이 간절했다. 주방에서 냉장고를 뒤지고 있자 지켜본 듯이 어머니가 나타나 구남을 방으로 들여보냈다. 늘 하시는 말씀은 변함도 없다.

- 사나 자슥이 꼬추 떨어질라꼬 정지엘 들어오나.

구남은 방안에 앉아 어머니가 차려오는 술상을 기다렸다. 무엇을 하는지 도마 소리가 한참 요란하게 났다. 그리고 고소한 기름 냄새와 고기 굽는 냄새가 코끝에 와 닿았다. 보나 마나,

어머니는 아들이 좋아하는 음식을 만들고 있을 터였다. 달달한 불고기일까, 만들기 쉬운 계란말이일까. 궁금한 마음으로 신문을 뒤적거리고 있을 때 콩콩콩, 가벼운 느낌의 발소리가 들렸다. 어머니 발소리가 아니었다. 아니나 다를까, 술상을 들고 들어온 사람은 쑤언이었다. 봄이라는 뜻을 가진 이름이라고, 딸하나 있는 과수댁이라고, 어머니가 묻지도 않은 말을 했을 때약간 이상한 기분이 들었다.

- 할머니가 나보고 들어가라 했어요.

쑤언도 어색했는지 상을 구남이 앞으로 밀어놓고 주춤주춤다가앉았다. 어리둥절해 하는 구남을 보다가 쑤언이 용기를 내고 다가와 술잔에 술을 따랐다. 구남도 어색하기는 마찬가지여서 어설프게 술잔을 받았다. 상 위에는 방금 만든 듯한 계란말이와 김치볶음이 놓여 있었다.

- 이거, 내가 했어요.

쑤언은 계란말이를 구남이 쪽으로 밀어놓으며 생긋 웃었다. 서른아홉이라 했던가. 눈가에 살짝 잡힌 주름이 눈에 들어왔다.

- 아, 고맙소.

구남은 계란말이를 집어 들며 쑤언을 슬쩍 바라보았다. 곱다는 생각은 들지 않았지만 그런대로 귀여운 얼굴이었다. 쑤언은 조금 더 다가와 빈 잔에 술을 따랐다. 술을 받는 손이 이상하게 떨렸다.

아내가 떠난 후로 구남은 몹시 허전했다. 서로의 삶에 대해 자유를 주기로 했지만 몇십 년을 같이 살아온 타성이 쉽사리 바뀌지 않았다. 아내는 집을 떠난 후로 소식도 없었다. 야속한 생각이 들었지만 당분간은 연락하지 않을 생각이었다. 궁금하기는 했다. 하지만 그런 마음을 아내한테 들키고 싶지 않았다. 날개 꺾인 새처럼, 어머니 주변을 떠나지 못하는 자신의 처지를 하소연할 생각도 없었다. 그저 어머니 앞에서 아들 노릇만 착실히 하리라 생각했다. 그러나 아들 노릇을 제대로 하는 것도 아니었다. 아들 노릇을 흡족하게 하려면 손자를 안겨드려야 한다. 구남을 쏙 빼닮은 구남의 아들. 그런 생각을 하면 죄스러운 마음이 들지 않는 것도 아니다. 하지만 태어나지 않는 아이를 어쩌란 말인가.

구남은 술잔을 단숨에 비웠다. 쑤언이 놀란 눈으로 구남을 바라봤다. 어머니의 계략에 말려들 수는 없다. 한때의 춘정을 이기지 못해 아내 아닌 여자와 몸을 섞었다가 불행하게 태어나는 아이들 간의 갈등을 모르지 않았다. 형제간 다툼은 눈을 감을 때까지 이어졌다. 재산 문제, 적자와 서자의 문제, 아내와 아내 아닌 여자들 간의 암투…. 그런 일은 이미 일어난 집안의 문제만으로도 골머리가 아팠다. 구남은 빈 잔을 상에다 소리 나게 내려놓고 점퍼를 걸쳤다.

- 어디 가게요?

쑤언이 놀라 일어서며 구남의 앞을 막았다. 구남은 쑤언을 한참 바라보다가 그녀를 지나쳤다. 어머니에게 화가 났다. 도대체 뭘 어쩌자는 건지. 모를 리 없는 어머니의 속내가 귀찮고 짜증스러웠다. 구남은 비가 추적추적 내리는 길을 걸어 상철의 집으로 향했다.

상철은 이혼하고 혼자 사는 구남의 절친한 친구다. 만난 지도 꽤 된 것 같은데, 불쑥 왜 그놈 생각이 났는지 모르겠다. 그저, 낮술이나 한 잔 같이 할 생각이었다. 일요일인데다 비까지 오는 날씨니 그놈도 이 시간쯤엔 술 생각이 나서 혼자 술잔을 기울이고 있을지도 모른다. 환갑 지난 이혼남이 비 오는 일요일 낮에 할 일이 뭐 있겠는가. 구남은 근처 슈퍼에 들러 맥주와 소주, 그리고 조미 쥐포를 샀다. 쥐포나 질겅거리며 상철과 지껄이다 보면 기분이 좀 나아질 것 같았다.

- 있는가?

구남은 칠이 벗겨진 철대문을 밀고 들어섰다. 녹슨 이음새 부분에서 끼이익, 비명 같은 소리가 들렸다. 신혼 때 지은 상철의 집이 어느새 낡아서 벽의 페인트도 벗겨지고 철대문도 군데군데 녹이 슬었다. 그 꼴이 늙어가는 자신들 몰골 같아 허허대고 웃던 기억이 새로워서 철 대문으로 들어서면서 일부러 탕탕 소리를 냈다. 어디선가, 전 부치는 냄새가 흘러들었다.

- 있는가?

대답 없는 상철을 재차 부르며 마루문을 여는데 밀가루를 잔뜩 묻힌 상철이 고개를 삐죽 내밀었다.

- 뭐 하시능가? 밀가루는 얼굴에 왜 묻히고?

구남은 마루에 걸터앉으며 상철의 얼굴을 자세히 들여다봤다.

- 어쩐 일인가?

상철은 전기 프라이팬을 앞에 두고 전을 굽고 있었다. 그것도 앞치마까지 두른 채. 이혼한 지 서너 해가 지났지만 살림을 하는 꼴이 낯설고 어색했다.

- 아니 전은 왜 굽는 게야? 내가 술 사 들고 올 줄 알고 술안주 만드나?

그렇게 농을 했지만 구남은 그 사연을 알 것 같았다.

- 어머니 기일일세.

그는 이미 모든 것을 체념한 듯한 말투였다.

- 제사 때도 안 오시나 제수씨는?

- 같이 살 때도 구시렁거렸는데 이혼하고 나서 시어머니 제사 지내러 오겠어?

- 그래도 애들이 보고 있는데?

- 그런 거 생각하는 여자면 이혼을 안 했겠지.

- 상아 시키지, 사내가 쭈그리고 앉아 뭐 하는 짓이고?

구남은 괜히 속이 상해서 호통을 쳤다.

- 상아도 올봄에 미국 보냈어. 지 오빠만 유학시키고 왜 자기는 안 시켜 주냐고 악악거려서. 자식이 아니라 빚쟁이다. 전생의 빚 갚는다.

그가 한숨을 섞어 말했다.

- 참 꼴좋다.

구남은 상철이 들고 있는 뒤지개를 빼앗아 들고 익지도 않은 전을 뒤적거렸다.

- 그렇게 하면 전 부서진다. 이리 내놔.

다시 뒤지개를 빼앗아 간 상철은 노련한 솜씨로 노릇노릇해진 전을 채반에다 옮겨 담았다. 무념무상의 표정으로 제수를 마련하는 상철의 얼굴이 전에 없이 경건해 보였다.

- 그래도 너는 아들이 있으니 나중에 젯밥은 얻어먹겠다.

구남은 괜히 심통이 나서 채반에 담긴 전들을 흔들었다. 호박전과 동태전, 두부와 고기전이 뒤섞여 제멋대로 뒹굴었다.

- 야, 왜 그래? 남의 제사 망칠 일 있냐?

- 고추 떼 버려라!

어머니가 하던 말을 구남도 상철에게 하고 있었다. 그러자 상철은 히죽거리며 웃었다.

- 나는 죽은 다음에 제사 얻어먹으려고 지금 엄니 제사 열심히 지낸다.

상철의 입가에 자조적인 웃음이 배어있다.

- 죽은 다음에 뭔 소용이야?

구남은 버럭 소리를 질렀다.

- 너는 제사 지내 줄 아들도 없잖아.

약을 올리려는지 상철이 실실 웃으며 구남을 자극했다. 구남은 비닐봉지에서 소주를 꺼내 병 채로 들이켰다. 상철이 호박전 하나를 집어 구남의 입속으로 밀어 넣었다.

- 그래, 나는 제삿밥도 못 얻어먹지. 딸딸이 아비인 걸 어쩌냐? 그나저나 참 큰일이다.

- 뭐가?

- 엄니 돌아가시면 내가 제사를 지낸다 하지만, 나 죽으면 누가 제사를 지내나?

구남이 이즈음 들어 가장 걱정하는 부분이다.

- 너도 참 한심하다. 제삿밥은 무슨. 앞으로 우리 애들이 우리처럼 제사를 지낼 것 같아? 딸만 있는 집에서는 더하지. 내 생각에는 이제 우리나라에서도 제사 안 지내는 집이 더 많아질 거야.

다 익은 동태전을 채반으로 옮기며 그가 힘없이 말했다.

- 모럴의 변화지. 유교적 사회제도가 힘을 잃어가고 있잖아. 서구적 모럴이 지배하는 세상이 돼버렸으니 누굴 탓하겠어? 세상이 변하는걸.

구남은 그렇게 말하면서도 여전히 전을 굽고 있는 상철을 부러운 듯이 바라보았다. 그러다 불쑥 화를 내며 말했다.

- 시장 가서 부침개를 사다 하든지. 사나 자슥이 그러고 앉아 있는 걸 보니 괜히 나까지 서글퍼지네.

구남은 고기전 하나를 집어 입속으로 밀어 넣고 술잔을 상철에게 건넸다. 상철도 기다렸다는 듯이 술잔을 받았다.

- 에라이, 모르겠다. 술이나 마시자. 어머니가 젯밥 자시러 오셨다가 내 뒤통수 후려치고 가신대도 나는 모르겠다. 비는 추적추적 오고, 술도 땡기고, 친구도 오고. 더 바랄 게 뭐 있겠냐. 우리 오늘 진탕 마셔보세.

상철이 전을 구워 얹던 채반을 저만치로 밀어두고 자리를 잡고 앉았다.

- 그래. 진탕 마셔보세. 비 오는 날 아니 마시면 언제 마시겠는가. 이렇게 술 마시기 좋은 날도 없지.

상철이 비 오는 마당을 내려다보며 고개를 끄덕였다.

- 한 잔 먹세그려, 또 한 잔 먹세그려. 꽃 꺾어 산 놓고 무진무진

먹세그려.

구남은 술을 따라 상철과 잔을 부딪치며 장진주사를 읊조렸다.

- 이 몸 죽은 후면 지게 위에 거적 덮어 주리혀 매어가나, 유소보장에 만인이 울어예나, 어욱새 속새 떡갈나무 백양 숲에 가기 곧 가면 누른 해 흰 달 가는 비 굵은 눈 소소리바람 불 제 뉘 한 잔 먹자할꼬.

상철이 구남의 가락에 이어 구성지게 정철의 장진주사를 읊어댔다.

- 하물며 무덤 위에 잔나비 휘파람 불 제야 뉘우친들 어찌하리.

구남이 마무리를 하자 상철이 깊은 한숨을 쏟아내었다. 빗소리가 침묵을 헤집었다.

- 나는 어욱새가 새 이름인 줄 알았다. 허허.

상철이 빈 잔에 술을 따르며 농 같은 소리를 지껄였다. 침묵을 견디기 힘들어서 흰소리를 하는 것 같았다.

- 나도 으악새가 새 이름인 줄 알았던 시절이 있었다. 하하.

억지로 웃으려는 심산으로 둘은 헛바람 새듯 허허거리며 웃었다.

- 어욱어욱, 으악으악. 흐흐 웃긴다.

둘이 헐헐거리며 웃고는 있지만 속이 다 비어버린 나무처럼 쓸쓸하고 허전했다. 상철이 잔을 비우며 혼잣말처럼 중얼거렸다.

- 세상은 변하는 거야.

그가 확인하듯 큰소리로 말했다.

- 세상은 유사 이래로 언제나 변했지.

구남도 암호 같은 그의 말에 대꾸했다.

- 우리의 양심도 변해야 해. 제사 못 지낸다고 상심할 것도 없어. 조상 영혼은 제사 안 지내준다고 우리를 해코지 하지 않을 거니까.

- 그래도 아들이 있으면 든든하긴 하지?

구남이 건조하게 물었다.

- 든든? 그렇긴 하지. 근데 그건 내 생각이지. 그놈은 서양 놈다 된걸. 박사 만들어놓으면 저 잘나서 그리된 줄 알겠지. 제 어미가 잘 키웠다고 생각하거나.

그가 술 한 모금을 털어 넣으며 한숨을 섞었다.

- 그럼 아들 있는 너나 없는 나나 별반 다른 게 없겠네?

- 그, 그래. 그럴 수도 있지?

서로 확인사살 같은 것이었다. 구남은 다시 소주 한 잔을 털어 넣었다.

- 나는 나 죽기 전에 제사를 정리하려고 해.

구남의 표정은 제법 근엄했다. 비장한 느낌까지 들었다.

- 너는 요즘 정리하는 게 많네? 마누라랑도 정리했다며? 뭐

해혼인가, 졸혼인가 하는 걸 했다며?

상철이 해롱거리며 구남을 놀렸다.

- 졸혼은 일본에서 정리한 개념이고. 해혼은 서로 잘 살아온 인생에 대한 보상 같은 거지.

구남의 표정은 진지했다.

- 보상?

- 그래, 부부로 만나 서로를 희생하며 산 삶에 대한 보상. 내가 먼저 그리하자고 말했어. 우리나라는 유난히 여자들의 희생이 많아. 남은 인생, 우리가 살고 싶은 대로 살아볼 시간도 필요해.

- 으흠, 이혼과 뭐가 다르냐? 혼자 사는 건 똑같지.

- 아니지, 감정이 다르지. 우리는 우리가 살아온 시절을 정리하고 새로운 삶을 살아보려는 거야. 서로를 놓아주면서. 요즘은 따로 떨어져 사는 부부들도 많아.

- 그럼 너, 새장가 가면 되겠다.

상철이 익살스런 표정을 지으며 바짝 다가앉았다.

- 그건 어머니 욕심이지. 그새 간병인이던 베트남 여자를 집안에 들이셨어. 그러고는 기회 될 때마다 그 여자를 내 옆에 앉히려 해.

- 으흐흐흐, 너는 좋겠다. 그 나이에 공식적으로 새장가 갈 수 있으니. 나도 그런 엄니 있었으면 좋겠다.

상철이 군침을 삼키며 바짝 다가앉았다.

- 엄니는 손자를 못 보면 조상 볼 면목이 없다는 것인데, 그럴 일은 없어.

- 왜? 제수씨 때문에?

- 그게 아니라, 그건 인간이 할 일이 아니야. 단지 후세를 잇기 위해서 그런다는 건….

그 말에 상철이 음흉스런 웃음을 지으며 물었다.

- 진짜 생각이 없는 거야? 우리 나이에 새 여자 품고 싶은 마음은 다들 있지 않나?

- 나는 싫어. 더구나 우리나라에 돈 벌러 온 불쌍한 외국 여자를 그런다는 건….

- 그래도 니 핏줄이 생기는 거잖아. 잘 생각해 봐. 후세를 잇는다는 건 사실 중요한 일이잖아. 그게 인간 본연의 임무일지도 모르지.

상철의 표정은 제법 진지했다.

- 아들이 있는 너도 이러고 있는데 뭔 욕심이냐? 죽은 후에 흩어지는 영혼을 위하는 일이 젯밥 차리는 일이겠느냐?

목소리에 깃드는 쓸쓸함이 빗소리에 묻혔다.

- 술 마실 일이지. 음복이나 하려고. 흐흐흐.

- 인생 총량의 법칙이라는 게 있다지?

- 그렇다지.

- 나의 운은 손 귀한 집에 태어나 귀공자처럼 대접받고 사는 것까지인 것 같다. 이후, 아들 없는 서러움이나 고독감 같은 거는 늘그막에 감수해야 할 내 몫이고.

- 교통정리 잘하네? 그럼 나는?

- 너는 아직 가능성이 있지. 아들이 효도할지도 모르고, 그 아들이 아들을 낳을지도 모르고.

- 에구, 기대 안 한다. 이미 날 샌 느낌이야. 아들이 있어 봐야 제사는 나 혼자 지내지 않느냐. 서글프기 짝이 없다. 그럼에도 불구하고 아무 소리도 못 한다는 거지. 자식이 상전이니.

그가 쓴웃음을 지으며 고개를 저었다.

- 하긴 그렇네. 너나 나나. 술이나 마시고 장진주사나 읊어보세.

심각한 이야기를 해서는 안 되었다. 그저 속 빠진 놈처럼 헐헐거리고 술을 마시면 되었다. 그래야 덜 쓸쓸할 것이었다. 말 한 마디하고 한 잔 마시고, 또 한 마디하고 한 잔 마시고. 술은 술술 잘 넘어갔다. 빗소리는 점점 크게 들려오고 그들의 말소리도 점점 커졌다.

상철은 어머니 제사상을 준비하는 대신 모처럼 친구를 만나 외롭지 않았다. 어쩌다 이혼을 하게 됐는지 그 이유도 아득하게 느껴졌다. 무엇에 홀려서 살았는지.

아내는 전투적으로 잘 살고 있다. 상철과 살 때보다 더 잘 살고 있다.

여자들은 어쩌면 전사일지 모른다. 이미 오래전 옛날에 있었던 모계사회에서 익혀온 전투적 본성이, 나이 들면서, 세상이 바뀌면서, 드러나고 있는지도 모른다. 자신이 하고 싶던 일을 열심히 하면서 자신만의 생을 즐기려는 전사들. 그렇게 따지면 상철은 그녀에게 버리고 싶은 짐이었는지 모르겠다는 생각이 들었다.

- 에이, 시발!

취기가 오른 상철이 생전 안 하던 욕지거리를 하며 채반을 걷어찼다. 흩어진 전들이 비 오는 마당에 흩어져 노란 꽃처럼 피어났다. 상철이 비칠거리며 일어나 핸드폰을 꺼내 들었다. 어딘가로 번호를 꾹꾹 눌러대더니 갑자기 부드러운 목소리로 떠들기 시작했다.

- 오, 상아야, 아빠다. 왜 전화했냐고? 보고 싶어서 했지. 음, 바쁘다고? 그래도 잠깐만 이야기를 하자. 오늘이 할머니….

상철이 말이 끊어지고 전화기 저편에서도 뚜뚜뚜, 단절음이 들려왔다. 마당에 버려진 노란 꽃은 물기를 머금어 더욱 어여뻤다.

생은 자신의 책임이다. 철저하게!

- 상철아.

구남은 정이 담뿍 밴 목소리로 멍하니 앉아 있는 상철을 불렀다.

- 왜?

- 시 하나 읊어줄까?

- 무슨 시를….

전화를 끊어버린 상아에게 화가 난 상철의 표정이 곧 울음을 터트릴 듯했다.

- 이런 시도 있다. 어 드링킹 쏭.

- 드링킹 쏭?

- 들어볼 테야?

- 지껄여 봐라.

자포자기하듯 상철이 지껄였다.

- 술은 입으로 들어오고, 사랑은 눈으로 들어오네. 우리가 늙어 죽기 전에 알아야 할 진실은 오직 그것뿐. 나 술잔을 들어 입에 가져가며 그대 바라보며 한숨짓노라….

- 뭔 소리냐?

상철이 술을 입속에 털어 넣으며 시큰둥했다.

- 너도 자식 사랑 대충 거두고 술이나 마시란 말이다.

- 남의 말 하지 말고. 그게 누구 시냐?

- 윌리엄 버틀러 예이츠.

- 아, 예이츠.

아, 예이츠. 상철은 그 말을 하고는 입을 닫았다. 옛날 같으면, 예이츠가 어쨌다고 하며 시비를 걸 놈인데 조용하니 서글프다. 상아가 제 아비 심정도 모른 채 전화를 끊은 것이 너무도 서운한 모양이다. 그래, 서운하지. 서운하고말고….

- 그런데 그게 어쨌다고? 상아가 니 심정을 헤아리기나 할 것 같냐?

이번에는 구남이 시비를 걸었다. 술은 취하고, 비 맞아 날 힘도 없는 새 꼬라지 같은 친구를 보자니 울화가 치밀었다.

- 그런 소리 마라, 새끼야. 우리 애들이 나한테 얼마나 잘한다고. 아들도 없는 주제에 시발….

거기서 왜 아들 타령이 나오는지, 거기서 왜 '시발'이 나오는지…. 구남은 반쯤 남은 소주병을 들어 병 채로 들이키기 시작했다. 취하고 싶었다. 흔들리는 세상에 빗소리가 섞여들었다. 점점 커지는 빗소리 사이로 훌쩍대는 상철의 울음소리가 섞여들었다. 문득 아내가 보고 싶었다.

- 쑤언, 이리 좀 와보게.

길주는 부엌에서 일하는 쑤언을 불렀다. 그녀가 물 묻은 손을 닦으며 마루로 올라왔다.

- 왜요, 할머니?

쑤언은 별로 달갑지 않은 표정으로 길주를 살폈다.

- 자네, 진짜 사별했나?

- 할머니, 그거 왜 자꾸 물어요?

- 그냥 궁금해서 그러네. 사별을 했으면 재혼할 생각은 없는가?

쑤언은 약간 얼굴을 찌푸린 채로 고개를 저었다. 할머니는 벌써 여러 번 쑤언의 의사를 물었다. 그때마다 고개를 저었지만 치매에 걸린 거가 아닌가 싶게 계속 묻는 것이 불편하기만 하다.

- 할머니, 자꾸 묻지 마요. 나, 재혼 생각 없어요. 난 그냥 가정부만 할래요.

쑤언은 그 말을 하고 다시 부엌으로 내려갔다. 며칠 전 할머니의 의도대로 했다가 무안을 당한 생각이 나서 기분이 몹시 나빴다. 술상을 차려서 황 씨의 방으로 들어가라 해서 들어갔는데 황 씨는 쑤언을 쳐다보지도 않았다. 슬쩍 기분이 나빠지려는 순간, 그는 벌떡 일어나 밖으로 나갔다. 할머니의 뜻대로 따를 생각은 없지만 그래도 무시당한 것 같아 아주 불쾌했다. 마음에 없는 결혼을 하고 한국으로 온 것만 해도 서러운데, 또 재혼 이야기가 나오니 머리가 지끈거렸다.

사실 한국 남자를 만나게 된 것은 어려운 가정 형편 때문이었지만, 마음을 붙이고 잘 살아보려 했다. 그런데 마음을 붙이기도 전에, 남편은 교통사고로 죽고 말았다. 딸을 낳은 지 2년 조금 넘은 시점이었다. 사고 보상비로 그럭저럭 살다가 간병인 교육을 받게 됐고 그 일을 직업으로 삼고 착실하게 살고 있는 중이었다.

그럼에도 불구하고, 유혹은 도처에 많았다. 돈을 많이 벌 수 있다는 유혹으로 노래방 도우미를 하라는 사람도 있고, 아예 돈 많은 남자를 유혹해서 살림을 차리라는 사람들도 있었다. 하지만 쑤언은 그렇게까지 자신을 바닥으로 끌어내리고 싶지 않았다. 어려운 친정을 돕는 일은 마음에 없는 남자를 만나 한국으로 시집온 것만으로 되었다고 생각했다. 이제는 자신과 자신의 딸을 위해 살아야겠다는 생각이 확고해졌다. 한국 사람으로 당당하게 살기 위해 무진 애를 쓰며 살고 있는 중이었다. 그런 중에 할머니는 쑤언을 아들의 씨받이 노릇을 시킬 생각으로 자꾸 이상한 소리를 해댔다. 싫었다. 가난해도 그늘의 여자가 되고 싶지는 않았다. 아니 그늘의 여자는 아닐지라도 씨받이 노릇은 하고 싶지 않았다.

간병인 보름 만에 집에 가서도 일을 해달라는 부탁을 받았을 때는 속으로 무척 잘된 일이라고 생각했다. 노인 혼자 사는 집이라 일거리가 많지도 않았지만 무엇보다 좋은 것은 숙식을 해결할 수 있다는 점이었다. 딸아이는 대학교 기숙사에 들어가 있는데 굳이 방세를 내며 집을 구할 필요가 없었다. 방을 준다는 말에 얼른 고개를 끄덕였다. 그런데 살아보니 자꾸 신경을 쓰게 하는 일들이 벌어졌다. 할머니는 자주 쑤언과 아들이 함께 있는 자리를 마련했다. 술상을 봐서 가져다주라거나, 밥을 같이 먹자거나, 때로는 부축을 핑계로 삼아 아들과 함께 나들이를 가기도 했다. 사정 모르는 남들이 보면 사이좋은 부부가 불편하신 홀어머니를 모시고 나들이 나온 것처럼 보였다. 쑤언은 작정을 하고 할머니에게 대들었다.

— 할망, 나 그런 여자 아니야. 그리고 손주 볼려면 더 젊은 여자를 찾아야 하는 거 아니에요?

그러자 할머니가 놀란 듯 쑤언을 바라보다 조용히 말했다.

— 시끄럽다. 너무 젊은 것들은 안 돼. 쑤언, 아직 달거리 하지?

— 할멍!

딸아이가 대학 졸업할 때까지만 버티자고 속으로 다짐했건만 그런 소리를 들으니 화가 치밀었다. 당장이라도 그만두고 싶었다. 하지만 그럴 수는 없었다. 견디어야 했다. 어디를 가도 그정도의 수모는 견뎌야 한다.

— 시끄럽다. 조용히 해라.

할머니는 쭈글쭈글한 입에다 손가락을 대고 주위를 살폈다. 번득이는 눈알이 마귀할멈 같았다. 쑤언의 사정을 아는 할머니는 다소 자존심 상하는 말을 해도 그녀가 쉽게 나가지 않을 거라는 생각을 하고 있는 것 같았다. 속상하고 자존심 상하는 일이지만 참아야 한다. 딸아이만 제대로 공부하고 취직을 할 수 있다면 자신은 다시 베트남으로 돌아가고 싶었다. 아니 가능하다면 딸아이도 데리고 가고 싶었다. 그러자면 이러저러한 수모는 견디어야 했다.

　- 에고 손주 하나만 낳아줄 여자가 있다면 원이 없겠구만. 손주만 하나 낳아준다면 금방석에도 앉혀 줄 수 있는데.

　할머니는 그 후로도 가끔씩 쑤언을 바라보며 그런 소리를 했다. 쑤언은 기분이 나빴지만 애써 모른 체했다. 그런 요구에 응한다면 사는 일이 훨씬 쉬워질지도 모른다. 그래서들 그런 식으로 살아가는지도 모른다. 하지만 그렇게 살아서는 안 되는 일이다. 자식 앞에서 떳떳하게 살아가는 어미가 되고 싶은 것이다.

　할머니의 아들 황 씨는 아주 조용하고 점잖은 사람 같았다. 쑤언을 보고도 관심을 갖지 않았다. 사람의 눈 속에 깃들이지 못하는 관계는 헛거였다. 할머니의 은근한 유혹이 불편해서 이 집을 나갈까 생각도 해보았다. 하지만 일도 편하고 급여도 짭짤해서 나가고 싶지 않았다. 그게 미끼라 해도 그녀가 나가서 자리 잡기에는 세상의 파도가 만만치 않았다. 쑤언은 가능한 할머니의 비위를 맞추어가며 2년만 견디어 내리라 생각했다. 그런 마음을 아는지 모르는지 황 씨는 가끔 봉투를 내밀었다. 깐깐한 어머니 비위를 잘 맞추어 주어 고맙다는 뜻이라고 했다. 쑤언은 그 봉투를 받았다. 할머니께 특별히 잘해드리는 것은 없지만, 주는 돈을 받지 않을 만큼 잘못한 일도 없었다. 할머니의 부드러운 태도가 무엇 때문인지 모르지 않을 텐데 황 씨는 무심한 건지 무시하는 건지 도통 할머니 뜻대로 하지는 않았다.

할머니는 자꾸 말라고 가끔 이상한 소리도 했다. 방금 전한 소리를 또 하고, 십분도 되지 않아 또 되풀이했다. 측은하기도 했지만 그건 쑤언이 도울 수 있는 일이 아니라고 생각했다. 최악의 경우, 집을 나가야 할지도 모른다는 생각이 들자 쑤언은 자신도 모르게 한숨이 새어 나왔다. 자신에게 주어진 운명의 무게를 피해 갈 수는 없다는 걸, 아무리 발버둥 쳐도 벗어날 수 없는 굴레가 있다는 걸, 조금씩 알아가고 있는 중이었다. 여자 혼자 살아내야 하는 세상살이는 머무는 장소가 그 어디일지라도 힘이 든다. 혼자서 가끔 술을 마셨다. 주방 한구석에 쭈그리고 앉아 홀짝홀짝 마시는 술은 외롭고 서러웠지만 그래도 술을 마시면 편안하게 울 수 있어 좋았다.

때로는 건넌방에서 혼자 술 마시는 황 씨의 중얼거림이 들려올 때도 있었다.

- 한 잔 먹세그려, 또 한 잔 먹세그려. 꽃 꺾어 산 놓고 무진무진

먹세그려.

그는 혼자서 가끔 그렇게 중얼거리며 술을 마셨다. 무슨 말인
지는 잘 몰라도 듣기에 좋았다.

— 이 몸 죽은 후면 지게 위에 거적 덮어 주리혀 매어가나 유소
보장에 만인이 울어예나 어욱새 속새 떡갈나무 백양 숲에 가기
곧 가면 누른 해 흰 달 가는 비 굵은 눈 소소리바람 불 제 뉘 한
잔 먹자 할꼬.

어느새 더듬더듬 따라 할 때도 있었다. 그럴 땐 술잔을 들고
가 같이 한잔하고 싶은 생각이 들기도 했다. 하지만 몸이 생각
보다 앞서서는 안 되는 일이었다.

세상의 딸들

깊은 골짜기에 핀 백합처럼, 그들은 고독했다. 예외가 없었다.

정원의 그림이 달라지기 시작했다. 돌아온 정원은 다른 사람처럼 달라져 있었다. 민우를 보내고 난 후 화실로 쓰겠다고 얻어둔 창고에서 거미줄만 쳐다보고 있거나 하루 종일 음악만 듣고 있거나 그러는 날이 많았다. 정원에게서 따스한 햇살 같았던 미소가 사라졌다. 음지에 피는 꽃처럼 시들어갔다. Y를 보는 시간이 많아졌다고, 나 자신의 그 옛날처럼 몽롱한 눈길로 멍하니 있는 날이 많았다. 그렇다고 아주 망가진 건 아니었다. Y를 보는 날이 더 많아졌을 뿐이다. 그것이 불행한 일은 아니었다. 나는 정원의 그림이 변해가는 걸 보면서 그녀의 내면을 읽었다. 나 또한 Y를 보는 날이 많아졌다. 긍정적으로 생각하면 우리는 인생에 대해 더 깊이 천착하고 고민하는 거라고 말할 수 있다. 내 머릿속의 이야기는 아직도 풀리지 않지만, 언젠가 술술 풀려갈 것을 믿는다. 그런 희망을 갖는 것은 Y가 곁에 있기 때문이다. 나는 전보다 정원에게 관심을 가지기 시작했다. 고립무원이라는 말이 딱 맞을 정도로 그녀는 홀로 외로웠다. 그 외로움이 정원을 살리는 힘이기도 할 터이다. 할머니는 더 이상 집필실에 나타나지 않았다. 쑤언을 바라보는 시간이 많아진 탓이다.

나는 정원을 살폈다.

그녀가 그리는 그림에서 돌부처의 목이 잘리기 시작했다. 그녀는 한동안 여자의 나체 그림에 심취해 있었다. 아름다움 때문이 아닌 것 같았다. 티치아노의 그림 <우르비노의 비너스>와 마네의 <올랭피아>를 흉내 내놓고 두 여인의 손이 가닿아 있는 은밀한 곳에서 시선을 떼지 못하고 있었다. 그러던 그녀가 여인의 목을 가차 없이 자르기 시작했다. 그녀는 변명했다.

- 그냥 정처 없이 간 곳이 경주였어. 우연히 국립박물관엘 갔는데 거기서 목 잘린 부처를 보았어. 그 순간, 내 안의 번뇌가

싹 사라지는 걸 느꼈어. 지극한 평화. 순간 Y의 모습이 보이더군. 희미하던 모습이 명징해졌어. 어쩌다 보이던 모습이 자주 보였어. 어쩌면 Y가 나를 구해줄지도 모른다는 생각이 들었어.

정원의 화폭은 색깔들이 달라지고 기법이 달라졌다. 멀쩡한 캠퍼스에 굵은 마 천을 붙이고 그 위에 백토를 붙여 균열을 만들었다. 균열 위에 부처의 잘린 목들이 둥둥 떠다녔다. 때로는 망망대해에 떠 있는 부표 같기도 하고, 때로는 바람에 휘날리는 의혹의 암호 같기도 하다. 균열은 아름답고 처참하고 신비로웠다. 둥둥 떠 있는 부처의 머리들이 균열의 틈 사이를 자유롭게 유영하는 것처럼. 그것이 발전적인 일인지 경계해야 할 위험 상황인지는 모르지만, 그럼에도 그림을 그리는 동안 그녀의 표정은 점점 편안해져 갔다.

우리는 서로의 동굴에서 길 찾기를 하고 있는 중이었다. Y가 가까워질수록 우리는 더 깊이 고뇌하고 삶의 원형을 다듬어야 한다는 생각이 짙어졌다. 만물의 근원을 이룬다는 신령스러운 기운이 그녀와 나에게 스며들었다.

할머니가 제사를 지낼 후손을 간절하게 염원하듯, 우리는 우리의 인생에 대해 간절함을 발견해야 하는 것이다.

연숙이 머무는 원룸은 시내에서 많이 떨어져 있었다. 윤서에게까지 여행을 떠난다 해 놓고 무덤 속으로 들어가듯 원룸에서 칩거했다. 구남과 헤어져 있기로 작정한 순간, 제일 먼저 한 일은 원룸을 구하는 일이었다. 엉켰던 머릿속을 정리하고, 살고 싶었던 새로운 삶을 구상하기 위해서였다. 그 좁은 장소에만 들어가면 살아있다는 느낌이 들었다. 우선은 몸과 마음을 좀 쉬게 하고 그동안 하고 싶었던 일을 시작하리라 생각했다. 소꿉장난을 하듯 시작하는 일이 새롭다 여겨지는 순간도 있었지만 혼자만 살아보리라고 작정한 그 일은 그리 쉽지 않았다. 요양병원에 있는 엄마의 상태가 나빠져서 몰라라 할 수 없는 상황이 되어버렸다. 거의 매일 요양원에 들락거리는 일로 다른 것은 꿈꿀 수 없었다. 훌쩍 떠나리라 했던 여행도 포기해야 했다. 성공한 듯이 보이는 것은 혼자 있게 됐다는 사실 정도였다. 사는 일은 알게 모르게, 보이지 않는 거미줄에 갇혀 있다는 생각을 지울 수 없었다.

연숙은 윤서에게 메일을 보냈다. 소설을 쓰듯, 거짓말로 여행기를 올렸다. 늘 가고 싶었던 장소들이긴 하지만 몸이 묶여 있는 상태에서 연숙은 머릿속으로 여행을 하기 시작했다.

묶이지 않은 영혼은 그 어디에든 갈 수 있었다. 가지 못한 길에 대한 선망으로 차곡차곡 메모해 두었던 것들이 본의 아니게 윤서에게 거짓말을 한 꼴이 되었다. 윤미라면 통하지 않았을 거짓말을 윤서는 그대로 받아들여 주었다. 세상에 대한 의심이 없는 아이였다. 연숙이 느끼는 건 그랬다. 가끔씩 오는 답장에는 긴 여행길에 지치지 않기를 바라는 윤서의 마음이 녹아 있었다.

- 엄마 돌아오시는 날, 윤미를 만나러 가요.

그 말이 내내 걸렸다. 마치 전쟁에서 돌아온 패잔병처럼, 연숙은 원룸을 얻어놓고 죽은 듯이 잤다. 눈을 떴을 땐 이틀이 지나있었고 배 속을 채우기 위해 밥을 시켜 먹고는 또 잤다. 마치 허물을 벗으려는 벌레처럼 그렇게 잠만 잤다. 어머니를 만나러 가는 시간은 유령을 만나러 가는 시간이었다. 어머니의 상태는 특별히 더 나빠지거나 좋아지지 않은 채 시간만 꾸역꾸역 흘러갔다. 눈물겨운 효심도 사라지고 말라비틀어진 의무만 남았다. 애틋한 마음도 별로 없었다. 그저, 습관처럼 어머니를 만났을 뿐이다. 그럴 때마다 혼자 사는 그 쓸쓸한 자유가 안개처럼 몸을 감쌌다.

연숙은 홀로된 그 시간에 윤미를 생각했다. 윤미의 남자를 생각했다. 결혼도 하지 않은 채 아이를 낳게 할 수는 없다. 아직까지 한국의 정서는 준엄했다. 연숙은 그 누구도 의논할 상대가 없다는 것에 새삼 외로웠다. 하지만 어차피 혼자 살아보기로 한 터다. 며칠을 곰곰 생각하다가 윤미가 근무하던 병원을 찾아갔다. 안면이 있던 간호사를 만나 윤미의 남자에 관해 물었다.

- 그러잖아도 어머니, 저희도 궁금했어요. 윤미 씨 그러면 안 돼요. 한 선생이 얼마나 찾아 헤매는데요.

- 한 선생?

- 네, 제약회사 다니는 남자인데 아주 순정한 남자예요.

- 순정한 남자?

- 네, 윤미 씨 보고 반해서 졸졸 쫓아다녔었죠. 둘이 잘 돼가는 줄 알았는데….

- 그 사람 좀 내가 만나봐야겠네.

언숙은 그간의 시정을 알게 되자 회망을 품었다. 세상에 대해 색안경을 낄 필요는 없다. 어미로서 할 일도 명징해졌다. 윤미에 대해서도 미안한 마음이 들었다. 그 애가 그렇게 도망간 데는 이유가 있을 것이었다. 그 이유 속에는 분명 어미로서 책임져야 할 부분도 있는 것이었다. 가슴이 아팠다.

남자는 눈빛이 아주 순했다. 그는 윤미의 소식을 알게 된 것을 다행스러워했다. 연숙은 그를 만나고 나서 더욱 결심을 굳혔다.

- 혹시 윤미 사정을 알고 있나?

그 말에 남자가 고개를 숙였다.

- 결혼 전에 그런 일이 있어서 죄송합니다. 하지만 날뛰는 망아지

같은 윤미 씨를 잡아두는 방법이 그 방법밖에 없다고 생각했습니다. 그런데 그렇게 도망가 버릴 줄은 몰랐습니다. 죄송합니다.

두 눈을 껌뻑이며 사죄하는 청년을 보며 연숙은 오히려 안도했다. 이제 어미로서 해야 할 일을 기쁘게 할 일만 남았다.

윤서에게 먼저 전화를 했다.

- 어, 엄마 언제 돌아오셨어요?

윤서의 말투는 여전히 차분하고 조용했다.

- 너를 보고 싶구나. 오늘 만날 수 있지?

- 그럼요. 아빠는요?

- 네 아빠는 너 만난 후에 만나련다. 의논할 일이 많아. 윤미가 다니던 병원 앞에 카페가 하나 있다. 그리 오렴.

연숙은 마음이 바빠지기 시작했다. 우선은 윤서를 만나 그동안의 일을 이야기하리라. 윤미의 산달이 다 돼가는 상황에서 무작정 손을 놓고 있을 수만은 없는 일이다. 본인은 죽어도 결혼은 안 한다고 했지만 세상은 자신의 고집대로만 살 수 없는 곳이다. 아름다운 강제도 있는 것이다.

- 여행 잘 다녀오셨어요?

윤서는 연숙을 보자마자 그것부터 물었다. 연숙은 윤서를 한참 바라보다 고백하듯 말했다.

- 나는 이탈리아에 간 적이 없다. 물론 소렌토에도 가지 않았다.

그 말을 듣는 순간, 윤서가 잠시 눈을 껌벅거리더니 물었다.

- 왜요? 무슨 일이라도?

- 할머니가 많이 위독하셨어. 그래서 떠날 수 없었어.

- 아, 그랬군요. 죄송해요, 저라도 들여다봐야 하는데….

- 아니다, 외할머니의 의식은 이미 다른 세상에 가 계신다. 그저 몸만 여기 계신 것 같아.

윤서가 침울한 얼굴로 고개를 끄덕였다.

- 하실 말씀은 뭐에요?

- 할머니를 뵈러 같이 가자. 난 할머니를 혼자 뵙는 것이 조금 두렵다.

연숙의 말에 윤서가 조금 망설이다가 말했다.

- 요즘 할머니가 조금 이상해지셨어요. 치매 같아요.

- 치매?

- 네, 자꾸 같은 말을 반복하시고 할아버지가 부른다고 하시고. 손자 데려오라고 호통치시고….

윤서의 그 말에 연숙의 어깨가 움찔했다.

- 요양원에 모셨니?

- 아니요, 쑤언 아줌마가 잘 모시고 있어요.

쑤언이라는 말에 연숙의 눈빛이 흔들렸다.

- 니 아버지는?

구남의 안부를 묻는 연숙의 말이 조심스러웠다.

- 하루 종일 할머니 곁에 계세요. 그런데 몹시 우울해하세요.

연숙은 할 말이 없었다. 부딪치고 싶지 않은 현실이 코앞에 있었다. 피해 갈 수 없는 현실이지만 마주하고 싶지는 않았다. 그보다 먼저 해결해야 할 급한 일이 있었다.

- 윤미의 남자를 찾았다.

연숙은 비교적 차분하게 말했다.

- 그래요?

윤서가 놀란 눈으로 연숙을 응시했다.

- 애비 없는 자식이 말이 되냐? 나중에 이혼을 할망정 강제로 라도 결혼을 시켜야겠다.

윤서는 연숙의 말에 아무런 대꾸가 없었다. 그러나 마음속으로는 중얼거렸다.

- 이 세상 모든 엄마들의 욕심은 자식을 결혼시켜야 한다는 것이다. 그것은 스피노자가 말한 '인간을 비롯한 모든 사물은 자기 존재를 유지시키려는 경향'의 일환일 것이다.

어머니가 들이닥친 것은 한밤중이었다.

몸이 무거워진 이후 윤미는 문자 고모 집에서 떠날 생각을 했다. 문자 고모와 미란이 고모의 감시망을 피해 도망가는 일이 쉽지 않았지만 조용하게 몸만 빠져나와 야간열차를 탔다. 자신이 생각해도 당돌한 행동이었다. 아무도 찾아낼 수 없는 곳이라고 생각한 소도시에 작은 방을 하나 얻었다. 혼자만의, 은밀한 실종이 유쾌하기까지 했다. 정말 자신만을 생각하고 저지른 일탈이었다. 그동안 모아둔 돈이 몇 년을 일하지 않고도 버틸 수 있을 만큼 저축돼 있었고 나날이 불러오는 배는 어떤 만족감까지 느끼게 해주었다. 충만한 모성이 절로 느껴졌다. 어머니 생각이 나지 않은 것은 아니었다. 어머니 역시 느꼈을 모성을 온몸으로 느끼면서 엉뚱하게 그의 일상이 궁금해지기도 했다. 그러나 곧 고개를 저었다. 사랑이라는 말을 함부로 쓰고 싶지 않았다. 그런 확신도 없었다. 그저, 이야기가 잘 통하는 남자였고 술 마시기 좋은 상대였고 호방한 성격이 좋아 어울렸다. 결혼이라는 굴레만 아니라면 더할 수 없이 좋은 남자였다. 어쩜 그런 호방함이 결혼의 걸림돌이 될 수도 있겠다는 생각을 했다.

그와 밤을 보낸 날은 둘 다 술이 취했었다. 몸이 뜨거워진 여자와 남자가 호텔을 찾았고 그 짧은 순간의 쾌락이 나쁘지 않았다. 술이 깨어 맨정신으로 볼 때는 다소 어색했지만 서로의 행동에 대해 후회하지는 않았다. 그의 목소리가 은근해지기 시작하자 윤미는 슬그머니 걱정이 되었다. 그러던 어느 날, 그가 말했다.

- 우리, 결혼할까?

윤미는 그 순간 그를 피해야겠다는 생각이 들었다. 그녀가 결혼의 불용성을 강조하던 일은 그에게 그냥 결혼을 앞둔 여자의 넋두리쯤으로 여겨진 모양이었다.

- 결혼을 생각했어요?

윤미의 말에 그가 오히려 이상하다는 듯이 쳐다보았다.

- 남녀가 몸을 섞었으면 여자 입에서 그 소리가 먼저 나와야 하는 거 아냐? 결혼합시다, 하고?

그 말에 윤미는 고개를 강하게 저었다.

- 결혼? 안 해요.

당황한 건 오히려 그였다. 호방하고 화통한 그였지만 결혼에 대한 생각은 다른 남자와 다르지 않았다. 그 사실을 알고 친구들이 말했다.

- 그 남자 보기보다 책임감 있네. 우리는 네가 그 남자랑 어울리는 게 좀 불안했거든,

- 왜?

- 그 남자, 바람둥이 같아 보여서. 우리는 네가 버림받으면 어쩌나 했거든.

그러고는 깔깔거리며 웃었다. 아이가 생기지 않았다면 그 남자를 한동안 더 만났을지도 모른다. 달거리가 없어 임신을 의심한 순간, 윤미는 그를 더 이상 만나서는 안 되겠다는 생각을 굳혔다. 그런 이야기는 친구들에게도 하지 않았다.

- 난 결혼은 정말 싫어.
- 난 결혼을 빨리하고 싶은데, 남자가 없다.

여고 졸업 때부터 결혼 타령을 하던 친구는 쓸쓸한 얼굴로 윤미를 건너다봤다.

- 결혼은 절대 안 해.

그녀는 야무지게 말했다. 그럼에도 불구하고, 남자가 주는 그 뜨거운 열망의 기억은 불쾌하지 않았다. 오히려 빈 가슴이 그득 채워지는 만족감도 있었다. 때로는 그녀가 더 그를 원했으며 그의 가슴을 파고들었다. 살아오는 동안 너무 외로웠고 남자가 주는 위로가 생의 위안이 될까 하였다. 많은 사람들이 살아온 방식으로 가는 길처럼 여겨졌다. 하지만 거기까지였다. 아무도 믿을 수 없는 세상을 원망하거나, 그를 미워하거나 탓할 생각은 없었다. 그래도 뱃속에 든 아이에 대해서는 궁금한 게 많았다. 가끔 거울을 보며 중얼거렸다. 동그란 눈은 엄마를 닮았을까? 길쭉한 코는 아버지를 닮았을까? 흰 피부는 고마운 유전자이고 치열이 고르지 않은 것은 나쁜 유전자일 것이다. 푸스스하고 가느다란 머리칼도 결코 좋은 유전자라 할 수 없지만 그래도 그것이 최선이다. 하지만 그런 생각 또한 생각일 뿐이다. 윤미는 최소한 엄마의 인생을 닮지 않기로 했다. 어머니가 살아온 삶의 궤적을 결코 닮아서는 안 되었다. 나름 애써 완성해 놓은 인생을 망가트리고 싶지 않으니까. 나는 내 삶을 완성하는 일에만 매진할 뿐이다. 고귀하고 아름다운 아이를 낳아서, 이 세상에 온 소기의 목적을 다하며 아주 성실하게 애정을 다해 키울 것이다, 그렇게 다짐했다. 한 번뿐인 생을, 자신의 의도와는 아무런 상관도 없는 일들로 묶이거나 허비하고 싶지 않았다.

언제, 어디서든, 내 뱃속에서 태동하는 생명에 대한, 아주 경건하고 소중한 임무를 성실히 다할 것이다. 나는 엄마니까.

생명을 키우는 따뜻한 엄마여야 하니까. 그런 다짐은 진지하고 성스럽기까지 했다.

하지만 윤미가 놓친 부분은 분명히 있었다. 생명이, 애초부터 가진 고독감에 대해서, 그 쓸쓸한 존재의 그늘에 대해서는 생각하지 않았다. 경찰을 앞세우고, 한밤중에 들이닥친 어머니의 눈빛도 윤미가 놓친 부분의 하나였다.

폭풍이 지나간 후처럼, 윤미의 일로 부산하던 며칠이 지나고 나는 드디어 결심했다.

휴대폰을 해지하고 모든 사람과의 연락을 끊기로 한 것이다. 꼭 들어야 할 소식도 없고 꼭 만나야 할 사람도 없다. 모두 자신만의 세상을 열심히 살고 있기 때문에 내게 휴대폰이 없다고 해서 세상이 달라지는 건 없다. 내가 세상에 미치는 영향도 없다. 나는 나일 뿐, 그 이상도 그 이하도 아니다. 내게 주어진 생의 시간들을 성실하고 만족하게 살아내면 되는 것이다. 누구에게 보여주기 위해 사는 삶이 아니다. 누구에게나 주어진 공평한 시간을 성실하게 살면 되는 것이다. 때로는 거미줄에 걸려 헤매는 사람도 있고, 앞만 보고 달리는 말처럼 사는 사람도 있다. 남들이 만들어놓은 안전한 길을 가는 사람도 있고, 인습을 역행해 가시밭길을 걸어가는 사람도 있다. 어떠한 길을 선택하든 그 자신이 판단한 대로, 그 자신이 살고 싶은 대로 살면 되는 것이다.

할머니는 여전히 손자를 꿈꾸고 있고, 아버지는 여전히 어머니를 그리워하고 있고, 미란이 고모는 여전히 자신이 쳐 놓은 덫에서 벗어나지 못하고 있다.

나는 여전히 글을 쓰고 있고, 정원은 여전히 목 잘린 부처들의 평온함을 그리고 있다. 먼지가 가득 쌓인 창고 화실에서 정원은 태어나고 죽는 모든 것들에 대한 관심으로 그림을 그리고,

나는 이 세상에 존재하는 모든 외로운 존재들에 대해 말 걸기를 하고 있다. Y는 여전히 무심하게, 늘 그만큼의 거리를 두고 나를 바라보고 있다. 나도 늘 그만큼의 거리를 두고 Y를 바라보고 있다. 늘 그만큼의 거리가 Y와 나를 이어주고 있다. 정원에게도 Y는 딱 그만큼의 거리를 유지하고 있을 것이다. 나는 할머니에게도 Y가 보였으면 좋겠다. 그러면 할머니의 남은 생이 훨씬 편안해질 텐데. 훨씬 덜 외로울 텐데.

언제 Y를 만나는 날이 있을까? 그런 날은 결코 없으리라. Y는 나를 살아가게 하는 존재지만, 늘 곁에 있는 존재지만, 형체를 갖는 순간 존재감이 사라지고 말 것이다.

나는 유리 상자 속에 Y를 가뒀다. 나는 나만이 오롯하게 존재하는 집필실에서 큰소리로 외쳤다.

- 욜로!

가끔 어머니의 편지 구절이 생각났다. <우리가 별처럼 멀어져 있을 때>라는 문장. 그 뒤를 잇는 문장은 각자 생각 나름이다. <우리의 관계는 아름다울 것이다>라든가, <서로가 그리울 것이다>라거나.

내가 마지막으로 통화한 건 어머니였다.

- 저는 여행을 떠날까 해요.

잘 다녀오라는 어머니의 목소리가 눅눅했다. 어머니는 내가 돌아올 것을 의심하지 않았다. 거미줄을 빠져나가지 못한 어머니가 윤미의 산간을 하는 동안 나는 어머니의 소원이었던 머나먼 여행을 떠날 것이다, 연기처럼 사라질 것이다. Y와 함께. 한동안.

인생은 럭비공처럼, 어디로 구를지 아무도 모른다. 이루고자 소망하는 그 모든 것도 사막의 신기루처럼 허무하게 사라질지 모른다. 그럼에도 불구하고 할머니는 죽어서 조상을 떳떳하게 만나기 위해 손자를 만들 방법을 강구할 것이고, 어쩌다 보면 아버지는 할머니의 술수에 말려들지도 모른다.

세상의 사람들이 모두 한 길로 가는 것은 아니다. 또, 세상 모든 사람들이 한 길로 가야 하는 것도 아니다. 어떠한 생이든 후회는 있을 것이다. 그 또한 자신의 책임일 뿐이다.

이 세상 모든 여자들의 자궁은 불쌍하고 위험하다. 저들이 무엇을 낳아 키워야 하는지를 정확히 모르기 때문이다. 모계사회로 회귀하는 듯한 불온한 희망들이 과연 여자들을 행복하게 할까? Y는 그 답을 알까? 문득 티브이에서 보았던 영상 하나가 머릿속을 헤집는다. 바다거북의 일생을 따라가던 영상물.

바다거북은 바닷가 모래밭에 알을 낳는다. 절망을 모르는 우매한 생의 고리. 거북이 모래 구덩이를 파고 그 안에 알을 낳고

모래를 덮는 순간, 캄캄한 모래 속은 따스한 이불이 된다. 적정한 온도 외 대책 없는 사랑의 기억으로 알에서 깨어난 거북은 모래 무덤을 빠져나와 본능적이며 필사적인 몸짓으로 바다를 향해 달린다. 그것은 생을 향한 질주이며 기억 속에 각인된 엄니의 본능이다. 머지않은 날, 그들도 어미가 될 것이므로. 어미가 되어야 할 것이므로!

바다는 늘 그랬던 것처럼 그들을 싸안고 험난한 생의 춤을 출 것이다.

모두는 흩어진 모래알 같은 존재다. 결코 하나로 뭉쳐질 수 없는. 그럼에도 불구하고….

삽상한 가을바람이 여름의 열기를 몰아갔다.

이 도서는 한국출판문화산업진흥원 '2019년 우수출판콘텐츠 제작 지원' 사업
선정작입니다.

엄니
Mother

ⓒ 권비영 2019

초판 1쇄 발행 2019년 6월 20일

지은이 권비영

펴낸곳 도서출판 가쎄 [제 302- 2005- 00062호]
주소 서울 용산구 이촌로 224, 609
전화 070. 7553. 1783 / 팩스 02. 749. 6911
인쇄 정민문화사

ISBN 978- 89- 93489- 85- 9 03810

값 14,500원

www.gasse.co.kr
berlin@gasse.co.kr